心　　声

Voice of the Heart

王永光　著

北　京
冶 金 工 业 出 版 社
2023

内容提要

本书是《领悟》的姊妹篇，作者收录了300多篇退休日记，分为省身、悟道和疫情三大篇章。其中包括作者对家事国事天下事的关注，对传统忠孝文化的感悟，以及对疫情下如何自强的思考。这是一位老人对年轻一代的心声，以期更多自强不息的年轻人可以在人生历练中坚定信念，在历史大潮前勇立潮头。

本书适合青年人及有一定阅历的人阅读，也适合老年学研究人员参考。

图书在版编目(CIP)数据

心声/王永光著. —北京：冶金工业出版社，2023.2（2023.4重印）
ISBN 978-7-5024-9379-0

Ⅰ.①心… Ⅱ.①王… Ⅲ.①日记—作品集—中国—当代 Ⅳ.①I267.5

中国国家版本馆CIP数据核字(2023)第015480号

心声

出版发行	冶金工业出版社	**电　　话**	(010)64027926
地　　址	北京市东城区嵩祝院北巷39号	**邮　　编**	100009
网　　址	www.mip1953.com	**电子信箱**	service@mip1953.com

责任编辑　张佳丽　美术编辑　吕欣童　版式设计　郑小利
责任校对　梁江凤　责任印制　窦　唯
北京捷迅佳彩印刷有限公司印刷
2023年2月第1版，2023年4月第2次印刷
710mm×1000mm　1/16；17印张；330千字；260页
定价89.00元

投稿电话　(010)64027932　投稿信箱　tougao@cnmip.com.cn
营销中心电话　(010)64044283
冶金工业出版社天猫旗舰店　yjgycbs.tmall.com
(本书如有印装质量问题，本社营销中心负责退换)

自　　序

告别职场，赤子之心依旧；家事国事天下事，事事关心。回归田园，家国情怀更浓；风声雨声读书声，声声入心。陪护母亲尽孝，珍惜天伦之乐；孝心爱心慈悲心，心心相印。

夜深人静，无工作繁杂之忧，有书海遨游之乐；无名利纷扰之忧，有亲人团聚之乐。人生是接力赛，履职尽责不掉队，用心尽孝不惭愧；自古忠孝难两全，忠孝接力喜心间。身居陋室尽孝，喜上眉梢。

国泰民安享天伦，至乐莫若尽孝，至要莫若教子。承上启下，传承忠孝家风，勤俭持家；继往开来，秉持诚信作风，耕读继世。尽孝，慎终追远倾心，一如既往；教子，正心诚意修身，一丝不苟。

解甲归田，叶落归根；心声悠长，乡愁萦绕。闻到家乡泥土的清香，赤子之心荡漾。心声悠长，余音绕梁，有家国情怀之声，有忠孝人生之音；有自强不息之声，有知行合一之音；有耕耘心田之声，有砥砺心志之音……

老骥伏枥，志在千里；烈士暮年，壮心不已。夕阳无限好，《心声》传佳音。把《心声》奉献给读者，让大爱洒满人间。传省身之声，悟正心之音。是为序。

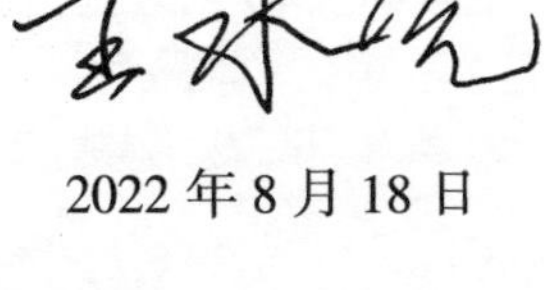

2022 年 8 月 18 日

目 录

省 身 篇

悟 道 篇

疫 情 篇

省身篇

告 别

2018 年 9 月 14 日

在走出办公室之前，端详屋里的绿植和鲜花，今天浇了最后一次水，默默地道别；把椅子端正地摆好，仔细看了一眼电脑屏幕上巡视三组的合影，眼前浮现出一起工作的难忘情景；环顾四周的墙壁、窗户、书柜、沙发和茶几，心底默默地和它们告别；有几分不舍，有几丝眷恋……

走出办公楼，钻进车子。思绪翻腾，过去的岁月浮现在眼前。四十多年的职业生涯在这里画上了句号，心底泛起了无穷的回味；收获了感悟，珍藏了友谊。四十多年的风雨人生在这里平安到港，脑海里浮现出美好的景色；沐浴了风雨，领略了彩虹；四十多年的沧桑岁月刻在脸上，额上多了皱纹，两鬓添了银发。四十多年的拼搏进取，化作了组织的信任；披星戴月探幽宫，废寝忘食辨旁门。四十多年的不懈探索，长征接力有来人；继往开来，前程似锦……

夕阳的余辉映在车窗上，几多感慨。夕阳无限好，只恨近黄昏。夕阳西下，泛起一丝乡愁，牧童的歌声在荡漾，恨不得插翅飞回故乡。顿时，耳边响起母亲的话语，“你怎么还不退休?”心底的内疚、自责难以平息。是啊！忠孝难两全！父亲当年无奈地叹气，“嗨！给国家养个儿。”现在，可以松口气了，终于走上新的岗位——陪护母亲。

告别过去，开启未来。告别繁忙，迎来悠闲。告别砥砺奋进，采菊东篱下，悠然见南山。告别奔波，回归自然。

告别意味着放下，放下意味着取舍。放下方知天地宽，执着难免心烦忧。告别执着，心情豁达。告别迷茫，心境坦然。告别职场的牵挂，追寻童年的兴趣。

告别社会人的定位，回归自然人的本色。一生书为伴，书人生豪情；平日笔为友，写千秋史话。春蚕到死丝方尽，蜡炬成灰泪始干。告别执着，坦然放下。

感 动

2018 年 9 月 15 日

一篇《告别》日记，引起大家的关注，甚是感动。同事的关心，朋友的问眼于开拓心路，通向广袤大地，连接浩瀚海洋。

揩拭心识。拭去蒙在心头的世俗尘埃，剪断千丝万缕的无明牵挂。放眼未来，走出个人执着的小天地；放眼长远，走出名利牵动的小漩涡。摆脱得失纠缠，不囿于眼前利益，不沉迷于个人得失。

耕耘心田。种瓜得瓜，种豆得豆。播下善良，收获仁德；播下慈悲，收获智慧；播下坚韧，收获刚强；播下豁达，收获包容；播下勤奋，收获硕果。栽什么树苗结什么果，撒什么种子开什么花，天上不会掉馅饼。

砥砺心志。世事艰难无坦途，唯有矢志不渝，才能所向披靡。万物有灵难辨识，唯有顺应规律，才能驾驭时局。胜不骄，败不馁。唯有砥砺心志，才能不屈不挠。

培育心力。凡事经历方知曲折，心力脆弱，难攀高峰。唯有心力坚强，才能踏破坎坷通大道；唯有心力坚韧，才能身处逆境不畏难。心力源于自信，愈挫愈勇，意志弥坚。心力成于自律，锤炼于艰难之时，陶冶于成长之中。严于律己，宽以待人。百折不挠，不懈奋进。

拓展心路。心胸开阔天地宽，慈悲善良福报多。不登高山，不知天之高也；不临深渊，不知地之厚也。跳出个人小天地，登上人生大舞台。仰望苍穹，浩瀚无垠。心境豁达，条条大道通罗马；志向高远，人生视野至星辰。

滋养心智，乃千日之功，非一蹴而就。积跬步之功，至千里之行。执着于志，致力于行。潜心于净心，锤炼于净悟。清除杂念，剪断无明。

揩拭心智，扫清尘埃。告别无明，放眼世界。耕耘心田，与世无争。洒汗水于天地，留勤奋于心间。砥砺心志，不屈不挠。卧薪尝胆学，矢志不渝行。培育心力，目标引领。会当凌绝顶，一览众山小。拓展心路，心底豁然。心底无私天地宽，心智深邃视野阔。

心智决定人生。滋养心智，少走弯路。心智日渐成熟，人生日渐平顺。告别无谓的烦恼，滋养干涸的心智。开启智慧之门，通向成功之路。

有感于文王教子

2018年10月3日

《礼记》是中国古代一部重要的典章制度。汉朝大儒郑玄解释“礼”字时说道：“礼者，体也。礼者，履也。”即，礼源自内心，并将内心的真诚恭敬表现在日常生活中，是片刻也不能离开的。因此，礼是非常重要的，孔子也一直在倡导克己复礼。

《文王世子》是《礼记》中的一篇，简要概述了君王对世子教育的重视，古代对世子的教育紧紧围绕礼乐全方位展开。今天读来，深切体会到先贤对教育的重视，礼在教育中处于至高无上的地位，特别是对子孙后代的教育。品行修养是教育的核心。

“夏商周三王教育世子时都是把礼乐作为必修的课程。乐是陶冶熏修内在心性的，礼是恭肃修治外在言行举止的。礼与乐交互涵养于内心，相应于外则表现在行为当中。设立太傅、少傅来培养世子。太傅将父子、君臣的道理示范给世子，少傅侍奉世子教他观察学习太傅的高尚品德。太傅在前，少傅在后。世子回宫后有太保卫护，出宫时由太师教导。教育分工明确，从而能培养世子优秀的道德品质。太师的职责，运用列举具体的事例来教导世子什么是应有的德行；太保的职责，谨言慎行来辅佐世子，而使世子的生活行为归之于正道。所以懂得怎样做一个好儿子，然后才能做一个好父亲；懂得怎样做一个好臣子，然后才能做一个好国君。君王对世子，从亲疏关系而言是父亲，从尊卑关系而言则为君王。既具有父亲的亲情，又具有君王的尊严，然后才能君临天下、拥有百姓。所以培养世子不可不慎啊。”

培养接班人是保证江山世代传承的成败所在。教育世子是培养合格接班人的重要一环。君行民效，蔚然成风。重视后代教育是中华民族五千年文明的显著特征。

国家盛衰，匹夫有责。“养不教，父之过；教不严，师之惰；子不学，非所宜。”为人父，不仅要关心孩子的温饱，更要关心其品行修养。身教胜于言教，父亲的言行对孩子的成长有潜移默化的示范效应。为了孩子的健康成长，自己要严于律己，宽以待人。为人师，不仅要教书，更要育人。打铁，自身必须硬。师者，传道授业解惑也。传道，不仅在于你讲什么，更在于你做什么。因此，修炼师德是老师毕生的课程，活到老，修炼到老。为人子，要正心诚意修身，吾日三省吾身，为人谋而不忠乎？与朋友交而不信乎？传不习乎？尊师敬老，忠恕孝悌。

中华民族有五千年的文明史，然而，在尊师重教方面，传承的现状令人担忧。尊师重教氛围退化的根本原因在于用人的逆淘汰，在于权力凌驾于规则之上，破坏了公平公正的竞争环境，从而导致尊师重教的环境恶化。

一个民族的希望在于教育，教育的使命是培养品行高尚的人才，而不是培养投机钻营的奴才。净化教育环境，是恢复国民重视教育的基础；真正选贤任能、实现公平竞争，是实现尊师重教的关键。一个民族，如果逆淘汰不止，将难以阻止民族整体素质的滑坡；国民整体素质的下滑不止，民族的竞争力势必滑坡。这绝非危言耸听。

重视教育，弘扬优秀传统文化，借鉴世界文明，取长补短，营造平等竞争的环境，创造公平竞争的机会。公平竞争的天敌是特权，唯有消除特权，才有公平可言。唯有公平竞争，才能恢复尊师重教的传统，才能吸引学子潜心于修身，静心于学习，才能培养出品学兼优的人才，才能全面提高国民的综合素质。

未来，国与国的竞争是人才的竞争，人才的竞争是教育的竞争，教育的竞争是尊师重教、选贤任能的竞争。没有尊师重教的氛围，难有人才辈出的机会。没有选贤任能的氛围，难以留住人才。尊师重教、选贤任能，事关国家兴衰，影响民族昌盛，不可不察。

理　　解

2018年10月13日

在电视上看到一位清华毕业的女生对父亲喃喃自语："我没有妈妈了。"这句话的反应，由开始的不以为然到渐渐领悟到父亲的精神寄托，从而感到肩上的责任不再是为父母提供衣食保障，还应该关心父母的精神需求。这是人性的共鸣。

对父母精神需求的理解，这位独生子女明确了人生追求的不只是事业的成功、经济的独立，还有父母和自己融为一体的精神需求。因此，在生活中不只是规划自己的学习、工作，还应该安排、照顾好父母的精神生活。不满足于只安排父母的随团旅游，而要设计和父母一起出行，陪父母领略大自然，共享天伦之乐。

这位80后的独生子女，对父母精神需求的理解有一个过程。中国父母为子女的未来呕心沥血，承担了巨大的压力和风险，但不轻易向子女流露。相反，平时表现为望子成龙的唠叨，有时是互相攀比的埋怨。从小受二代人呵护长大的独生子女，似乎觉得父母不需要关心。因此，在他们的精神世界里，别人对他们的呵护似乎天经地义。这是认知的误区。

随着年龄的增长，80后也为人父母。他们在养育子女的过程中付出了心血，洒下了汗水，慢慢地体会到当父母的不易，也理解了父母的艰难。当家知道柴米贵，养儿晓得父母恩。这是人文的传承。

自律能力

2018年10月15日

人与人的差异不仅在智商与情商，还在自律能力。没有自律能力，高智商与高情商者只能急功近利。厚德载物，自律成人。培养自律意识，增强责任感。砥砺自律能力，增强危机感。没有自律意识，再好的机遇也会消失。没有自律能力，再好的事情也会半途而废。

自律源于敬畏之心。敬天畏人，恪守本分。克己守礼，正心诚意修身。天地人和，道法自然。顺天道而行，风调雨顺，安居乐业。逆天道而行，地震海啸，灾祸横行。灾祸源于贪婪纵欲，幸福生于慎独自省。君不见多少囹圄之人，一失足成千古恨。曾经风光无限，如今身败名裂。悲剧是谁的错？纵欲之错。灾难是谁的祸？贪婪之祸。

厚德载物，自律成人。非厚德，难以自律；非自律，难以成人。修德学先贤，自律要靠自身。修德先修身，自律先自省。修德，遵礼守法，勿弄权专横。自律，忠恕孝悌，勿自私无耻。礼义廉耻，国之四维。四维不张，国将灭亡。国无德不兴，人无德不立。

培养自律意识，抑制侥幸思想。种瓜得瓜，种豆得豆。吃得苦中苦，方为人上人。善恶终有报，因果不虚行。要想离苦得乐，定要慈悲清静。要想受人尊重，定要自律自警。破坏自律准绳，难求治世公平。

砥砺自律能力，增强危机感。天下并不太平，天下虽安，忘战必危。与其怨恨对手不守信用，不如砥砺自律能力。与其谩骂有失公平，不如卧薪尝胆征服对方。国力在自律中增强，民心在自律中凝聚。静坐常思己过，砥砺自律能力，增强抗风险能力。闲谈莫弄人非，做好自己的事，不给后人留隐患。

养成自律习惯，增强自律能力。书写无悔人生，担负历史使命。为天地立心，铁肩担道义，妙手著文章；为生民立命，攻坚防风险，脱贫奔小康；为往圣继绝学，匡正道德，重塑诚信。恪守礼义廉耻，奉行仁义道德。为万世开太平，完成祖国统一，实现民族振兴。

天下兴亡，匹夫有责。从我做起，培养自律意识，锤炼自律心志。修道立德，守礼立言，履职立功。秉持中庸之道，恪守自强之理。凡事反求诸己，临危不惧，应对不乱。

自律守信，人生之本。修身守道，道德之源。“道也者，不可须臾离也，可离非道也。是故君子戒慎乎其所不睹，恐惧乎其所不闻。莫见乎隐，莫显乎微，是故君子慎其独也。”

自律之路曲折，路漫漫其修远兮，吾将上下而求索。慎独之路艰难，雾蒙蒙其难辨兮，吾前后而辨识。

表里如一

2018年10月22日

今晚，我们一家和生活、工作在澳大利亚的大学同学夫妇见面，共同的话题是人要活得简单，表里如一。这大概是我们的共同特征，典型的工科生思维，有东北大学校训的烙印，知行合一，自强不息。

大学毕业 37 年，我们在国内外各自的工作岗位尽职尽责，在中外合作共事的同事心中留下了深刻的印象：简单、可靠。

记得几年前，参加集团某子公司的商务活动，纯属临时救场。子公司的董事长感慨，和我在一起，我总会告诉他们境外资源项目该注意什么？该怎么做？他们不用费心琢磨领导的后半句话是什么意思。这就是我的工作习惯。

人只要表里如一，就活得简单。不为迎合领导而掩饰耿直的个性，不为迎合世俗而欲言又止，不为讨好领导而阿谀逢迎，不为投机钻营而颠倒是非。正可谓为人不做亏心事，不怕半夜鬼叫门。堂堂正正做人，本本分分做事。行不更名，坐不改姓。

随着社会的演进，表里如一的人多半只有人赞叹，很少有人去效仿。因为，表里如一的代价大，坎坷多。表里如一的人，似乎不通情理，不谙世故，不会变通，很难得到机会的青睐。尤其是思想活跃的青年人，觉得这样做已经落伍，会把自己禁锢起来，不合群，甚至会陷入孤立。

进入新时代，提倡文化自信。在弘扬传统文化、寻找文化自信的源头时，才发觉表里如一的个性有着悠久的文化渊源，是优秀文化基因的载体。在两千多年的历史变迁中，这些表里如一的人以自己的朴实，在默默地传承传统文化的核心。

《礼记·表记》，郑玄在注释时讲："表记篇以其记君子之德见于仪表，对君子行为的根本、仁与义的相互关系、仁的要素、虞夏商周的政教得失、事君之道、言行待人之道等全面阐述。"表记篇的核心是表里如一。

孔子说："君子是不会因为一个人说话动听与否，而断定他贤明与否。当社会有道德的时候，人们的修养大都体现在行为方面，当社会道德沦丧时，人们的修养大多就停留在口头上了。君子的交情虽淡泊，却能相辅相成。小人的交情虽甘甜，但日久就会败坏。君子不以空话讨人的喜欢，则人民就会兴起忠实的风气。"（子曰：君子不以辞尽人。故天下有道，则行有枝叶；天下无道，则辞有枝叶。君子淡以成，小人甘以坏。不以口誉人，则民作忠。）

领 悟 自 然

2018 年 10 月 24 日

唐代李益"夜上受降城闻笛"，写下脍炙人口的诗句："回乐峰前沙似雪，受降城外月如霜。不知何处吹芦管，一夜征人尽望乡。”把塞外霜满天的冷清和征人的思乡之情写得淋漓尽致。领悟自然，抒发情感。

今天上午，在天坛漫步，秋景宜人，国泰民安。虽是深秋霜降已过，依然是暖秋如春，一片翠绿，暖意融融。

天坛驻足苍松翠，旭日东升小草萌。晨练者轻歌曼舞，回归自然尽欢欣。一处皇家园林，百姓养生之地。不管老幼，无论贫富，天地无私，你都能领略自然美景，享受和煦清风。天地人和，道法自然。学会享受，懂得施舍。心存慈悲，凝练智慧，汇聚力量。

领悟自然，调整心态。学会包容，懂得放下。昨天已经过去，无法挽留。明天还没有到来，无须疑虑。抓住今天，过好当下。做好自己，做好每件事。凡事三思而行，勿偏急冲动。权衡利弊，运筹帷幄。

回归自然，陶冶心性。忘记名利得失，唯有健康属于自己。忘记烦恼，善解人意。一年有四季，苦乐有轮回。得意莫轻狂，失意莫迷茫。天生我材必有用，洒汗水于天地，留思考于人间。铁肩担道义，妙手著文章。

爱护自然，和谐共存。勿因利益驱动而破坏自然，勿因虚荣而改造自然。尊重自然规律，抑制奢侈之风。俭朴生活，恬淡为人。不计较得失，勿攀比富贵。

珍惜自然，抑制贪婪。尊重历史，敬天畏人。有钱不任性，有权不放纵。三思而言，九思而行。对后人负责，勿寅吃卯粮。保护绿水青山，抑制个人需求。节约资源，反对浪费。移风易俗，保护自然。

尊重自然，尽享国泰民安。保护环境，顺应自然。从我做起，身体力行，呵护自然。

体　贴

2018 年 10 月 28 日

为人子在呵护中成长，亲人在煎熬中慢慢变老。亲人不忘呵护子女，亲人更需要子女体贴。读《孝经》，悟人生。体贴亲人，内化于心，外化于行。和颜悦色，关怀备至。生老病死是规律，亲人尽抚养子女义务，子女要报答父母养育之恩。忠孝接力，传承家风。

体贴亲人是中华民族的传统美德。一部《孝经》，世代传承。孔子问曾子：“先王有至德要道，以顺天下，民用和睦，上下无怨，你知道缘由吗?”曾子答不知。孔子解释：“夫孝，德之本也，教子所由生也。”在中国古代，做人强调立德立言立功。因此，孝的根本在于修德，学先贤，敬宗亲。孝的过程在于修身，一言九鼎，诚信做人。培养孝心在于教育，言传身教，潜移默化。有品行的教化源于孝行，有成就的人生传承孝道。

然而，中国的传统文化受历史变迁的影响，《孝经》的传承遭到破坏，一些新生代对孝的真谛缺乏理解，特别是对忠孝的义务缺乏正确认知，没有理性思考；自我为中心的意识具有惯性，在社会生活中难以有效沟通，不会积极合作。由于对尽孝缺乏感性认知，对自己的不孝言行不以为然。由于对尽孝缺乏理性思考，对自己的自私行为习以为常。由于自我为中心的意识形成惯性，对用小伎俩哄骗父母钱财自以为是。这是社会的隐忧，影响优秀文化传承。

作为家庭，有这样的子女，难以传承忠孝家风，根本不会体贴父母生活的艰辛。作为国家，有这样的国民，难以传承忠孝的传统美德；民族难以受到其他国家人民的尊敬，民族更难以自立于世界之林。正视问题，正本清源，犹未为晚。

传承忠孝文化，从修身立德开始。修德以立身，达则兼济天下，穷则独善其身。修身以行道，遵循伦理道德，旨在为人师表。忠孝人生，忠于国，孝于亲。明确追求，不辱使命。传承忠孝文化，弘扬勤俭家风。敬老爱幼，和睦友邻。

守孝道，安天下

2018 年 10 月 30 日

《孝经》为儒家十三经之一，是记载孔子为弟子曾参讲解孝道的一部重要典籍。《孝经》精要阐述了儒家对于孝道的见解，昭示了孝道与和谐天下的深层关系。《孝经》认为孝是一切德行的根本，提出了以孝为本的治国理念。

孔子云："吾志在春秋，行在孝经。"《孝经》总汇六艺，综述道、德、仁、义，为孔子示范后世之行门，是儒家学问之根，是千经万论之本，是成圣贤之基础，是人人应尽之义务。

《孝经》一书，其书名之由来，据《汉书 · 艺文志》说："夫孝，天之经也，地之义也，民之行也。举大者言，故曰《孝经》。""孝者，事亲之名；经者，常行之典。可见，孝是侍奉双亲的意思。"经是恒常力行的典籍，经者，常也，法也。

孔子一生，"祖述尧舜，宪章文武。""述而不作，信而好古。"他推行仁道，希望能恢复建立大同之治。"人不独亲其亲，不独子其子，使老有所终，壮有所用，幼有所长，矜寡孤独废疾者皆有所养。"

今天学习《孝经》，深刻理解其要义。作为社会的人，履行自己事亲、事君、立身之义务。作为自然的人，在成长过程中以先贤为榜样，修炼道、德、仁、义，为尽孝积淀素养。孝，不是抽象概念，是具体行动。孝，不是服从命令，是自愿作为。孝，不是做给别人看的，是内心灵魂的驱使。孝，不是哗众取宠的敲门砖，是人性的自然流露。

人，有贵贱之分；孝，有层次之别。为人先修品行，尽庶人之孝。“因天之道，分地之利，谨身节用，以养父母。”

修德步步高，尽庶人之孝。“资于事父以事母，而爱同；资于事父以事君，而敬同。故母取其爱，而君取其敬，兼之者父也。故以孝事君则忠，以敬事长则顺。忠顺不失，以事其上，然后能得其禄位，而守其祭祀。”

陶冶情操，求真务实；身体力行，尽卿大夫之孝。“非先王之法服，不敢服。非先王之法言，不敢言。非先王之德行，不敢行。是故非法不言，非道不行。口无择言，身无择行。言满天下无口过，行满天下无怨恶。三者备矣，然后能守其宗庙。”

廉洁奉公，恪尽职守；以上率下，不骄不满，尽诸侯之孝，以得其社稷。“在上不骄，高而不危；制节谨度，满而不溢。高而不危，所以长守贵也；满而不溢，所以长守富也。富贵不离其身，然后能保其社稷，而和其人民。”爱敬尽于事亲，德教加于百姓，形于四海，国泰民安，行天子之孝也。

天下非天子之天下，乃庶民之天下。天子修其仁德，近贤能远小人，远人归来。天子行孝道，关爱贫弱，百姓安宁。百姓守孝道，天子安天下。

孝 之 悟

2018年11月2日

《孝经》讲述了关于庶人、士、卿大夫、诸侯和天子的“五孝”，说明孝在不同层级的内涵，由浅入深，由低到高，循序渐进。从天子到庶人，如果能履职尽孝，则社会和谐、家庭稳定，人生幸福。反之，父不父，子不子，家道中落。争权夺利，兵戎相见，哀鸿遍野，民不聊生。

人生活于天地之间，履职尽孝遵循天地人三才的法则。曾子曰：“甚哉，孝之大也。上从天子，下至庶人，皆当为孝无终始，曾子乃知孝之为大。”子曰：“夫孝，天之经也，地之义也，民之行也。天地之经，而民是则之。则天之明，因地之利，以顺天下。是以其教不肃而成，其政不严而治。先王见教之可以化民也，是故先之以博爱，而民莫遗其亲；陈之以德义，而民兴行；先之以敬让，而民不争。道之以礼乐，而民和睦；示之以好恶，而民知禁。”

孝，乃天经地义之事。因应天地之道，顺应四时之则。天地万物运不穷，人间万事皆有因。上好义，则民莫敢不服；上好礼，则民莫敢不敬。上好事，则天下不宁；上好色，则天下淫乱。移风易俗，上行下效。

春秋冬夏，物有死生，天之经也。山川高下，水泉流通，地之义也。孝悌恭敬，民之行也。天有四时，地有高下，民居其间，当是而则之。用天地四时之利，顺治天下。政不繁苛，不严而治。先修人事，教化民易也。上行之，则下效法之。善者赏之，恶者罚之。民知禁，不敢为非也。

古往今来，以上率下，不在于言，而在于行。圣人行不言之教而民从之，贵在以身作则。以民为本，视民如伤，爱民如子。正人先正己，上行下效。“吏不畏吾严而畏吾廉，民不服吾能而服吾公；廉则吏不敢慢，公则民不敢欺；公生明，廉生威。”

敬人者，人恒敬之。敬乃人伦之事，敬老爱幼，克己守礼。敬天畏人，不越雷池一步。常存敬畏之心，抑制贪婪之意。常念敬慎之经，锤炼入世之魂。常读圣贤之书，陶冶恬淡品行。常为忠义之事，积淀慈悲之德。

孝以敬为始。崇敬天地之神，珍爱万物之灵。抑制贪婪之性，修炼恬淡之心。孝以严随行，知行合一尽孝，自强不息尽忠。承前启后，学为人师，行为世范。孝以行为终。孝行贵在行，内化于心，外化于行。孝父母，敬宗亲。兄则友，弟则恭。父子亲，夫妇顺。同甘共苦，其乐融融。

漫谈“三戒”

2018 年 11 月 14 日

子曰：“君子有三戒：少之时，血气未定，戒之在色；及其壮也，血气方刚，戒之在斗；及其老也，血气既衰，戒之在得。”

时过境迁，斗转星移。人在进化中早熟，社会在发展中诡异。原始状态日渐减少，人为创造日益增多。科学技术是一把双刃剑，一方面，为人类提供了先进技术；另一方面，让人类有了依赖性。一方面，转基因提高了农作物产量；另一方面，对人体基因产生破坏性作用。一方面，智能手机开阔了视野；另一方面，沉溺手机有瘾，玩物丧志有害，弥漫之势在扩大。

在智能化技术无孔不入、生活日益改善的条件下，虽然，人的寿命在延长，因生活中诸多诱惑所致，人的身体素质在下降。由于空气污染、食品污染和环境污染，人体的免疫力在下降。

重读《论语》，君子的三戒，正在变迁。少之时，心志未定，戒之在手机；及其壮也，血气渐亏，戒之在网络；及其老也，气血渐衰，戒之在贪欲。

青年，是国家的希望，是民族的未来。无“为天地立心、为生民立命”之抱负，民族难立于世界之林；无“为往圣继绝学、为万世开太平”之使命，难以引领世界潮流。

立足国情，居安思危，有备无患。立足现实，居危思变，临危不乱。人无德不立，志存高远，崇尚英雄，弘扬民族精神。国无德不强，选贤任能，造福人民，振兴自强精神。

十年树木，百年树人。尊师重教，礼义诚信。倡导仁义礼智信，改变国人在国际上的不良印象，恢复文化自信。知耻而后勇，知不足而精进。脚踏实地，追赶先进国家；默默耕耘，迎接民族复兴的黎明。

不负今生

2018 年 11 月 17 日

世事绵长，人生苦短。光阴似箭，岁月如梭。如何活才能不留遗憾？如何过才能不负春光？答案没有唯一，万变不离其宗：自立自强，不负今生。

不靠谁，不求谁，不怕谁。不靠谁，自强不息。不求谁，自力更生。不怕谁，自尊自信。自强人生孝敬父母，自力人生长本事，自律人生自尊自信。不怕别人看不起，只怕自己不如人。不怕世事艰难，就怕没有作为。不怕竞争激烈，就怕馋吃懒做。

不靠谁，自强不息，王侯将相宁有种乎？天子重英豪，文章教尔曹，万般皆下品，唯有读书高。读书习礼明理，读书识字辨事。唯有读书，能够正心诚意修身，可以致知格物精进。唯有读书，方可齐家治国平天下。读书励志，为天地立心，为生民立命，为往圣继绝学，为万世开太平。读书益智，改变自己，改变组织，改变世界。男儿当自强，读书有希望。书山有路勤为径，学海无涯苦作舟。

不求谁，自力更生。人，有贵贱之分，有贫富之别。出生不由人选择，道路由人选择。王永庆送米谋生，用心送米，积淀人脉，成就其事业。李嘉诚以塑料花生意养家，用心捕捉商机，成就辉煌人生。你今天的付出，决定你明天的基础；你今天的努力，决定你明天的能力；你今天的思想，决定你明天的志向。机会垂青有准备的头脑，一分耕耘，一分收获。天道酬勤，勤能补拙。业精于勤荒于嬉，行成于思毁于随。求人不如求己，怨天不如努力。积跬步之功，至千里之行。聚涓涓细流，成浩瀚江海。

不怕谁，自尊自信。出身贫寒不是包袱。只要肯用功，就能学业精。只要肯钻研，青史能留名。黄道婆、毕昇因其贡献而名垂青史，启功因其刻苦而成为著名书法家，华罗庚不因学历低而妨碍其成为著名数学家。闻道有先后，术业有专攻。不怕起点低，就怕不知底。不怕世事艰难，就怕慵懒。不怕经济不景气，就怕应对不及时。不怕乡村落后，就怕工作走过场。不怕人微言轻，就怕虚度光阴。不怕竞争激烈，就怕轻敌自负。不怕事复杂，就怕不用心。只要履职上心，就不怕失业。只要做事用心，就不怕被边缘化。只要应对难题专心，就不怕工作困难。只要肯做牛，总会有田耕。别人能做的你能做，别人不能做的你也能做，永远不会下岗。

光阴荏苒莫虚叹，岁月如梭莫静观。追赶潮流，搏击风浪。人生能有几回搏？不满足于舒适。敢于挑战自我，激发人生潜能。敢于担当使命，让青春绽放火花。以不懈的努力完善自我，不负今生。凭不屈的意志挑战困难，不辱使命。（2018 年 11 月 17 日早晨于 K89 次火车）

学而时习之

2018 年 11 月 19 日

关于学习，中国古代至圣先贤有诸多论述。《论语》孔子曰："学而时习之，不亦说乎？有朋自远方来，不亦乐乎？人不知而不愠，不亦君子乎？"《荀子》劝学篇："学不可以已，故木受绳则直，金就砺则利，君子博学而日参省乎己，则知明而行无过矣。"

这说明学与习是不可分割，学而不思则罔，思而不学则殆。学思悟行有机统一，学以明理，思以悟道，行以检验，修身养性，致知格物。

在大学，学与练习、实习、见习形成完整循环。学在明理，习在悟道。学在领会要领，习在遵循原则。学不浮躁，习不敷衍。学贵有恒，习在用心。安心学，静心习，宁心悟，潜心做。活到老，学到老，历练到自然。

从书本学道理，认识社会和自然，了解客观规律。通过实践检验认识的准确性。认识与实践，是学与历练的有机结合。从认识到实践，再从实践到认识，循环往复，以至无穷。学无止境，历练无终点。

学以致用，不能为学而学，学用两张皮。学，防止本本主义；习，防止教条主义。学习在明理，实习在悟道，见习在检验。学习、实习、见习是认识实践的客观要求，不同的内容，遵循的方式不同，实现的路径不同。

师者，传道、授业、解惑也。学生，向老师学为人之道，术业之理，释疑解惑，明辨是非。老师，为人师表，行为世范。尽精微，至广大。学生，博学之，审问之，慎思之，明辨之，笃行之。老师，教书育人，塑造灵魂。师道尊严，尊师重教。

子曰：“三人行，必有我师焉。择其善者而从之，其不善者而改之。”“见贤思齐焉，见不贤而内自省也。”取人之长，补己之短。敏而好学，不耻下问。学，正心诚意修身；习，致知格物精进。学，聚涓涓细流；习，积跬步之功。

子曰：“德之不修，学之不讲，闻义不能徙也，不善不能改也，是吾忧也。”世事变迁，孔子之忧甚也。破旧立新，数典忘祖，学之忧，淡也。礼义廉耻，四维不张，学之径，歧也。邯郸学步，舍本逐末，躁也。东施效颦，美丑不分，愚也。

教学相长，互相促进；学习相伴，如影随形。闻道有先后，术业有专攻。君子务本，本立而道生。学习不舍昼夜，滴水穿石。悟道不拘泥于形式，理论联系实际。遵循规律，天地人和。

知过必改

2018年11月20日

人非圣贤，孰能无过？知过则改，见贤思齐。吾日三省吾身，工作偷懒乎？居家懈怠乎？学习延误乎？人和人就差在点滴的用功，水滴石穿，贵在持之以恒。知耻而后勇，知不足而精进。知错必改，躬身做人。言行一致，脚踏实地。

诚信是做人之本。《弟子规》曰：“过能改，归于无；倘掩饰，增一辜。”这就告诫我们，不怕有过错，就怕不能正视过错。有了过错能改，品行日臻完善，别人也能原谅。改过自新，重新做人。有了过错想掩饰，一是错上加错，二是暴露了不诚实的品性。人而无信，难以立身。千夫所指，无病而死。

谦虚是进步的阶梯。满招损，谦受益。人有进步时，容易趾高气扬；人有成绩时，容易得意忘形。无论进步多大，过去的经验不足以保证未来不出差错；无论成绩多少，现在的能力不足以保证未来不遇挫折。世事无常，没有包治百病的灵丹妙药。

虚心使人进步，骄傲使人落后。正确评价自己，客观对待成绩。进步，离不开自己的努力；反躬自省，进步，也离不开别人的帮助。因此，当工作有成绩时，不要把成绩全归因于自己。同事的合作，领导的支持，是促使事情成功的根本保证。离开集体，个人是渺小的；没有平台，个人的能力是有限的。正确认识自己，有成绩勿沾沾自喜；客观评价事实，莫文过饰非。

学会谦卑，不忘感恩。志不可满，欲不可纵，傲不可长。世事纷繁，盘根错节，非凭一己之力，可功成名就。时过境迁，事物变化，非凭一时之经验，可破解难题。刨根问底，对症下药。兼听则明，偏信则暗。智者千虑，必有一失；愚者千虑，必有一得。

文过饰非，助长虚伪。言不由衷，人而无信。人而无信，不知其可。唯有正心诚意修身，方可致知格物精进。唯有恪守仁义礼智信，处事才能温良恭俭让。唯有忠恕孝悌，才能真诚慈悲。敬人者，人恒敬之。文过饰非者，人必唾之。哗众取宠者，人必厌之。言不由衷者，人必远之。诚实守信者，人必仰之。以身作则者，人必近之。

近朱者赤，近墨者黑。近贤能，行善不为人知。远小人，检点自身言行。严于律己，宽以待人。襟怀坦白，豁达包容。躬身恪守道德，汗水净化灵魂。人不学，不知义。玉不琢，不成器。为天地立心，承受雕刻之苦。为生民立命，恪守道义本分。

改过不难，难在不能正确认识过错。认错不难，难在诚心诚意改正过错。承认过错需要勇气，承担过错需要胸怀。面对过失，勇于主动承担。面对问题，防止推诿扯皮。人易好大喜功，不能推功揽过。言改过易，真改过难。吾日三省吾身，重犯旧病乎？重蹈覆辙乎？与人交往食言乎？

从善如登

2018年11月29日

人贵有自知之明，勿虚言妄语。天不言自高，高山仰止。地不言自厚，厚德载物。人不言自能，公道人心在。行善积德，不求扬名。常怀慈悲之念，常存敬畏之心。

至要莫若教子，至乐莫若读书。教子，贵在正心诚意修身；做人，难在致知格物精进。兼听则明，偏信则暗。鉴古知今，弃暗投明。古人之语，智慧结晶。领悟古人语，检讨今人行。正心修身，慎思笃行。不忘仁义礼智信，牢记温良恭俭让。

家和万事兴，从善家道兴。言善易，行善难。做一件善事容易，长期坚持做善事难。从点滴小事做起，莫因善小而不为，莫因恶小而为之。行善举，源于家风；以身作则，世代传承；耳濡目染，教育子孙。忠恕孝悌，身体力行；友爱邻里，和睦家人；慎终追远，孝道铭心。

万物皆有源，善恶皆有因。善恶有报，因果不虚。行善积德，庇荫子孙。善念生慈悲，善行养智慧。慈悲行，智慧生，力无穷。道法自然，守道中庸。天地人和，关爱众生。不忘老幼弱者，常怀恻隐之心。

从善如流，洗耳恭听。虚怀若谷，学会感恩。知天地冷暖，怀人间真情。从善如登，谨言慎行。养善念，学贵有恒。持善行，不懈精进。承上启下，持之以恒。忠厚持家，耕读用心。黎明即起，珍惜秒阴。读圣贤书，做中正人。陶冶情操，修炼品行。

淡泊明志

2018年12月5日

物欲横流，目不暇接。信息泛滥，心动神疲。世事纷繁，心烦意乱。天灾人祸，充斥人间。非淡泊无以明志，非宁静无以致远。清心静气，读圣贤书。正心诚意修身，豁达包容天下人。

欲不可纵。人生宜恬淡，为腹不为目。天下物质琳琅满目，目不暇接。若陷入其中，难以自拔。夜深人静想想，寝室只需一张床，生活一日三餐。若少一点物欲的追求，不会如此疲惫。若少一点互相攀比，生活则能自得其乐。若少一点贪意，心情多一分平静。若少一点嗔恨，心里多一丝宽慰。若少一点痴迷，则多一分悠闲。

志不可满。古圣先贤的追求在于“为天地立心，为生民立命，为往圣继绝学，为万世开太平”。矢志不渝，正心修身。铁肩担道义，妙手著文章。今天教育的目标是“改变自己、改变组织、改变世界”。科技进步，日新月异。有志于此，追求卓越。满招损，谦受益。虚怀若谷，谦卑做人。

傲不可长。天外有天，人上有人。不论你多富有，难以独占鳌头。无论你官多大，难以笑傲江湖。天有不测风云，人有旦夕祸福。洁身自好，谦逊做人。正心修德，厚德载物。德不配位，必有灾殃。常怀慈悲念，动恻隐之心。

祸莫大于不知足。人生应该奋斗，追求美好生活无可厚非。目标不切实际，难以企及。随遇而安，知足常乐。人和人不能比，和自己比有进步，自我激励。生活有改善，自我满足。追求满足不能到精疲力竭的地步，没有健康的身体，难以享受人生；没有健康的心灵，难以品行超群。

福莫大于知止。知止而能静，静而能安，安而能虑，虑而知得失，思而知进退。该进则进，该退则退。退一步海阔天空，让三分风平浪静。不如意事十之八九，坦然面对。失意莫消沉，塞翁失马，焉知非福。天地人和，道法自然。悟道守中庸，明理常修身。进退自如，笑对人生。淡泊明志，宁静致远。

弘扬敬老之风

2018年12月18日

中国有五千年文明，敬老爱幼是传统美德。鲁哀公问孔子说："大夫们都劝我，要大力提倡尊重年长之人，可以吗?"孔子回答说："君王，您果真能做到这一点，那么从此以后普天之下的百姓都要仰赖您的无量功德了，哪里仅仅是鲁国受益呢?"

哀公说："为什么这么说呢?"孔子说："老年人受到天下人的恭敬已经很久了，仅次于侍奉自己的父母。因此，在朝廷上爵位相同时，以年长者为尊；七十岁以上的人拄着拐杖到朝廷，国君讯问事情就要给他安排座位；八十岁以上便不在朝廷做官了，国君讯问事情要亲自到他家里请教。"

随着时间的推移，也许敬老的客观条件日趋艰难，但无论如何，这不能成为不尊敬老人的理由。自己可以享受生活，父母却无家可归。百善孝为先，万恶淫为首。"夫孝，德之本也，教之所由生也。身体发肤，受之父母，不敢毁伤，孝之始也。夫孝，始于事亲，中于事君，终于立身。"

敬老，是社会生活的重要内容，是家庭和睦的根本保证。若孝道家喻户晓，则敬老蔚然成风。忠孝人生，履职不忘敬老，修身不忘齐家。敬老，内化于心，潜移默化；外化于行，身体力行。

敬老，从现在做起。树欲静而风不止，子欲孝而亲不待。敬老，精神抚慰胜于改善食物，悉心陪伴好于给予金钱。敬老，从我做起。承上启下，争做孝子。以身作则，传承家风。

敬老，蕴含文化价值，传承民族基因。家庭是社会的细胞，唯有细胞健康，身心才能愉悦。敬老是民族的灵魂，唯有灵魂向上，民族才能振兴。敬老，说易行难，慎思笃行。敬老，融化在血液里，落实在行动中。敬老，积跬步之功，默然前行。聚涓涓细流，滋养心神。弘扬敬老之风，常存恻隐之心。慈悲为怀，乐于助人。

勤　　奋

2018 年 12 月 19 日

勤俭天下无难事，发奋世上有奇迹。改变现状靠勤奋，主宰未来依然离不开勤奋。勤思、勤学、勤做、勤总结，集思广益，少走弯路。天道酬勤，勤能补拙。笨鸟先飞，慢人先行。驽马十驾，功在不舍，用心一也。

天道酬勤，勤能补拙。聪明的懒惰者迟早会落伍，平凡的执着者功不可没。冰冻三尺，非一日之寒。人才成长，赖千日之功。蚓无爪牙之利，上饮黄泉，下食埃土，用心一也。

半途而废的天才比比皆是，矢志不渝的通才不乏其人。龟兔赛跑，龟，积跬步之功，率先抵达，用心一也。聪明者依然勤奋，普通人岂能慵懒？不怕起点低，就怕不勤奋。黎明即起，刻苦用功，有备无患，事事顺心。日照三竿，赖床呻吟，手忙脚乱，出错有因。莫怨时运差，检点自己是否勤奋。莫羡慕成功者风光，常反思自身的差距。吾日三省吾身：做事拖延乎？做事尽力乎？做人勤奋乎？

熟能生巧，勤能出彩。书读千遍，其意自见。庖丁解牛，游刃有余。勤思考，避免贸然行事。勤练习，防止忙中出错。勤总结，查找不足。勤反思，迷途知返。眼勤多读，手勤多写，心勤多悟，脑勤多思。勤学深思，勤习细悟。习惯日渐形成，成效日益明显，品格日臻完善。

勤奋不晚，从现在开始。下苦功夫，用笨办法。启发勤奋意识，不思取巧，踏实用功。学习要勤奋，工作要勤勉。勤奋不辍，难事变易。一勤天下无难事，二心世上有苦衷。积跬步之功，行稳致远。勿心猿意马，望洋兴叹。命运掌握在自己手中，动力源于自己心中。勤勉做事，勤俭持家，勤奋做人。

勤奋，要持之以恒。贵有恒，何须三更起五更睡；最无益，就怕一日曝十日寒。勤奋人生，矢志不渝。咬住目标不放松，任尔东西南北风。抵御各色诱惑，我自岿然不动。

在寒风中伫立

2018 年 12 月 29 日

今天是 2018 年最后一个工作日。上班族还需坚守岗位，像边防战士伫立在雪域高原，迎风冒雪，全神贯注，守土尽责。清晨，上班族穿行于凛冽寒风中，行进在拥挤的地铁上，沉思于竞争职场外，不寒而栗，寒气袭人。

我独自漫步街头，伫立在寒风中，体会寒风的凛冽，顿时百感交集。卖火柴的小女孩，期盼有人来买火柴。卖炭翁，可怜身上衣正单，心忧炭贱愿天寒。然而，富翁冰雪游，寻求的是刺激；情侣冰雪游，憧憬的是浪漫。同样的数九寒天，伫立寒风中有着不同的感受。伫立寒风中，几人欢娱几人愁。

战士伫立于国门，保家卫国。青春无悔，记忆中几多自豪，生活中几多苦涩。“你不站岗，我不站岗，谁来保卫国？谁来保卫家?”

冰雪健儿伫立于竞技场，全神贯注，苦练技艺，为国争光。学生伫立于操场，强身健体，争当栋梁。

顶风冒雪，不同的人有不同的感受；不同的人心底有不同的期盼。当我们伫立寒风中，除了刺骨的寒冷外，还有哪些感受？还有哪些期许?

在寒风中伫立，体会刺骨的寒冷，领悟竞争的严酷，锤炼生存能力。增强御寒能力，有备无患。增强御寒意识，未雨绸缪。

学会包容

2018年12月31日

2018年随风而去，辞旧岁总结经验，学会包容，化干戈为玉帛。2019年乘风而来，迎新春再展宏图，坚定自信，天堑变通途。唯有包容，才可以合作共赢。唯有包容，才可以避免对抗。互惠互利，柳暗花明又一村。

经历了2018年风雨的洗礼，在跋山涉水中认识了水性，悟出了自然之道。海纳百川，不拒细流，方能浩瀚无边，蕴含惊涛骇浪。有容乃大，无欲则刚。在突破重围中彻悟了人性，与人为善，惠及自身。职场多风险，包容能共赢。

经历了2018年职场的艰辛，方知山外有山，顿悟人上有人。成功源于积累，做人要真诚，做事要守信。急功近利者难成大事，哗众取宠者迟早失信。得人心者，事成于小，积跬步之功，行稳致远。失人心者，功败垂成，缺乏包容心，必成孤家寡人。

市场充满竞争，忘记失利的伤痛。包容自己的过失，爬起来继续前行。吃一堑，长一智，在职场学会包容，慈悲为怀，以大局为重，互惠互利，携手前行。坚定信念，在挫折中学会生存，百折不挠，砥砺奋进。在逆境中学会坚守，风雨同行，豁达包容。

世事充满变数，不要一意孤行。过去的经验并非灵丹妙药，过分自信会迷失方向，博采众长，学会包容。包容不同意见，防止陷入险境。包容合作者，换位思考，避免掣肘误事。包容自己的不足，闻道有先后，术业有专攻；矢志不渝，砥砺奋进！

过去的一年，无论收获多少，挺过来就不容易。包容前进中的瑕疵，扬长补短，风雨兼程。过去的一年，无论进步与否，坚守住就不简单。包容自己的平凡，心情舒畅，敬业忠诚。唯有学会包容，才能经受住风雨的考验，有望看到迷人的彩虹。

包容过去，轻装上阵。包容现在，笑迎新年的钟声。包容未来，憧憬希望的黎明。

一勤天下无难事

2019 年 1 月 1 日

一抹晨曦绯红，一阵寒风袭人，新年第一个清晨，一句谚语刻骨铭心：“人勤地生宝，人懒地生草。”一日之计在于晨，一生之计在于勤。

回眸一个甲子，一勤立身无难事，一世无争心宁静。做事一腔热血，做人一世真诚。履职一心一意不偷懒，尽责一点一滴不放松。一心为公，一生忠诚；一心为民，一世准绳。工作务实，一点不马虎。办事求真，一丝不懈怠。学习认真，一丝疑虑不存。一生恪尽职守，一世修身净心。一时不敢偷懒懈怠，一刻不忘慈悲宽容。

盘点 2018 年，发挥一点余热，奉献一片赤诚。履职一路艰难，率队一马当先。诘问蹊跷，一针见血；核实线索，一丝不苟。坚守原则，一以贯之；聚焦问题，一步不离。一点一滴查漏洞，一丝一毫找短板，一单一票找裂痕，一桩一件查幽径。一言一语聚智慧，一问一答辨伪真。一心为民，关心弱势群体；一心为公，捍卫党的灵魂。一点一滴敬业的心血，凝成一张一弛治企的共鸣。

告别 2018 年，一生的领悟铭刻在心，一个甲子的足迹融入征程；一缕银发折射出道路曲折，一丝皱纹刻下岁月艰辛；一腔热血燃烧激情，一片忠诚塑造灵魂。履职尽责，一丝不苟；防微杜渐，一尘不染。一点一滴的收获，不忘一如既往的鼎力支持，牢记一马当先的携手并行。珍视一丝一毫的关心，恪守一生一世的准绳。不忘一山一水的披荆斩棘，铭刻一朝一夕的风雨兼程，一生的积淀丰富，浓缩成一句感恩。一直的陪伴情浓，汇聚成一曲共鸣。好人一生平安，慈悲智慧永存。

迎来2019年的晨曦，呈现一幅崭新的年轮。一样的黎明，不一样的人生。一样的年轮，不一样的心情。一早一晚不再操劳，一桩一件不用揪心。一生的忙碌成为记忆，一路的颠簸化为风尘。一心回归自然，一意欣赏宁静。一生何其珍贵，珍惜一分一秒的光阴。吮吸一丝凛冽晨风，回味一曲恬淡人生。一生知足常乐，一世自警自省。

把握今天

2019年1月3日

今日复今日，今日何其少。今日又不为，此事何时了？人生百年几今日，今日不为真可惜。把握今天，开创未来。

光阴似箭，岁月如梭。多少事，从来急，天地转，光阴迫。时不我待，只争朝夕。人生有限，世事无穷。做有益的事，过好今天；严于律己，做好自己。

把握今天，雷厉风行。黎明即起，洒扫庭除。文武皆习，精益求精。少而好学，如日出之阳；壮而好学，如日中之光；老而好学，如秉烛之明。学习须趁早，莫等闲，白了少年头，空悲切。修身须正心，牢记仁义礼智信。

把握今天，识时务，辨大势。忌孤芳自赏，防一意孤行。知己知彼，顺势而行。因势利导，防止误入歧途。借势发力，竭尽全力前行。虚怀若谷，取人之长。脚踏实地，循序渐进。忌好高骛远，防哗众取宠。

把握今天，不忘昨天。吃一堑，长一智；他山之石，可以攻玉。鉴往知今，谨言慎行。立足现实，作风务实；尊重事实，工作踏实；正视差距，举措从实。虚言误事，实干成才。

把握今天，锐意进取；立卧薪尝胆之志，发愤图强；蓄破釜沉舟之能，势在必胜；聚锲而不舍之力，愚公移山。博采众长，集思广益。知耻而后勇，正心诚意修身。知不足而精进，补短板，一丝不苟。知畏惧而虔诚，堵漏洞，不容侥幸。

把握今天，修炼品行。厚德载物，仁爱待人。读书悟道，慈悲为人。虚怀若谷，为天地立心。志存高远，为生民立命。启蒙教化，为往圣继绝学。恩泽众生，为万世开太平。

自卑与超越

2019年1月14日

在人的成长过程中，都会经历自卑的折磨。有的人战胜了自卑，走出了自卑的阴影，凭借不屈不挠的意志和超乎常人的付出，战胜了困难，沐浴着自信的阳光成长，书写自信人生。有的人陷入自卑而不能自拔，自惭形秽，自叹不如，消极厌世，最终陷入忧郁而颓废，虚度时光而无所作为。

人都有自卑，谁能超越自卑，谁就能改变现状，创造未来。自卑是客观存在的，不能回避现状，要敢于正视不足。农村孩子穷，因家境贫寒而自卑。相貌一般的孩子，为颜值低而自卑。不论穷富，不想自己无法改变的现实，积极改变可以改变的未来，成功会向你招手。不管美丑，态度坦然，正心诚意修身，致知格物精进，生活会向你微笑。

人如果能超越自卑，凭借顽强的意志和不懈的努力，勇于战胜生活中的困难，将会改变命运，主宰人生。无论是生理上的缺陷，还是经济上的拮据，都不是人生注定失败的因素。唯有自卑心理会捆住奋斗的手脚，对厄运逆来顺受，陷入自我毁灭之中。

从那些身有残疾的成功者身上学习自强不息的精神，鼓起自食其力的勇气，挑战自我，发掘潜能，书写成功人生。富兰克林·罗斯福患有小儿麻痹症，但通过奋斗却最终成为美国总统。尼采身体羸弱，他弃剑就笔，写下不朽哲学著作。

人无完人，只要精神上自强不息，一切困难都可以克服。心理健康是战胜自卑的前提，意志顽强是改变命运的保证。唯有超越自卑，才能主宰命运并创造奇迹。

自强不息

2019年1月15日

人的成败不取决于掌握了多少知识，而是取决于运用知识解决问题的能力。

唯有知行合一，方能自强不息。

生活的道路并不平坦，人生不如意事十之八九。身体健康者不能被困难所吓倒，更不能沉迷于嬉戏人生。人生的意义在于克服困难，战胜自我，造福社会和人类。洒汗水于天地，留思考在人间。

身体有残疾者能成功，正常人没有理由在困难面前退缩。身体羸弱者自强不息，身体强壮者没有理由虚度时光。家境贫寒者能白手起家、自食其力、顽强拼搏而成才，家境富裕者岂能玩物丧志、游戏人生、追求奢侈而堕落。

只要精神健康、心志坚定，就能超越自卑。只要敢于挑战困难，不屈服于各种不利条件的制约，就能以百折不挠的毅力和持之以恒的精神，走出逆境，走向成功。

先天不足不是后天沉沦的根源。只要精神不滑坡，办法就比困难多。后天发愤是弥补先天不足唯一的办法。不管先天有何不足，都要做好自己，自食其力，自强不息。只要肯做牛，总会有田耕。

即使先天条件优越，天上也不会掉馅饼。命运永远掌握在手中，力量的源泉在心中。培养健全的人格，修炼顽强的意志，乐观向上，积极进取，超越自卑，主宰人生。

2019 年是扑朔迷离的一年，没有谁可以稳操胜券。唯有潜心于做事，执着于做优，才能应对各种挑战。即使自己力量薄弱，也不能妄自菲薄。天道酬勤，勤能补拙。面对挑战，脚踏实地，攻坚克难。超越自卑，天生我材必有用。坚定自信，直挂云帆济沧海。知行合一，自强不息。

淡　　然

2019 年 1 月 22 日

老子《道德经》的核心是尊道贵德。做人，不能一味追求荣华富贵，更不能嗜欲无止境；做人，要有利他之心，修炼无我之念。做人，尊重自然之道，破除我执，恬淡无为；致虚极，守静笃。做人，恪守自然之道，天地人和。铭记天地之道，生养万物而莫有，循环往复而不穷。修炼君子之德，不为嗜欲所驱，不为名利所动。处逆境泰然处之，遇灾难淡然应之。

淡然，是一种心态，不要太在意名利地位，君子为腹不为目；不要太在意成败得失，以出世的心态，做入世的事。不求其有，但求其用。有之以为利，无之以为用。

淡然是一种境界。多言数穷，不如守中。恬淡宁静，虚怀若谷。不追求难得之货，不羡慕荣华富贵。虚其心，实其腹。弱其志，强其骨。淡其名，重其事。

淡然是一种修炼。“五色令人目盲，五音令人耳聋，五味令人口爽，驰骋畋猎，令人心发狂，难得之货令人行妨。是以圣人为腹不为目，故去彼取此。”抱朴守中，为而不恃，成而不骄，富而不奢，贵而不傲。

淡然是毕生追求。执古之道，以御今之有。悟天之道，以明今之事。敬畏天之道，正心诚意修身。领悟圣人之道，致知格物精进。以古知今，悟道虚静。夫唯不争，而无忧。浊而静之徐清，安以动之徐生。君无为则人乐，君多欲则人苦。聪明睿智，守之以愚。富贵广大，守之以俭。

学贵在行

2019年1月24日

学，不舍昼夜；行，矢志不渝。知行合一，既要知其然，知其所以然；更要矢志不渝行，雷厉风行做。知而不行易浮躁，知多行少易骄傲。空谈误事，实干成才。

学，忌浮躁。心猿意马度时光，一知半解；学，贵有恒，以水滴石穿的精神学，持之以恒。然而，即使学富五车，若不尽心做事，也只能是夸夸其谈。知行要合一，自强不息。学，不仅在悟道，贵在行道。以身作则，身体力行。学要有“为天地立心、为生民立命”之志，抓铁留痕；行要有“为往圣继绝学、为万世开太平”之迹，踏石留印。

有志于学，付诸于行。有志者立长志，无志者常立志。三百六十行，行行出状元。学以悟道，行以修德。庖丁解牛技艺精湛，游刃有余。张秉贵一把抓功夫，令人惊叹。学要一丝不苟，行要精益求精。

熟读“黎明即起，洒扫庭除”，就要身体力行，以身作则，示范后人。会上口若悬河“权为民所用、利为民所谋、情为民所系”，会下就要深入基层“了解民情，化解民怨、凝聚民心”。否则，学再多，只能成为夸夸其谈的英雄；讲再多，只能是哗众取宠的使者。唯有知行合一，才能正心诚意修身，致知格物精进。唯有言行一致，才能抓铁留痕而改变现状，踏石留印而创造未来。空谈理论误事；虚言勤政误国。

学贵在行，知行合一。行贵在实，矢志不渝。学在悟道，明心志；行在修德，敢担当。学，忌做表面文章；行，怕做面子工程。

学在修炼品行，鉴往知今，正心诚意做人。行在使命担当，不忘初心，履职尽责做事。铁肩担道义，妙手著文章。言而有信，行而不辍。

务　实

2019年1月25日

人应该有追求，追求能激发动力，但行动一定要务实。憧憬能唤起激情，但思维一定要理性。追求要切合实际，不能好高骛远；行动要脚踏实地，不能夸夸其谈。

不能凭空臆造领先。想拥有主动权，是否有驾驭的本领？想掌握主动权，是否有掌控的实力。正视现实找短板，知耻后勇堵漏洞。脚踏实地做，心静如水思。抱朴守拙，不忘本分。

华为今天宣布5G基站芯片技术，是企业务实做事的榜样。经营企业要务实做事，不能画饼充饥。在遭遇扣押高管、四面被围堵的严峻形势下，华为异常理性，务实做事，步步为营。

2019年经济下行压力加大，企业急需的不是响亮的口号，而是务实的行动。高管急需的不是说一不二的威权，而是集思广益的互动。员工急需的不是唯唯诺诺的服从，而是敢于担当的突破。积跬步之功，致千里之行。聚集员工智慧，成为不竭动力。迎难而上，砥砺前行。

形势严峻，要依靠自己走出困境。市场萎缩，要依靠员工开拓进取。唯有务实做事，才能理性应对。唯有踏实做人，才能起死回生。天上不会掉馅饼，勿一厢情愿等机会。市场的争夺是实力的比拼，企业的竞争是人才的较量。

面对困难，冷静应对。面对困境，从长计议。不打无准备无把握之仗，苦练基本功，打好基础，补齐短板。强化内部管理，提高效率，降低成本。选准突破口，运筹于帷幄之中，决胜于千里之外。

不怕起点低，就怕不知底。做有意义的事，过好每一天。工作务实，切忌拔苗助长。作风踏实，防止哗众取宠。信息真实，避免自欺欺人。信念坚实，防止随波逐流。

勿急勿躁

2019年1月29日

岁末年初，世事纷繁。新年任务重，职场压力大。物价飙升快，囊中财宝少。过节应酬多，随礼压力大。同学聚会频，恐露窘迫相。青年人心底有一丝过节恐惧症，又急又躁。

既是之，则安之。钱虽有限，年还要过。能力有限，事必须办。量入为出，勿攀比；勤俭持家，勿奢侈。过节尽孝在心意，朋友交往在情义。年年难过年年过，节衣缩食办法多。钱少勿急，精打细算。事繁勿躁，统筹安排。

正视现实，理性应对。钱少莫急，注重开源节流。养成节约的习惯，花钱量入为出，切忌超前消费，杜绝透支信用。人穷志不穷，清廉勤慎行。读书明理，不忘感恩。不羡慕珍馐美酒，守得住清贫。不追求霓虹耀眼，耐得住寂寞。达则兼济天下，穷则独善其身。

矢志不渝，忍辱负重。位卑莫躁，履职尽责包容。诚信为本，克制为戒，忍让为先，宽大为怀。莫怨位之不尊，常思德之不配。正心诚意修身，虚怀若谷精进。敬业忠诚，不辱使命。淡泊以明志，宁静以致远。做有意义的事，做有担当的人。做好自己，过好每一天。

悟天地之道，走自强之路。常怀利他之心，常修无我之念。少私寡欲，勿急勿躁。学会换位思考，少怨多思。守拙如初，取人之长。明心志，持之以恒。积跬步之功，致千里之行。修品行，慎独专注，致虚极，行静笃。

知止不殆

2019年1月31日

老子曰："道常无名，朴。虽小，天下不敢臣，侯王若能守之，万物将自宾。天地相合，以降甘露，民莫之令而自均焉。始制有名，名亦既有，夫亦将知止，知止可以不殆。譬道之在天下也，犹小谷之于江海也。"抱朴守真，悟道而行。

知止不殆，敬天畏人。

道作为先天地而存的自然法则，使万物处于有序的运行状态；人处其中，顺应自然之道。做事有敬畏之心，不可逆道而行。行为合于道，事情才能顺利。天人合一，心灵感应。善有吉兆，凶有恶相。

夫追求名利，不可违逆道。功成名就，激流勇退，知止不殆。得意之时不可忘乎所以，事虽小不可逆道。若能洁身自好，共守自然之道，万物会风调雨顺。若违天理、纵人欲，必将受道之惩罚，遭天之报应。

人生有天性禀赋，后天应修德守道，使之合于人之天性。不以己悲，不以物喜。循道而行，修德近道。有廉耻，知进退。存慈悲，抑贪欲。守人伦，知敬畏。

潜心悟道，诚信行道。知其荣，守其辱，远祸近福。谦卑守道，贵德尊道。知其白，守其黑，韬光养晦。

自　胜　难

2019 年 2 月 1 日

人生的苦恼多数发源于心底的贪嗔痴，人的失落多半滋生于无谓的比较。归根结底，苦恼和失落在于自身的能力无法满足自己的欲望，引起对别人的羡慕和嫉妒。

老子曰：“知人者智，自知者明。胜人者有力，自胜者强。知足者富，强行者有志。不失其所者久，死而不亡者寿。”了了数语，言简意明，耐人寻味。字字珠玑，知易行难，难在自胜。

人们常说要明智，不能轻举妄动。这就是强调知人知己。知人难，知己更难。不能知人者不智，不能自知者不明。不明者犹盲人骑瞎马，半夜临深地而不知。

职场竞争，既是综合能力的较量，更是意志品质的比拼。获胜者，不仅胜在能力，技高一筹；更是胜在心智，意志顽强。在竞争中的失败者，往往败于自己。败于不能严于律己，不能战胜懒惰，不能克制冲动，不能统筹全局。因此，要想取胜，先修炼胜己。

习惯于攀比诱发不满足，其实，若换个角度思考，少私寡欲，心中就是另一番景色，柳暗花明。如果执迷于自我，总觉得怀才不遇，山穷水尽。因此，放低身段就容易满足，降低标准就感觉富有。

无论何时，人都不能忘记立身之本。恪守职业操守，不越底线，不碰红线。

不轻举妄动，就可以长久平安。然而，由于内心欲望的涌动，贪嗔痴交织，会陷入自我纠结而不能自拔。人的天性使然，自胜难。外界的诱惑丛生，自胜更难。淡泊明志难，宁静致远更难。

物欲横流，唯有正心诚意修身，方可致虚极而自胜。常修无我之念，常怀利他之心。放下名利，看淡得失。

勿以善小不为

2019年2月3日

道循天理，勿以善小而不为，勿以恶小而为之。积小善成大善，善之善者也。行善不需人见，积德自有天知。“道之所存，万物恃之以生而不辞，功成而不有。”德之所在，心怀善念，常存恻隐之心。

德循道而立，修德不图虚名。正心诚意修身，不哗众取宠。致知格物精进，不钓誉沽名。雪中送炭，举手之劳助人。

悟道于点滴之事，善不积不足以成名。九层之台起于垒土，合抱之木始于毫末。聚涓涓细流，成浩瀚江海。事遵天道，人守天理。得意莫忘形，失意莫消沉。

慎独于幽微之迹，恶不积不足以灭身。存敬畏之心，勿仗势欺人。存恻隐之心，勿盛气凌人。少私寡欲，豁达包容。达则兼济天下，穷则独善其身。

修德于起心动念，为善于潜意识之中。心怀慈悲念，常存利他心。抑制贪欲念，消除嗔恨心。助人为乐，接济众生。敬老爱幼，弘扬家风。严以律己，宽以待人。

立德于幽微之处，讷于言而敏于行。天地人和，道法自然。人循天理，道自心生。修身悟道，立德正身。天高地厚，敬天畏人。关爱贫弱，敬畏神灵。

享受过程

2019年2月4日

告别戊戌年，迎接己亥春，享受过程，做好自己，勿以成败论英雄。盘点过去，审视心志，勿以物喜，勿以己悲。尊道贵德，正心修身。珍惜平台，打好基础，高以下为基。脚踏实地，专心于做事，致力于修德。存恻隐之心，善待弱者，贵以贱为本。

辞旧岁总结经验，放下过去，放下面子，放下懒惰，放下抱怨，一切美好即将发生！迎新春矢志不渝，鼓起勇气，背起行囊，挑起重担，挺起脊梁，所有困难踩在脚下！

莫在意得失，不忘龟兔赛跑之理，积跬步之功，不舍昼夜。莫在意进退，塞翁失马焉知非福，但行好事，莫问前程。莫在意名利，天道无亲，常与善人；积德行善，荫庇子孙。机关算尽太聪明，反误了卿卿性命。

不登高山，不知天之高也，不临深溪，不知地之厚也。不闻先王之遗言，不知学问之大也。登山者众，登顶者寡。登顶者固然可贺，会当凌绝顶，一览众山小。未登顶者依然可敬，享受攀登过程的景色，感受大自然的神奇。

人生似登山，矢志奋斗者众，如愿以偿者寡。奋斗者皆有收获，在砥砺前行中沐浴风雨，在挥汗攀登中领略彩虹。不懈追求者皆有喜悦，在逆境中锤炼意志，在挫折后领悟人生。

告别戊戌年，无论收获多少，都不要纠结；无论进步多大，都不要懊恼。凡事尽力了，就问心无愧；吃一堑，长一智。敲响新年的钟声，迎接希望的黎明。积跬步之功，书写新的年轮。无怨无悔，享受过程。

不言之教

2019年2月7日

春节是传统佳节，八方游子归，四海家团圆。这是传统文化的魅力，行不言之教，华夏儿女从之。有无为之益，国泰民安。

传承文化，弘扬美德。这是民族的基因，代代传承，行不言之教；人人效仿，以身作则。面对社会的不和谐，沉思家庭的不和睦，吾日三省吾身：言而有信乎？行而有德乎？事而有益乎？静坐常思己过，有愧于良心乎？

传统文化对家庭的影响是潜移默化的，凝聚为家风，沉淀为家教，塑造出家范。家庭是社会的细胞，家庭和睦是社会稳定的基础。作为家长，行不言之教，责无旁贷；无为之益非一时之举，乃千日之功。

家庭教育耳濡目染。历史上的名门望族，世世有栋梁，代代传家风，其秘诀就是家长行不言之教，子孙有无为之益。忠厚传家久，诗书继世长。张英以身作则，主动退让，邻居受感动。因此，六尺巷闻名于世，传为佳话。这就是不言之教的魅力。

今天重温“千里修书只为墙，让他三尺又何妨？万里长城今犹在，不见当年秦始皇。”的诗句，耐人寻味，几多思考，几多启迪。家长对子女的教育，身教胜于言教。领导对群众的引导，不在于你说什么，而在于你做什么。

任何组织的不和谐，是领导缺乏不言之教的负面影响，没有无为之益的治理效果。组织如此，家庭亦然。家长不读书，沉迷于娱乐，子女难以潜心读书。家长生活不检点，子女迟早会效仿。这是潜移默化的结果，是不言之教的负面影响。

以身作则的不言之教，立足于正心诚意修身，学为人师，行为世范。尊道贵德的无为之益，根植于少私寡欲慈悲，非一蹴而就，需持之以恒。不言之教，影响子女的品行修养，此乃家庭和睦之大事，不可不慎。不言之教，关系民族的对外形象，此乃民族兴亡之大计，不可不察。行不言之教，忌虚言妄语。

知己难

2019年2月9日

过于自信者会自负，感觉良好者会失态。自恃高明者会孤傲，自命不凡者会狂妄。违道者失德，逆道者失信。失德者陷囹圄而不明，失信者处绝境而不晓。

知人难，知己更难。知己难，难在自恃不凡。过分自信遮住了双眼，看不清别人的长处。知己难，难在信息不对称。坐井观天者夜郎自大，自命不凡者刚愎自用，怀才不遇者牢骚太甚，清高刻薄者树敌太多。

知己难，难在别人的奉承。廉价的赞美，令人陶醉；虚幻的奉承，让人自恋。夸大其词的表扬，让人张狂；阿谀逢迎的讨好，使人膨胀。知己难，难在对自己的客观评价。点滴成绩会助长自满情绪，优秀表现会滋生骄傲情绪。满招损，谦受益。不识庐山真面目，只缘身在此山中。

鉴古知今。知人者智，自知者明。知人贵在识人，识人重在善任。知己贵在知不足，个人的力量微不足道，不要把功劳都归功于自己。知己，贵在知天地之浩瀚；知己，难在知自己渺小。盲人摸象，只知其局部，无法判断整体。

知人贵在知己知彼，知己贵在知天知地。山外有山，人上有人，勿自恃聪明。拨开眼前自我意识的障碍，放眼全局，审视自我。离开组织的个体，难有大的作为；自我为中心的意识，让自己寸步难行。

知道者，足不出户以知天下，不窥于牖以知天道。道法自然，悟道修德以知己，吾日三省吾身。相反，自恃聪明者孤陋寡闻，虚言妄语者轻举妄动；欲速则不达，事倍功半。

修之于身

2019年2月12日

《礼记·大学》："古之欲明明德于天下者，先治其国；欲治其国者，先齐其家；欲齐其家者，先修其身；欲修其身者，先正其心；欲正其心者，先诚其意；欲诚其意者，先致其知，致知在格物。物格而后知至，知至而后意诚，意诚而后心正，心正而后身修，身修而后家齐，家齐而后国治，国治而后天下平。"

这是儒学正心诚意修身的基本逻辑，是齐家治国平天下的必由之路。修身是齐家治国的起点，正心是修身的灵魂，诚意是修身的保证。心诚则灵，修身不辍。无欲则刚，修身不殆。

"善建者不拔，善抱者不脱，子孙以祭祀不辍。修之于身，其德乃真；修之于家，其德乃余；修之于乡，其德乃长；修之于邦，其德乃丰；修之于天下，其德乃普。故以身观身，以家观家，以乡观乡，以邦观邦，以天下观天下。吾何以知天下然哉？以此。"

《道德经》从另一个角度阐释了修身的轨迹，深刻揭示了修身养德的重要意义：对建设和谐社会具有重要的现实意义；为营造和睦家庭氛围指明了方向；以道的视角阐述了忠孝对修身的影响。尊道贵德乃忠孝人生的必由之路。

无我利他是释家的修身起点，慈悲为怀，克制为戒。戒除贪嗔痴念，常存恻隐之心。放下名利，看淡得失。起心动念为普度众生，慈悲利他能积淀智慧。慈悲生智慧，智慧有力量。

儒道释劝人向善，修身是必修之课。无论相信什么，都不要忘记修身。无论追求什么，都不要忘记因果。无论多么出色，在宇宙中都极为渺小。无论多么富有，无法永远占有财富。

人生是一个过程。存在的意义在于过好每一天，做有意义的事，做好自己。过好每一天，关键在于恬淡宁静，少私寡欲，尊道贵德。做有意义的事，在于定位准确，无我利他，放下欲望，戒除贪嗔痴。做好自己，关键在于修身。修身须净心，心净则心静，心静则寡欲，寡欲则豁达，豁达则包容，包容则少嗔恨。

善恶有报，因缘不虚。积善之家有余庆，积恶之家有余殃。尊道贵德，敬天畏人。多一点包容心，少一点嗔恨念。多一份责任心，少一丝自私欲。多一分诚意，少一分怨恨。静修无我之念，常怀利他之心。静修慈悲之心，常集智慧之识。洒下善因，收获善果。欲有善报，修之于身。

少小须勤学

2019 年 2 月 14 日

《中国诗词大会·第四季》已接近尾声，今晚将决出本赛季冠军。仅观看了第八场、第九场两场比赛，场上选手的惊人表现令人惊叹，少年儿童的出口成章令人羡慕，真可谓自古英雄出少年，巾帼不让须眉。

《中国诗词大会》的举办，掀起了全民学习古诗词的热潮，发现了一大批热爱古诗词的青少年，涌现出一批理工类专业的诗词精英，其中不乏诗词世家。这充分体现了中国诗词的魅力，诗言志，恰同学少年，风华正茂。问苍茫大地，谁主沉浮？

少年强则中国强。“数风流人物，还看今朝。”小选手的开场诗句令人刮目相看，刚毅的神情充满自信，有舍我其谁的气概，军人家庭的风范让人肃然起敬。

巾帼不让须眉，让比赛精彩纷呈。第九场的擂主争霸者居然是两位理工巾帼英雄。她们在台上的你来我往，妙诗迭出，一气呵成。既是诗词积淀的展示，又是文化素养的流露。才华横溢，出口成章。飞花令的对决高潮迭起。命悬一线的三秒钟，居然脱口而出“沉舟侧畔千帆过，病树前头万木春。”绝地反击，自救成功。

选手在场上的表现，不仅比诗词积淀，更是比赛场心志。不仅展示了文化素养，更流露出酷爱诗词的心路历程。母亲用购物小票书写诗词，积少成多，装订成册，作为孩子诗歌的启蒙教材。酷爱诗词，母子同台竞技。

母爱，不仅体现在满足物质需求，更体现在提供精神滋养。贫穷不是受教育的天敌，处处留心皆有用，购物小票可作为诗歌的启蒙读物，饱含母爱，启蒙心灵。“自幼多才学，平生志气高。别人怀宝剑，我有笔如刀。”

少小须勤学，文章可立身。莫等闲，白了少年头，空悲切。人生自古谁无死，留取丹心照汗青。铁肩担道义，妙手著文章。

感悟修身

2019年2月16日

古今多少事，成由勤俭败在奢侈。治人事天，唯有勤俭。勤俭持家世代兴，白屋定能出公卿。不忘根本，感恩祖宗。勤俭传家宝，世代要传承。

修身至要，莫若勤俭。勤俭立身，耕读济世。业精于勤荒于嬉，行成于思毁于随。勤以修身，俭以养德。非淡泊无以明志，非勤俭无以宁静，非宁静无以致远。

勤俭是生活习惯，知足常乐。不攀比富人，无自卑的苦恼；不追求奢侈，无失落的怨恨。勤俭是生活态度，有备无患，以应不时之需。人勤地生宝，人懒地生草。

勤俭是自立的基础，不依赖恩赐。勤俭持家，自力更生。勤俭是战胜困难的保证，莫奢望幸运。天道酬勤，勤能补拙。只要肯做牛，总会有田耕。

勤俭者守天道，能积德，荫庇子孙。奢侈者败家业，损阴德，多纨绔子弟。勤俭者黎明即起，热爱劳动，自食其力。奢侈者灯红酒绿，少爷作风，玩物丧志。

夫唯勤俭，方可有备无患，应对不测。勤俭者发奋成才，白屋出公卿，光宗耀祖。奢侈者生活堕落，后世多败家，江河日下。

寒门孝子守勤俭，正心诚意修身。白屋公卿戒奢华，传承勤俭家风。秉持勤俭家道，行善积德，乐于助人。弘扬勤俭家风，艰苦奋斗，自力更生。

勤俭，乃德之根，克勤克俭，品行日臻完善。勤俭，乃道之本，厚德载物，人生日益平顺。

注意细节

2019年2月17日

工作不可大意，学习不能马虎。小中见大，凡事要全力以赴，精益求精。工作要通盘考虑，注意细节，不能有疏漏。做事要三思而行，考虑后果，不能有瑕疵。

注意细节是个人修养的基础，需要从起居习惯培养。黎明即起，洒扫庭除，内外整洁。在意口腔卫生，注意公众形象。在意起居坐卧，注意言谈举止。在意敬老爱幼，注意礼貌待人。

注意细节是个人习惯的核心，有意识改变不良习惯，强制校正。好习惯，从强制到习惯，从习惯到自觉，从自觉到自然。培养习惯从小做起，高标准，严要求。坚持不懈，持之以恒。

注意细节是个人素养的内涵。谈吐文雅，举止优雅。顾全大局，彬彬有礼。办事得体，不卑不亢。察言观色，进退自如。处事圆融，外圆内方。轻诺必寡信，多易必多难。

注意细节是一生的必修课。无论是运筹帷幄的领导，还是决胜疆场的将士，凡事要精心谋划，切忌轻举妄动。事业顺利时，忌感情用事，勿轻言妄语。身处逆境时，忌思维偏急，勿鲁莽冒进。一着不慎，满盘皆输。

老子曰：“天下难事必作于易，天下大事必作于细。是以圣人终不为大，故能成其大。”注意细节，深思熟虑。把握细节，稳操胜券。

防微杜渐

2019年2月18日

青春年少，志不可满；血气方刚，欲不可纵；涉世不深，傲不可长。理性应对问题，冷静思考对策。抓早抓小，把问题处理在萌芽阶段。有进步不可沾沾自喜，有不足不能视而不见。满招损，谦受益。见微知著，防患于未然。

善不积不足以成名，勿以善小而不为。合抱之木生于毫末，九层之台起于垒土，千里之行始于足下。心怀利他之念，常存恻隐之心。举手之劳助人于危难之时，功成名就不忘滴水之恩。

恶不积不足以灭身，勿以恶小而为之。千里之堤溃于蚁穴，一世清名毁于一旦，一着不慎满盘皆输。事事因果不虚，切忌心存侥幸。为者败之，执者失之。

谨言慎行，勿骄奢专横。得意莫忘形，骄兵必败。得理能饶人，与人为善。虚怀若谷，敬天畏人。防微杜渐，忌一意孤行。以诚信为本，常修慈悲之心。慎终如始，不忘初心。

求真务实，莫贪虚名。真抓实干，忌哗众取宠。三人同行，必有我师焉，择其善者而从之，其不善者而改之。吾日三省吾身，做人正心诚意乎？做事尽职尽责乎？为学致知格物乎？

人生似漫长，但关键处只有几步。心猿意马会错失良机，好高骛远会虚度此生。敬天畏人，谨言慎行。见微知著，识于无声，察于无形。防微杜渐，俭以养德，静以修身。

不计较小事

2019年2月20日

作为组织的一员，有大局观，不计较小事，忍辱负重，默然前行。珍惜平台和机会，不计较一时一事之得失。做好自己，常检点不足，自觉弥补不足。正心诚意修身，履职尽责为人。

人非圣贤，孰能无过？知错则改，知耻而后勇。三人行必有我师，取人之长，补己之短。潜心做事，人不知而不愠。坦诚做人，事不顺而不怨。从长计议，做好自己。小不忍，则乱大谋。

风物长宜放眼量。平台比收入重要，机会比虚名重要。大处着眼，鱼和熊掌不可皆得。学会取舍，懂得放下。得意时不可得寸进尺，好自为之。失意时不能心灰意冷，天道酬勤。

学会包容，懂得合作。不能以自我为中心，学会适应环境。遇挫折时勿急勿躁，隐忍砥砺心志。卧薪尝胆，锤炼品行。受冷落时莫消沉，坚守做人准则。不越底线，不碰红线。

韬光养晦，不忘初心。不图一时之快而口出狂言，不因一事之辱而失去理智。韩信忍胯下之辱，成一代英雄；越王能卧薪尝胆，圆复国之梦。

淡泊以明志，宁静以致远。致虚极，守静笃。积跬步之功，至千里之行。不计较小事，勿因小失大。莫疏忽小错，勿一失足成千古恨。少私寡欲，与世无争；圣人以其不争也，故天下莫能与之争。

自知之明

2019年2月23日

老子曰：“知不知，尚矣。不知知，病矣。是以圣人之不病，以其病病，是以不病。”

老子告诫世人，要有自知之明。无论学识多么渊博，自己的所知远小于自己的未知，应该虚怀若谷。知自己的未知甚多，不能骄傲自满。社会应该崇尚谦虚之风，治学严谨。相反，一知半解者自命不凡，并不清楚自己的知识家底，狂妄自大，迟早会在生活中出丑，在人生道路上碰壁。这是世人治学应该牢记的基本原则。知之为知之，不知为不知，是知也。

学习如此，领悟天道亦然。自然之道奥妙无穷，唯有谦虚谨慎，以严谨的态度治学，才能循序渐进地悟道，探求真理，主宰命运。故悟道之先贤从不自恃高明，才不会因自命不凡而陷入困境。

无论学问多大，都要知不足，不要以为自己是无所不知的全才，更不能目空一切而盛气凌人。要学会尊重别人，倾听不同意见。在求学悟道的征程上，放下架子，端正态度，甘当小学生。

人贵有自知之明，不能自以为是。尤其是身处高位者，赞誉会头脑发热，飘飘然，以为自己是无所不知的天才，真相信自己无所不能，很容易刚愎自用，逆道而一意孤行，遭重创而不知。

人应该学会自警自省。如临深渊，如履薄冰，战战兢兢，不能忘乎所以。不出风头，忌哗众取宠。自知而不炫耀，朴实而不做作；自爱而莫自吹，低调而不张扬。

天下民为贵，社稷为重，君为轻。民若水，君似舟；水能载舟，亦能覆舟。“民之不畏威，则大畏将至矣。”古今中外，朝代更替无一例外。为上者不忘关注民生，治事者牢记化解民怨。知进退，明得失，勿贪勿纵。守天道，修品行，勿骄勿奢。天道酬勤，勤能补拙。

无怨人生

2019年2月26日

人非圣贤，孰能无惑？何以解惑，唯有学习。人非英杰，孰能无怨？何以除怨，唯有修心。修心悟道，无怨人生。怨生无际，折磨心灵。恨念有根，贻害终生。除怨有难，怨迹有痕。怨似死灰易复燃，恨如杂草常丛生。怨恨清不尽，遇事催又生。

无论工作顺利与否，修炼心底无怨。无论家境贫富，修炼自强无怨。无论人生逆顺，都不能心底生怨。怨生恨，恨生根。怨恨人生，没有光明。怨恨如幽灵，缠绕心不宁。

老子曰：“和大怨，必有余怨，焉可以为善?”即使调和了深仇大怨，必定还留下余怨，这算不上妥善解决问题的办法。与其在和解怨恨上花时间，莫不如在无怨上下功夫。早知今日有恨，何必当初有怨。

怨恨好比钉在木板上的钉子，化解怨恨相当于拔出钉子，留下的钉孔就是余怨。无论是同事还是家人，一旦萌生了怨恨，难以彻底消除，影响工作和生活，危害身心健康。

怨恨无益。早知今日被怨恨折磨之艰难，何必当初为小事生嗔恨之心。人生顺逆全在自身，做好自己，常修无我之念，萌生利他之心。心生善念，诸事无怨。静坐常思己过，闲谈莫生怨恨。

积德行善，荫庇子孙。守道应无怨，洁净自身心。悟道于心，天道相助。心存善念，成人之美。天道看似遥不可及，其实就在你心里。潜心学，净心悟，静心行。知行合一，自强不息。让天道常驻心间，人生无怨无悔。

养 心 汤

2019年3月2日

由于历史磨难和狂热躁动对传统文化的巨大破坏，造成了难以补救的损失，使后人对“礼义廉耻”不以为然，对社会进行了无知无畏的破坏。然而，每次躁动之后，冲锋陷阵者的心灵深处留下难以愈合的创伤，陷入迷茫和彷徨，人生失去了方向，心底积淀了怨恨，诸事不顺，怨天尤人。心病沉重，生活无望。

解铃还须系铃人。心灵深处的后遗症还需要从源头找药方，查找原因，对症下药。放下无知无畏的傲慢，修炼敬天畏人的品行，和古圣先贤对话，探寻优秀文化的基因，校正畸形的人生追求和价值定位。进行深度的文化催眠，穿越时空，在璀璨的文化长河中，拾起遗弃的文化珍宝，充实智慧，丰富灵魂。

走进国学经典，踏上启蒙旅程。读《道德经》，领悟天道。尊道贵德，少私而寡欲，常怀利他之心。学习儒学经典，正心诚意修身，净化灵魂。常修无我之念，恪守仁义礼智信。忠恕孝悌，豁达包容。闻思修佛法，放下贪嗔痴，常怀恻隐之心。慈悲为怀，善待众生。放下纠结事，过好每一天。修身养性，丰富今生。坚定文化自信，以传统文化养心。

修身为本

2019年3月3日

“大学之道，在明明德，在亲民，在止于至善。”这里概括了大学教育的三纲，一是弘扬光明正大的品德；二是使人民弃旧图新，去恶从善；三是朝着人生的目标，做到尽善尽美。

为了实现其三纲，要在八个方面下功夫，一曰格物，二曰致知，三曰诚意，四曰正心，五曰修身，六曰齐家，七曰治国，八曰平天下。大学教育的三纲八目，旨在修身。“自天子以至庶人，壹是皆以修身为本。其本乱而末治者，否矣。其所厚者薄，而其所薄者厚，未之有也。”

目标引领未来，行动始于足下。“知止而后有定，定而后能静，静而后能安，安而后能虑，虑而后能得。物有本末，事有始终。知所先后，则近道也。”

教之道，贵以专；昔孟母，择邻处。专心致志，精益求精。积跬步之功，聚涓涓细流。千里之行，始于足下。九层之台，起于垒土。做事脚踏实地，不懈努力。做人忠诚老实，忠恕孝悌。打好基础，触类旁通。迎难而上，知不足而精进。天生我材必有用，履职尽责不懈怠。

修身贵在修心，心无旁骛。修心重在净心，常修无我之念，陶冶利他之心。心存慈悲意，常怀恻隐心。

正己

2019年3月7日

正人先正己，正己先正心。正己而不求于人，则无怨；上不怨天，下不尤人。故大德者堪当大任。

正己先修身，修身先诚意。事死如事生，事亡如事存，孝之至也。慎终追远，故君子不可以不修身。

诚者，天之道也；诚之者，人之道也。读书志在圣贤，为官心存君国。守时安命，顺时听天。言满天下无口过，行满天下无怨恶。

夫孝，德之本也，道之所由生也。用天之道，分地之利，谨身节用，以养父母。夫孝，天之经也，地之义也，民之行也。夫孝，始于事亲，中于事君，终于立身。

正己克制宽容，戒骄戒躁。居上不骄，为下不乱。居上而骄则亡，为下而乱则刑。“故君子尊德性而道问学，致广大而尽精微，极高明而道中庸。温故而知新，敦厚以崇礼。”

忠厚传家久，诗书继世长。弘扬家风，志在家范。

看淡与放下

2019年3月9日

人间的诱惑多，欲望难以满足。世上的奇景多，脚步难以丈量。若陷入得失的纠结，心绪难以平静。若沉迷占有的欲望，失落如影随形。学会比较，知足常乐。比上不足，比下有余。唯有看淡和放下，才能活得轻松。唯有悟道于心，才能知行合一。知行合一，自强不息。

世间万物有规律，道法自然。圣人处无为之事，行不言之教，万物生生不息。以圣人为师，尊道贵德，少私寡欲。莫纠结于过去，世间有无相生；塞翁失马，焉知非福。莫懊恼于当下，做事难易相成；熟能生巧，游刃有余。不自卑于不足，人各有所长。扬长补短，因势利导。莫怯步于未来，九层之台起于垒土；积跬步之功，会当凌绝顶。

唯有放下欲望，方能看淡得失。心态随和，顺其自然。天地无私，无我利他，生育万物，故能长存。四季往复，周而复始。天道无私，生而不有，为而不恃，功成而弗居。

顺应自然，净化心灵。少点功利心，多点奉献事。行善莫图名，居功不自傲。但行好事，人不知而不愠。莫问得失，天道酬勤。牢记天之道，领悟人之道。感恩天地，造福后人。珍惜有限，勤俭节约。夫唯感恩，是以人和。

跳出利己的小圈子，融入和谐的大自然。海纳百川，不拒细流。聚沙成塔，物尽其用。抑制利己之心，关闭地狱之门。多行利他之举，通向天堂之路。

恬　淡

2019年3月11日

物质世界丰富，人的欲望无穷。心不能静，欲望会躁动。欲望无止境，适可而止。知止知足，量力而行。放下欲望，恬淡宁静。提高素养，正心精进。志存高远，生活贫寒而乐。物欲无限，生活富庶而忧。唯有恬淡而无忧。

老子曰："五色令人目盲，五音令人耳聋，五味令人口爽，驰骋畋猎，令人心发狂，难得之货令人行妨。是以圣人为腹不为目，故去彼取此。"古圣先贤，深知人之本性，正心修身，远离诱惑。今之后生，追求个性解放，放纵人之欲望，欲壑难填。故追星者彷徨，心猿意马。造假者发狂，以身试法。

唯有恬淡，方可宁静。唯有宁静，方可平安。为腹者，以物养己；为物者，以物役己，故圣人不为目也。解决生活温饱是人生大事。当衣食无忧时本该知足，可音色味的诱惑多，珠宝玉器的魅力大。为满足欲望者呕心沥血，总想能有心仪之物。当你省吃俭用积攒了一定数量的钱，物价早已今非昔比，仍然难以如愿。

为此，多数人苦恼，少数人挣扎，被物欲驱使者马不停蹄，以求难得之货，以爽天下之美味，以听郑卫之音，以赏琳琅满目之色。世界之大，物欲横流。人生短暂，难以知足。如此人生，心力交瘁，难以如愿。欲望无止境，能力总有限。唯有恬淡，才能放下。唯有放下，才不会焦虑。唯有不焦虑，才可以融入自然。采菊东篱下，悠然见南山，不亦乐乎？

人生的愉悦源自心境恬淡，人生的苦恼滋生于物欲膨胀。多少达官贵人被欲望驱使而身陷囹圄，多少百姓自食其力而尽享天伦。唯有恬淡，才能找准人生定位。唯有恬淡，才能享受人生自由。不做金钱的奴隶，不被物欲所奴役。

贵　身

2019年3月12日

古语云："三寸气在千般用，一旦无常万事休。"这说明无论贵贱，不管贫富，最宝贵的不是名利和钱财，是自己的身体。老子曰：“宠辱若惊，贵大患若身。”这从另一侧面说明人因为有身，才有宠辱之惊，才有大患之祸。一旦无身，就没有其忧虑和祸患。贵身，享受人生。贵身，避开忧患。贵身，远离灾祸。

人身之所以贵，不仅在于身体是事业的本钱，是个人的财富。要好好珍惜，加倍呵护。让身体为绚丽人生的绽放而忍辱负重，默然前行。人身之所以贵，还在于追求人生辉煌的征程有宠辱之惊，有大患临头。要防患于未然，坦然面对一切。留得青山在，不怕没柴烧。去留无意，宠辱不惊。

贵身的关键在于养心。王阳明说，心底光明，人生便光明。养心在于净心，放下名利，看淡得失，就不易受宠辱之惊，可以远离争端大患。退一步海阔天空，让三分风平浪静。

贵身的基础在于良好的生活习惯。形成良好的习惯不易，改变不良的习惯更难。学会管理身体，洁身自好；学会管理情绪，不急不躁；学会管理时间，诚信守时；学会管理语言，谨言慎思。天地人和，道法自然。起居有常，饮食有节，嗜欲有度。

孔子曰：“君子有三戒。少之时，气血未定，戒之在色；及其壮也，血气方刚，戒之在斗；及其老也，血气既衰，戒之在得。”

科技进步是一把双刃剑，贵身的难点或就在沉迷于手机，不良嗜好成性。卧床玩手机，夜不能寐；玩游戏上瘾，不能自拔；好色情入迷，则不能自已。凡此种种，不胜枚举。玩手机上瘾，少年失去了学习兴趣，青年失去了工作激情，中年人沉迷于网聊，老年人依附于手机。

贵身，关系个人前途，影响家庭命运，不可不察。手机对人的影响潜移默化，不可不慎。贵身需要理智，摆脱手机奴役需要意志。为了快乐的明天，珍惜健康。

专注力

2019年3月19日

想把事情做好，要培养专注力。一心一意做，一丝不苟练。行行有精英，皆从苦中来。诱惑多，忌心猿意马。欲望多，忌好高骛远。脚踏实地做，义无反顾行。走自己的路，矢志不渝。做自己的事，精益求精。

想培养专注力，要收缩注意力。聚焦人生使命，净化心灵追求，持之以恒坚持。莫凑热闹，不图虚名。扪心自问，做人诚信乎？做事精进乎？学贵有恒，举一反三，触类旁通。忌华而不实，敏而好学，不耻下问。

想收缩注意力，要净化心灵。放下欲望，理性思考。但行好事，莫问前程。体悟自然之道，崇尚君子之交。清净无为而利他，勤俭无怨而精进。远离奢华，贴近众生。恪守节俭，以身作则。

想净化心灵，要坚定信仰。人生自古谁无死，留取丹心照汗青。生当作人杰，死亦为鬼雄。知善知恶是良知，慈悲为怀做善事。为善去恶是格物，巧用智慧度众生。放下贪嗔痴，追求真善美。撕去虚伪面纱，露出信仰本真。

想坚定信仰，要坚信因果。善恶到头终有报，只争来早与来迟。多行不义必自毙。恪守礼义廉耻四维，不忘忠恕孝悌人伦。少私寡欲，常修无我之念；无我利他，常存恻隐之心。

思　考

2019年3月20日

学而不思则罔，思而不学则殆。学思悟行，知行合一。凡事要思考是什么？明白我在干什么？思考为什么？明白为什么必须这样去做？思考怎么办？明白答案在实践中寻找，没有现成的。学思悟行，充实人生。不浮躁，莫迷茫，不懒惰，莫愤青。凡事理性分析，遇事冷静处理。

做事能举重若轻者，经过深思熟虑，知道事情是什么？明白为什么会有问题？坚信如何解决问题？做事能举轻若重者，有深厚积淀，虚怀若谷。莫贸然行事，稳扎稳打。不轻信经验，冷静应对。

举轻若重，在战术上重视问题；不出纰漏，有效把握局势；不蹈覆辙，有能力掌控结果。大事必作于细，一丝不苟。难事必作于易，循序渐进。

养成举轻若重的习惯，深入思考。好比举重第一把，深呼吸，调整好气息；紧握杠，保持好重心；全力举，控制好节奏。举重如此，不可大意。做事亦然，不可轻视。

举重若轻，做事的最高境界。是实力的积淀，非一蹴而就；是经验的升华，非一劳永逸；是心志的磨炼，非一举成功。修心志锤炼淡定，镇定自若；增实力积淀自信，艺高人胆大。勤思考总结提高，遇事心能静。

养成思考的习惯，不人云亦云。遇到挫折要冷静，不怨天尤人；多思考问题的症结是什么？为什么会出现挫折，原因在哪里？如何避免下一次的挫折，我们该做什么？理性思考，谋定而后动。冷静分析，把握要领。果断行动，不打折扣。抓铁留痕，踏石留印。

愚而莫木

2019年4月1日

今天是愚人节，愚笨点没关系，但愚而莫木。在实践中悟道，活学化愚。在比较中学习，取人之长。愚而不滑，忠厚老实。愚而莫木，稳重踏实。做人愚一点，不要太精明。机关算尽太聪明，反误了卿卿性命。做事愚一点，不能斤斤计较。吃亏是福，勿贪便宜。愚而莫木，抱朴守真。大智若愚，洞悉人生。

做人愚一点，不要太机巧。下苦功夫，莫走捷径。用笨办法，不投机取巧。守规矩，不越雷池一步。做人不能木，响鼓不用重槌敲。领会上之意图，深思熟虑，不能自以为是。眼观六路，在意旁敲侧击，领悟行动要点。耳听八方，捕捉有用信息，辨识弦外之音。

做人不能滑。小聪明误大事。左顾右盼会失去重心，轻者摔倒，重者受伤。自恃聪明，引火烧身。愚人节有启示，做人愚一点，但愚而莫木，心领神会。

理性思考

2019年4月2日

人习惯于感性反应，甚至因感官刺激而冲动。缺乏理性思考容易盲目，没有理性约束容易懒惰，失去理性控制会沉沦。培养理性思考习惯，训练理性行动的毅力。持之以恒，脚踏实地。

理性思考需从小培养。凡事都要问是什么？为什么？怎么办？既不轻易否定，也不盲目肯定。在迷茫不清时要平心静气，凭良心辨识，不能掺杂私念，不能先入为主，不能人云亦云。

理性思考需不断实践。不能因为偶然事件而断然得出结论，防止以偏概全。不能因一时的得意而忘乎所以。天道有常，不为尧存，不为纣亡。不能因一时的挫折而心灰意冷。在逆境中悟道，在顺境中守道。尊道贵德，理性判断；敬天畏人，理性行动。

理性思考的天敌是骄傲自满。随着地位的变化和经验的积累，理性思考会让位于武断决策，工作淹没于阿谀奉承。年之幼，需培养理性思考能力；年之壮，需坚守理性思考原则；年之老，需警惕经验主义纠缠。位高者，防止一意孤行的冲动；权重者，小心甜言蜜语的奉承。

理性思考是人生平安的向导。协助雾中看花，分辨良莠；指导水中探月，知晓深浅。暗示尊道守德，提醒悬崖勒马。

知难而进

2019年4月3日

进入己亥年，世界格局的变数层出不穷，东西阵营的角力花样翻新。人们普遍感觉迷茫，雾里看花，捉摸不透。职场总体印象彷徨。工作有压力，生存有危机。经济前景不明朗，就业形势更彷徨。

然而，命运掌握在自己手中，道路就在自己脚下。工作有压力不能退缩，知难而进。学习有困难不能放弃，锲而不舍。磨炼心志，积淀能力。千里之行始于足下，积跬步之功。

在人生道路上，难题花样翻新。唯有解决难题，才能前进。唯有迎难而上，才有机遇出现。唯有准备好，才能应对自如。天上不会掉馅饼，世上没有救世主，从来都要靠自己。

在职业生涯中，不会一帆风顺。唯有锲而不舍，敬业精进，才能立于不败之地。唯有不辞劳苦，顾全大局，才能和睦相处。唯有慈悲为怀，无我利他，才能积淀智慧。唯有恪尽职守，精益求精，才能绝处逢生。

在人生岁月中，留下汗水，积淀智慧；披荆斩棘，渡过难关。踏平坎坷，攀登险峰。唯有莫畏难，才能临绝顶。唯有不泄气，才能览众山。

在自我砥砺的征程上，没有坦途可走。唯有涉险滩，踩泥泞，才能迎来希望。没有免费的午餐，唯有脚踏实地，才能笑傲江湖。天道酬勤，勤能补拙。生命不息，奋斗不止。

知人难，知己更难。知难莫畏难，敬业精进。有难莫逃避，迎难而上。磨难锤炼意志，危难陶冶心志。路遥知马力，患难见真情。人，唯有在磨难中成长，才能在困难中前进。

人生在勤

2019年4月4日

开始做一件事之前，难免觉得紧张。可是，当你开始做了，只争朝夕去做，事情变得似乎容易了，甚至会喜出望外。原来人的潜力很大，贵在发掘，难在持之以恒。人生在勤，勤则不匮。

二十年前，记得在秘鲁铁矿工作期间，我让一位同事把秘鲁的有关法律翻译成中文，下班后，我逐字逐句抄在硬皮笔记本上，平时有空就翻阅和参考。从小习惯于抄书，对于抄法律文件也不觉得有多难。可是，有一天他给我拿来一份法律译稿，八十多页，我看了一遍后，想抄写又觉得头有点大，于是放下了。过了一周，我终于动笔了，周末两天抄了十几页。万事开头难，几周后，终于抄得剩十几页了。就这样，在秘铁工作期间，除了每天写日记，还抄写了有关法律满满3个硬皮笔记本。正因为勤，才有了《走出去的记忆》的回馈。

我习惯于抄书，源于上学时没有参考书，有时，甚至开学几个月，学生领不到课本，看书如饥似渴。初中语文老师有本《汉语成语小词典》，他课后借给我看，晚上，在煤油灯下一条一条抄写，抄完之后，我又工工整整地誊写在硬皮笔记本上。于是，我有了手抄本的《汉语成语小词典》。

有一天，初中同学带来了“文革”前的初中课本，一本是《文学》，一本是《汉语》。他让我看了以后，我就萌生了抄写的念头。于是向同学先借一本书抄写，边抄边学，对语法、修辞及字词句等基本内容加深了理解，写作文时运用自如。在学习中尝到了抄书的甜头，激发了我抄书的动力。

在“文革”中没有书的蛮荒岁月，读书如饥似渴，抄书夜以继日。在我当民办教师时，一位驻村干部刘先生有一本《中医验方》，我借过来抄写，在上大学前终于抄写完了，有了手抄本的《中医验方》。抄书苦，苦中有乐。抄书累，累后充实。仿佛听先贤教诲，犹如和圣人交谈。穿越时空，认识历史。

天道酬勤，勤能补拙。勤奋坚定了自信，勤俭渡过了难关。人生在勤，勤则不匮。曾国藩的一生，印证了“一勤天下无难事”，毛主席在诗中写道：“世上无难事，只要肯登攀”。人生在勤，积跬步之功至千里，聚涓涓细流成江海。莫畏难，只要勤，没有过不去的坎。天生我材必有用，直挂云帆济沧海。厚积薄发，水到渠成。

感悟“六和敬”

2019年4月9日

儒道佛在个人修行方面可以互鉴。佛教的“六和敬”对个人修养有现实指导意义。“六和敬”：即身和同住，口和无诤，意和同事，戒和同修，见和同解，利和同均。这是针对僧人闻思修佛法的实际情况，提出规范行为和秩序的起码要求。这和儒学的慎独修身有异曲同工之用。

在现实生活中，人们如果能做到“六和敬”，则家庭和睦，社会和谐，社会文明进步，百姓安居乐业。身和同住，即慎独情操的体现，与人为善，豁达包容，是人际关系和谐的基础。口和无诤，即兼收并蓄，求同存异，互相理解，互相尊重，是人际关系和谐的保证。意和同事，即汇聚集体智慧，凝心聚力，共创未来，可以战胜一切困难，是事业进步的基础。戒和同修，即遵循共同的行为规范，不越雷池一步，正人先正己，是事业发展的保证。见和同解，即对重大问题达成共识，有助于实现共同愿景，是事业进步的源泉。利和同均，即公平正义，平等互利，分多润寡，是事业繁荣的引擎。

借鉴佛教的“六和敬”，注入企业经营管理的内涵，和谐共赢的理念在企业扎根。借鉴佛教的“六和敬”，引入社会管理全方位、全流程的内容，和睦相处会蔚然成风。社会达到“六和敬”，一切矛盾可以理性解决，一切分歧可以有效沟通，化干戈为玉帛。家庭达到“六和敬”，则父慈子孝，敬老爱幼，和睦相处。

天地人和，道法自然。“六和敬”是慎独修炼的最高境界。《礼记·中庸》中说：“道也者，不可须臾离也；可离，非道也。是故君子戒慎乎其所不睹，恐惧乎其所不闻，莫见乎隐，莫显乎微，故君子慎其独也。”

“戒、定、慧”是修炼“六和敬”的基本功，活到老，修炼到老。即使普通人，应该有所戒惧，敬天畏人，遵纪守法；应该心存定力，是非分明，不能碰红线，不能越底线；应该慈悲为怀，常存恻隐之心。

慈悲生智慧，可以克服一切困难；智慧蕴含力量，能朝“六和敬”方向精进。作为普通人，应该以“六和敬”为目标，正心诚意，修身养性。做一个对社会、对家庭有用的人，成为“六和敬”的楷模。

祸福在己

2019年4月10日

《古尊宿语录》中记载寒山问拾得："世间谤我、欺我、辱我、笑我、轻我、贱我、恶我、骗我，如何处置乎?"拾得云："只是忍他、让他、由他、避他、耐他、敬他、不要理他、再待几年你且看他。"遇到别人毁谤，丝毫不挂碍于心，而是能安然包容接受。唐代天台山国清寺隐僧寒山与拾得，行迹怪诞，言语非常，相传是文殊菩萨和普贤菩萨的化身。

"祸福无门，唯人自召。善恶之报，如影随形。"韩信忍受胯下之辱，成长为将兵多多益善的统帅。此乃当年忍辱之福报。张良垓下提鞋的考验，其回报是姜尚的旷世奇书。眼前的任何屈辱，如能忍能让，也许有命运福报的回馈；如剑拔弩张，也许一剑铸成千古恨。一念之差，不可不慎。差之毫厘，失之千里。

避祸近福，贵在忍让。能忍则安，能让则福。退一步风平浪静，让三分海阔天空。唐太宗能忍魏徵的直言劝谏，迎来贞观盛世而青史留名。

是可忍，孰不可忍?忍无可忍还得忍，忍是护身盾，忍是平安符。祸不单行昨夜行，福无双至今朝至。祸福全在己，修心莫生疑。

勤俭立身

2019年4月11日

现在一些孩子啃老攀比则不觉。堕落人生，始于奢侈懒惰；辉煌人生，成于自强不息。物竞天择，适者生存。

超前消费，寅吃卯粮而不知。信用消费，债务缠身而不觉。馋吃懒做成习，入不敷出加剧。好逸恶劳成性，人生虚耗加速。凡事不求精进，得过且过度日。生活图舒适，娱乐要刺激。如此往复，恶性循环。

处困境而不自省，怨天尤人，憎恨父母无能。陷逆境而不自立，得过且过，埋怨世道不公。久而久之，听天由命。殊不知，命由心造。即使先天有好命，馋吃懒做而折损，陷入贫困而不能自拔，生存环境每况愈下。不勤不俭，贫困不远。

天道酬勤，勤能补拙。勤以修身，俭以养德，克勤克俭，衣食无忧。不怨出身卑微，不惧家境贫寒。行善积德常修身，改变命运靠自身。

自力更生，以善为本。抑恶扬善，减少折损。常行善事，自己主宰命运。修身不辍，敬业持之以恒。反思不足常自省，改过自新要留痕。吾日三省吾身，为人谋而不忠乎？与朋友交而不信乎？传不习乎？正心诚意修身，勤俭自强立身。

如何利用业余时间

2019年4月15日

人和人的差距在于如何度过业余时间。业精于勤，利于业余时间学，可以弥补不足，追赶别人；行成于思，利用业余时间思考人生，不虚度时光。健康的秘诀在早上，锻炼身体；成功的秘诀在晚上，刻苦用功。业余时间能够成就一个人，也能毁灭一个人。

业余时间应适当休息，消除疲劳，恢复体能，以饱满的精神迎接新一天的工作，应对新的挑战。运筹业余时间，决胜千里职场。业余时间可以放松，但不能放纵。业余时间可以满足兴趣，拓展知识领域，切忌沉迷于无聊的事情，杜绝触碰引向堕落的刺激。一念之差，毁掉人生千里之堤。一着不慎，致人生满盘皆输。一失足成千古恨，追悔莫及。

健康的秘诀在早上，适当锻炼，健体强身，担当重任。成功的秘诀在晚上。灯火初上，静心读书，潜心悟道。领悟人生哲理，把握人生方向。奠定知识基础，修炼道德基因。做人守本分，做事长本事。业余时间能够成就一个人，也能毁灭一个人，成败全在自己。

一寸光阴一寸金，寸金难买寸光阴。珍惜现在，不庸庸碌碌。把握当下，不散漫拖延。人生有差异，天道酬勤。事业有顺逆，人道酬诚。品格的力量胜过金钱，不为贫寒而自暴自弃。尊道贵德，正心诚意修身。争分夺秒，致知格物精进。

莫谓人生难，踏平坎坷览众山。莫埋怨人生苦，卧薪尝胆复国志。莫怕前路无知己，礼义廉耻要牢记。莫怨世道艰险，只要心净心无愧。

热爱劳动

2019 年 5 月 1 日

劳动创造世界，敬业改变未来。不让一日虚度，不使一事拖延。多少事，从来急，唯有辛勤劳动，才能事有所成；唯有尊重劳动者，才能凝聚人心；唯有热爱劳动，生活其乐无穷。

劳动节源于 19 世纪，为劳动者争取权利，改善劳动环境，减少劳动时间，降低劳动强度，以保证劳动者的身心健康。

进入 21 世纪，有些企业仍然在侵害职工的合法权益。尊重劳动，保护劳动者权益依然任重道远。但是，随着科学技术的进步，劳动条件得以改善，劳动强度不断降低。如果不切实际地要求减少每周的工作时间，恐怕会走向反面。

事实上，人们适当参加劳动可以锻炼身体，工人的操作技能在劳动中更加娴熟。无论从社会进步考虑，还是从个人全面发展考虑，每天参加适当的劳动是有益的。

年轻人的生存环境较老一辈有了很大改善，劳动强度也大大降低，但幸福感并非高于老一辈，有的人甚至在无所事事中感觉无聊，又不愿意从事劳动而自食其力，于是出现了啃老族。这既是家庭的不幸，更是社会的悲哀。

人们厌恶劳动的根源在于劳动者的社会地位低，尤其是从事传统农业劳动的农民，其生存状况堪忧。产业工人的生活状况也不尽如人意。这是制约经济社会发展的最大障碍。唯有全社会尊重劳动，重视劳动者的合理诉求，才能充分激发劳动者的积极性和创造性。

尊重劳动者，热爱劳动才会蔚然成风。三百六十行，行行出状元。没有辛勤付出，哪行都不会干好。唯有热爱劳动，才能干一行精一行，令人刮目相看。否则，鄙视劳动，游手好闲，必定眼高手低。不尊重劳动者，不热爱劳动，难成大器，迟早会被社会淘汰，难免被社会遗忘。

用好零星时间

2019 年 5 月 3 日

机不可失，时不再来。有效利用零星时间，读书明理，沉思悟道；未雨绸缪，防患于未然。管理好时间，才能把握住人生机会。提高时间利用效率，才能提高个人综合素质。

古语云："一寸光阴一寸金，寸金难买寸光阴。"这就告诫我们应该珍惜光阴。世界上唯有时间最公平，人人均等。谁能有效利用时间，谁就可以主宰自己的命运。反之亦然，谁浪费时间，谁就难以大展宏图。鲁迅曾经说过："浪费别人的时间等于谋财害命，浪费自己的时间等于慢性自杀。"

毛主席在诗词中写道："多少事，从来急。"要只争朝夕。亘古至今不乏有效利用时间的典范。每年的高考状元在利用时间上都略胜别人一筹。与其埋怨自己天赋不行，不如分析自己利用时间上的不足。取人之长，补己之短。

有效利用时间有两方面的含义，一是不浪费时间，充分利用零星时间；二是学习工作的效率高，效率乘以时间是效果。当我们和别人有差距时，应该检查这两方面的不足。找到差距，及时弥补。

当我们为未来的前途发愁时，不如静下心来发奋，千万不能坐着发呆。光阴似箭，无法储蓄。珍惜今日，立即行动，有效利用零星时间。今日复今日，今日何其少。人生百年几今日，今日不为真可惜。

当我们觉得自己还年轻时，容易浪费大好时光。明日复明日，明日何其多。我生待明日，万事成蹉跎。今日事今日毕，人生成长靠今日。踌躇满志者众，真正成才者寡。究竟差在哪里呢？差在对零星时间的利用，差在业余时间做什么？扪心自问，零星时间用好了吗？与其埋怨命运不佳，不如好好利用时间，发奋进取，幸福生活都是奋斗出来的。

让青春闪光

2019 年 5 月 4 日

爱国不是朴素的感情，是坚贞不屈的意志。民主不是随心所欲的发泄，是博采众长的聚贤。自由不是唯我独尊的妄为，是致知格物的升华。日复一日行，积跬步之功。年复一年学，聚先贤智慧。

少年强则国家强。国人既要有爱国心，更要有爱国志，更重要的是爱国的行动。爱国不能停留在口号上，应该落实在行动上，融化在血液中。小兵张嘎、放牛娃王二小就是爱国少年的典范。

民主是聚贤集智的历史过程，非一蹴而就。一个国家的民主以独立自主为前提，依附于大国的民主势必会沦为附庸。一个民族的民主以博采众长为基础，要提升全民族的综合素质，增强分辨是非的能力，积淀敢于担当的自信。没有国民的高素质，泛民主会陷入无序的混乱。民主是有基础的，非一厢情愿，难一蹴而就。20 世纪 90 年代追随西方式的民主，教训沉痛，记忆犹新。

自由是行为自主的前提。行为自主以遵纪守法为基础。自由以和谐共存为条件，个体自由不伤害集体的自由。个体追求自由重在培养实现自由的能力，提高认识自然社会的能力，培养致知格物的悟性，砥砺驾驭自由的本领。追求自由不是当自由主义者，无视别人的感受而我行我素。实现自由是正心诚意修身的升华，路漫漫其修远兮，吾辈需上下求索。

“生命诚可贵，爱情价更高。若为自由故，二者皆可抛。”热情洋溢的诗句，激发了无数仁人志士追求自由的激情。实现自由需要激情的燃烧，释放出青春的火焰以照亮社会。但是，实现自由的道路荆棘丛生，没有坚定的理想信念难以前行。革命先烈在追求人类解放道路上的实践为我们树立榜样。头可断血可流，革命信仰不可丢。

爱国、民主、自由的精神与时俱进，新时代的伟大实践为其注入了新的内涵。新时代的青年充满朝气，只要能坚定信念，博采众长，虚心好学，就一定能提升爱国能力，增强民主意识，积淀自由能力。把自己的职业生涯和组织的发展有机结合，在组织发展中实现自身价值。把理想追求和民族振兴结合起来，确立“为天地立心，为生民立命，为往圣继绝学，为万世开太平”的使命，矢志不渝，积跬步之功，聚涓涓细流，敏而好学，不耻下问。

左宗棠的妙语

2019 年 5 月 6 日

左宗棠题江苏无锡梅园的词为：“发上等愿，结中等缘，享下等福；择高处立，寻平处住，向宽处行。”今天读来，仍觉受益匪浅，做人要志存高远，做事要稳重低调。

左宗棠对人生的领悟，发源于生活积淀，升华于岁月历练。下面的几句话同样耐人寻味，发人深思。一是世上最大的悲剧是后人蠢而多财；二是卑贱时锋芒毕露，富贵时谨小慎微；三是懂得笑着低下头的都是聪明人；四是能受天磨真铁汉，不遭人忌是庸才；五是穷困潦倒之时，不被人欺，飞黄腾达之时，不被人嫉；六是自奉宁过于俭，待人宁过于厚，与人共事，学会吃亏；七是慎交游，勤耕读，笃根本，去浮华。

在左宗棠晚年时，他写下一联，刻于湘阴左氏公祠门上，作为族训：“要大门闾，积德累善；是好子弟，耕田读书。”

低调做人，高标做事。学会低头，百事可为。水低成海，人低成王。鹰立似睡，虎行似病。贵而不显，富而不炫。常修利他之念，常怀恻隐之心。

左宗棠处世悟道之妙语，充满哲理，饱含智慧。这是正心诚意修身的领悟，是致知格物精进的升华。学习左宗棠，谦卑做人，精心做事。勤俭持家，耕读继世。处逆境不自卑，自强不息，如松柏屹立于冰天雪地。处顺境不骄横，慎思笃行，似小草匍匐于茫茫原野。

豁达包容

2019年5月11日

大千世界，人生百态。唯有学会包容，方能立足于世。包容别人的不足，发挥其所长，人尽其才。包容自己的不足，扬长补短，矢志不渝。包容别人，不再嫉恨。包容自己，不再纠结。

包容是从心底产生的善念。莫沉浸于对别人的计较，不自卑于对自己的苛责。用积极的心态审视对方，会发现诸多长处，取人之长，补己之短，和睦相处，和谐共存。退一步海阔天空，让三分风平浪静。

包容是自我激励的心底认可。用积极的心态审视自己，不怨天尤人，出生不由人选择，道路由自己选择。莫沉浸在自己不能改变的事中而苦恼，要在自己能够改变的事上发奋。天道酬勤，勤能补拙。

包容要承认金无足赤，人无完人。不沉迷于过去的不快，莫纠结于自己的不完美。承认差异，理性尊重他人。求同存异，豁达包容。立足现实，努力创造未来。积跬步之功，至千里之行。

包容要敞开胸怀。接纳新事物，领悟新思想。不固执己见，能博采众长。不一意孤行，能虚怀若谷。不刚愎自用，能放下架子。不自以为是，甘愿当学生。不吹毛求疵，能客观公正。

包容是个人修身的升华。走出贪嗔痴的精神包围，砥砺勤俭恕的个人品行。与人为善，和谐共存。天地无私而长存，人生无私而豁达。常怀恻隐之心，常修无我之意。起心动念向善，一举一动慈悲。

知恩报恩

2019年5月12日

今天是母亲节，恰逢佛诞日，由此衬托出母亲的伟大而神圣，从而引发我们对知恩报恩的思考。回眸过去，我们的成长过程离不开母爱，展望未来，我们的成就不能忘记母爱。

有一种爱，平凡而伟大；有一份情，无私而博大。绵绵不断，情谊深长，这就是母爱。《父母恩重难报经》中，师尊谆谆教导："母胎怀子，凡经十月，甚为辛苦。""如斯重苦，出生此儿，尚有十恩：一是怀胎守护恩；二是临产受苦恩；三是生子忘忧恩；四是咽苦吐甘恩；五是回干就湿恩；六是哺乳养育恩；七是洗濯不净恩；八是远行忆念恩；九是深加体恤恩；十是究竟怜悯恩。"

母亲对子女的爱，远不止这些。正可谓："慈母手中线，游子身上衣。临行密密缝，意恐迟迟归。谁言寸草心，报得三春晖。"

当我们觉得来日方长、不急于行孝时，不忘"树欲静而风不止，子欲孝而亲不待。"当我们觉得自己生活清贫，还难以尽孝时，不忘"百善孝为先，论心不论迹"。只要心中有父母，良言一语三冬暖。当我们为出身卑微而埋怨父母时，不忘我们能出现在这个世界，无论如何都无法报答父母的养育之恩，岂能无故怨恨父母？当我们为人父母时，就该切身体会到父母的不容易，应该知恩图报。

时值母亲节，为人子要报答父母，既论心，也论迹。孝敬父母，不能停留在口头上，应该体现在行动上。《孝经》曰："天地之性，人为贵；人之行，莫大于孝"。

专注

2019年5月17日

世事纷繁，时间有限。诱惑无穷，精力有限。唯有专注，业务才能精进。专注源于自律意识，排除干扰，聚精会神于目标，持之以恒，锲而不舍。只要功夫深，铁杵磨成针。宝剑锋从磨砺出，梅花香自苦寒来。

养成专注的习惯，不能这山望着那山高。正视现实，不让一日虚度。选准目标，矢志不渝。不学小猫钓鱼，忌狗熊掰苞米。理性思考，冷静选择，不能凭感性，今天学书法，明天练瑜伽。贵有恒，何必三更起五更睡；最无益，就怕一日曝十日寒。

培养专注意识，理性聚焦目标。在枯燥中发现意趣，在平凡中寻找奥妙。干一行爱一行，培养兴趣，持之以恒做，坚忍不拔学。坚持数年，必能出类拔萃。不怕岗位平淡，就怕心猿意马。

新知识眼花缭乱，新问题层出不穷。专注自身能力提升，扬长补短。立足现实，选准目标和突破口，以卧薪尝胆之志钻研，专注补短板，切忌换方向。不怕起点低，就怕不知底。既不自甘落后，也莫自诩厉害。闻道有先后，术业有专攻。中国两弹一星的先贤是榜样，白手起家，自力更生。知行合一，自强不息。惊天地，泣鬼神。

新挑战无处不在，新困难无时不有。唯有专注本职，努力做好自己；才能赢得先机，才能发现生机。困难并不可怕，可怕的是对困难的畏惧。人生没有平坦的路可走，唯有在崎岖小路上不懈前进者，才能到达理想的彼岸。唯有专注于目标，积跬步之功，至千里之行，才能走出事业的倒春寒，迎来人生的花绽放。

谦　　恭

2019 年 5 月 25 日

愚者败于懒，智者败于傲。仰慕先贤，学会谦卑。即使自己强，也不能恃强逞能。即使自己优，也不要盛气凌人。聪明者勤奋，智慧者谦卑。我们唯有谦恭，方能立足。

谦恭，非先天之禀赋，乃后天之修炼。悟道之人谦和，得道之人谦恭。见识天地之大，方知个人渺小。聆听先贤圣哲之声，方知个人成长之道。满招损，谦受益。

谦恭，非表面之举止，乃修养的积淀。一时言语之谦卑，难掩日常举止的傲慢。一事举止之忍让，难掩哗众取宠的嫌疑。谦恭者，谦而好学，不耻下问；恭而敦厚，不惧人言。

敬人者，人恒敬之。谦恭，乃毕生之修行，非一时之应急。平时不烧香，临时抱佛脚，难有福报之缘。平时不修炼，临时学谦恭，难有美德之誉。谦恭者，踏实做事，不朝三暮四。无小猫钓鱼之浮躁，有铁杵磨针之韧恒。老实做人，忌阳奉阴违。无口蜜腹剑之阴险，有厚德载物之灵魂。不慕权贵，不图虚名。正心诚意修身，积跬步之功，至千里之行。致知格物修德，聚涓涓细流，成浩瀚江海。

谦恭，靠修德滋润，有容乃大，无欲则刚。谦恭，非奴颜婢膝之讨好，脸上写满自信。谦恭，非阿谀逢迎之奉承，骨子里充满忠诚。谦恭，做人之道，成事之要。莫恃才傲物，忌盛气凌人。天外有天，人上有人。博采众长，唯有谦恭。

忍　耐

2019年5月31日

职场多磨难，忍耐为上。磨炼意志，砥砺心志，锤炼能力。虚怀若谷，取人之长。不耻下问，补己之短。

年轻人初入职场，容易心高气傲，觉得这也不顺眼，那也看不惯，似乎满腹经纶无用武之地。时间长了会陷入苦恼，觉得和环境格格不入，要么消沉，要么离职。频繁地更换工作会陷入埋怨的陷阱而不能自拔。这山望着那山高，心猿意马，人生必然南辕北辙。

年轻人缺乏对社会的深入了解，容易心浮气躁。遇到挫折缺乏心理准备，容易陷入困惑，甚至对人生迷茫。其实，任何过来人都经历过挫折；能够忍耐挫折的打击，自强不息，站起来继续前行，才能看见胜利的曙光。

忍耐是个人成长的必修课。当自己面对挑战力不从心时，不要放弃，学会忍耐。在挫折中积蓄力量，在逆境中砥砺心志。愈挫愈勇，矢志不渝。

忍耐是走向成熟的必由之路。当自己遇到意外打击时，不要怨恨，学会忍耐。埋怨无济于事，憎恨四面树敌。在误会中恪守原则，在磨难中不屈不挠。

忍耐是立于不败之地的根本保证。当功亏一篑时，不怨天尤人，学会忍耐。有忍辱负重之胸怀，有卧薪尝胆之志向。不争一时一事之高低，从长计议，做好自己。不图一岗一职之虚名，脚踏实地，完善自己。

忍耐是终生之修炼。活到老，忍耐到老。诚信为本，不计较名利。豁达包容，不纠结得失。退一步海阔天空，忍片刻风平浪静。是可忍，孰不可忍？忍无可忍，还得忍。忍耐是护身符，忍耐是平安盾。忍耐立身，诚信立世。

唤醒童心

2019年6月1日

今天是六一儿童一节，不但孩子们高兴，成年人也会泛起童年的记忆。童年梦是人生蓝图，用心描绘；童年乐是人生财富，用心呵护；童年苦，是励志良药，用心品味。唤醒童心，珍惜童趣。快乐人生，用心点缀。

童年的记忆刻骨铭心。有人之初的美好憧憬，有无奈时的伤心哭泣，有郁闷时的百思不解，有孤寂时对亲情的渴望，有离别时撕肝裂肺的哀号……

人生的风雨洗涤心灵，人生的挫折雕刻灵魂。唤醒童心，在风雨中继续前行，触摸泥泞中的路标，追逐雨过天晴的彩虹。

童年的认知纯洁无瑕，金口玉言，心有善意；直言不讳，心存善根。现实与理想的反差，让童年的认知雾里看花，分不清真伪，看不出善恶；让纯洁的童心蒙上尘埃，善念若隐若现，云遮雾障，辨不清方向。

童年的目标宏伟，承载了几代人的梦想。为了不输在起跑线上，填鸭式学习让人迷茫，花样翻新的补习成了第二课堂，周末兴趣班都在赶场。童趣少了，谈书色变，弹琴泪洗。童真淡了，郁郁寡欢，厌学生烦。

童年理应无忧无虑，纯真无瑕。相互攀比，重成绩，一俊遮百丑。轻修养，不屑礼义廉耻；童心蒙尘而扭曲，人格蒙羞而变形。生活让童心冷漠了，现实使童年恐惧了……

唤醒童心，追求童真。事关少年成长，影响文化传承，不可不察。呵护童心，引领童趣，事关民族兴衰，影响国家存亡，不可不慎。

不忘初心

2019年6月2日

“不忘初心、牢记使命”主题教育活动的任务是：守初心，担使命，找差距，抓落实。人之初，心地圣洁，初心可贵。世俗浮尘，易蒙初心；人生波折，信念易变。唯有不忘初心，才能坚定信念。历经磨难，初心不改；坚守信仰，砥砺前行。绘就经纬蓝图，编织初心胜景。

初心圣洁，有美好的憧憬，有宏伟的目标。不忘初心引领人生，积极进取披荆斩棘。坚守初心，忌心浮气躁，不与别人比拼。坚守初心，忌朝秦暮楚，身体力行。表里如一，敬业忠诚；知行合一，自强不息。担当责任莫畏难，查找不足勤耕耘。细化蓝图，敬业精进。不畏浮云遮望眼，矢志不渝攀险峰。

多事之年易躁动，思绪波澜易盲从。心猿意马会偏离初心，好高骛远必陷入困境。审时度势辨真伪，脚踏实地干，矢志不渝行。积跬步之功，至千里之行。聚涓涓细流，书写智慧人生。

有志者立长志，初心不改。无志者常立志，朝秦暮楚。当今社会日新月异，人生目标岂能朝三暮四。围绕初心，结合实际，完善行动方案，明确节点计划，抓落实，反馈执行效果，纠正偏差，调整行动，校正方向，使其沿着初心轨道前进，书写无悔人生。

凝　神

2019年6月4日

世事纷繁，容易彷徨。环境压抑，容易迷茫。唯有专注凝神，才能看见希望。小中见大，精益求精。简单的事重复做，积淀经验。枯燥的事耐心做，沉淀智慧。

外界五彩缤纷，不属于自己。内心沉思宁静，能拯救自己。不随风雨起舞，不追人潮涌动。恪守信念，风雨兼程。矢志不渝，披荆斩棘前行。未来是雾里看花，乱花迷人眼。眼下是衣食住行，有切肤之痛。立足当前，辛勤耕耘。冷静应对挑战，理智把控自己。

不迷失于山穷水尽处，勤耕耘于春暖花开时。专注于完善自我，凝神于当下任务。一心一意做事，不让一天虚度。让岁月留下痕迹，让人生闪耀光芒。不惧风狂雨骤，何畏坎坷泥泞。自古圣贤皆寂寞，唯有智者留其名。历尽磨难，初心不改。凝神于前方，专注于脚下。行稳致远，矢志不渝。

鉴古知今，查找不足。洋为中用，取长补短。做人要正心诚意修身，做事要致知格物精进。静水观己知不足，洗心革面向未来。凝神于别人取其长，凝神于自己补其短。不怕起点低，就怕不知底。不怕有差距，就怕心浮躁。坚定信念，凝神于使命，勇于担当，勇往直前。

修炼淡定

2019年6月5日

事杂易烦，事多易急。言多易失，欲多易乱。涉足社会要走稳，须修炼淡定。为人处世要平和，须修炼淡定。大到国事，莫急；小到家事，莫躁。修炼淡定，永无止境。

面对新挑战，勿视而不见。守其所长，补其所短。卧薪尝胆练，破釜沉舟战。修炼淡定，弥补短板。查找不足，刻不容缓。资源不可浪费，人才不能流失。完善决策忌武断，选人用人防主观。克敌制胜，人才第一。莫轻言自信，补人才短板。

面对外界挑衅，勿陷入其圈套。有理有据驳，莫情绪激动谈。有理有节斗，防止坠入陷阱。不因对方胡言，我们急着乱语。明枪要防，暗箭应躲。透过现象看本质，修炼淡定。抓住主要矛盾，其他问题迎刃而解。

面对新问题，追根溯源。了解国情，有危机意识。知己知彼，百战百胜。分析外部环境，发现挑战和威胁，巧妙应之，理性避之。捕捉有利地形，争分夺秒，占领高地。扬长，审时度势。补短，刻不容缓。

面对新征程，千险万难。莫轻言厉害，正视短板。莫奴颜婢膝，傲骨岿然。坚定信念，做好自己的事，只争朝夕干。脚踏实地迎难而上，勿花拳绣腿自欺欺人。埋头苦干，修炼淡定。

认知惰性

2019年6月9日

今天是高考的最后一天。最后一门考试课结束，高考成绩将对近千万考生的人生做出阶段性总结。其结果有的在意料之中，一分耕耘一分收获；有的在意料之外，天赋聪明而成绩平平。究其原因，意料之中者，战胜了惰性；意料之外者，输给了惰性。

成功与否，不取决于天赋，取决于能否战胜惰性。习惯于惰性，等待你的是温水煮青蛙的命运。业精于勤荒于嬉，行成于思毁于随。战胜了惰性，成功的希望向你招手。宝剑锋从磨砺出，梅花香自苦寒来。

高考如此，漫长的人生亦然。生活条件艰苦者迫于生计而战胜惰性，任劳任怨，精益求精；工作有进步，生活有改善，人生有动力，事业有希望。生活条件优越者因优越而滋长惰性，拈轻怕重，斤斤计较；工作没起色，业务没提高，能力没长进，事业没希望。怨天尤人，自暴自弃。

凡此种种，不一而足。成才者是不辞劳苦的辛勤耕耘者，平庸者是适于惰性的享受安逸者。这是任何有志成功者值得思考的问题。人生的成败主要取决于生活态度和敬业精神。不论贵贱，谁能战胜惰性，谁就能主宰命运。不论贫富，谁能勤以修身，俭以养德，谁就能安身立命。反之亦然。

业精于勤荒于嬉，行成于思毁于随。家庭条件优越者勿喜，如不能认知惰性，总是自我感觉良好，迟早会在温水煮青蛙的舒适中失去一切。相反，家庭条件艰苦者勿悲，如能正视艰困，战胜惰性和自卑，便会在自强不息中变得坚强，愈挫愈勇；在兢兢业业中逐步成长，缩小和别人的差距，在不懈努力中走向辉煌。

亡羊补牢，犹未为晚。不管高考结果如何，能认知并战胜惰性，人生一定会看见曙光。不管眼下工作状况如何，能认知并战胜惰性，工作一定会出现希望。年轻人，告别惰性，扬帆远航！

回眸初心

2019年6月11日

社会复杂需要适应，但不能迷失方向，要回眸初心。工作艰难需要发愤，但不会一蹴而就，要水滴石穿。砥砺奋进，不忘初心。积跬步之功不辍，聚涓涓细流不止。正心诚意，豁达包容。

社会是个大染缸，尘蒙赤子天性，渐趋于世俗浮沉，热衷于个人功利。生活是个大熔炉，萃取精华，还原天性。正心修德，激励天性。奋发向上，不忘赤子天性。恪守正义，牢记做人初衷。慎独自律，慎思笃行。

回眸初心，净化灵魂。不忘人生追求，不畏浮云遮望眼；明确努力方向，矢志不渝向前行。不为暂时的物质匮乏而苦恼，努力实现人生的精神自由。不因世俗而随波逐流，守初心出淤泥而不染。

人生苦短，若不能恪守初心，就会陷入对世俗的迷茫。唯有激励天性，才能活出真实正直的自我。当外界充满诱惑时，才能守住底线，维护做人的尊严。反之亦然，君不见，身陷囹圄之人，追悔莫及，再难有人身自由。

世事复杂，人心叵测。若不能冷静应对，难免错失立足良机。若不能理性分析，难免人云亦云而浮躁。唯有回眸初心，才能力挽狂澜。唯有激励天性，才能稳操胜券。若追逐名利，背离了初心，就会陷入急功近利的谜团，天性上的尘埃越积越多。对问题麻木不仁，只关注私利，会助长奴性，热衷于钻营。投机意识渐浓，钻营思想渐重，人渐渐滑向沉沦。

在外界竞争日趋激烈的环境下，教育若不能激励天性，青年就难以恪守初心。恪守初心，激励天性，事关青年成长，影响民族未来，此乃国之大事，不可不察。

过好今天

2019年6月12日

口号不如行动，拖延祸害命运。人要有敬畏，事要知进退。知不足而精进，才能改变命运。人争一口气，佛争一炉香。天上不会掉馅饼，唯有勤俭能立身。今日事，今日清。无故拖，枉为人。

人有思想，需要学会思考。天地之道是无私和奉献。人何以与天地共存？需要有无私的情怀和奉献精神。唯有此，才可以天地人和。

光阴荏苒，岁月如梭。在时间面前人人平等，谁能有效利用自己的时间，谁就能主宰自己的命运。谁能过好今天，谁才会有充满希望的人生。礼义廉耻，国之四维。四维不张，国之将亡。做人有廉耻之心，做事有敬畏之意。不贪不义之财，勿饮过量之酒。

持戒于心

2019年6月14日

社会风云变幻，天下列强横行。居安思危，持戒于心。心存戒惧，规范言行。敬天畏人，谦卑人生。早晚对镜，净化心灵。吾日三省吾身，做事尽力乎？

学习偷懒乎？虚言妄语乎？

心存感恩，谨言慎行。勤俭自律，宽厚待人。处处留心，不耻下问。仰不愧于天，俯不怍于地。虚怀若谷，敦厚待人。心存定力，忌人云亦云。不惑于利，不乱于情。恪守道德，检点言行。心术不可得罪于天地，言行皆当无愧于圣贤。襟怀坦当，守拙如初。

心存正念，岿然不动。疾恶如仇，从善如流。铁肩担道义，妙手著文章。率先垂范引领方向，防微杜渐克制奢侈。抑恶扬善莫畏难，扶危济困不怕苦。心存百姓，常存恻隐心。权为民所用，利为民所谋，情为民所系。做事务实，忌好大喜功。做人固本，忌投机钻营。

心存天地，悟道守中。常修无我意，常怀利他心。天不言自高，地不言自厚，人不言自能。天地人和，道法自然，和谐共存。持戒于心，执善于行。正心诚意修身不辍，在逆境中砥砺前行。致知格物精进不停，在风雨中领悟人生。

恻隐之心

2019年6月19日

天有不测风云，人有旦夕祸福。慈悲为人，常怀恻隐之心。认真做事，常存敬畏之心。与人为善，帮人于危难之时。助人为乐，不吝惜举手之劳。

不管多强大，无论多富有。在别人危难之时，不能隔岸观火，更不能见死不救。不管多顺利，无论多得意，不能“人生得意须尽欢，莫使金樽空对月。”人生无常，如临深渊，如履薄冰，战战兢兢。人在做，天在看，头顶三尺有神明。不能乘人之危而落井下石，要竭尽全力相助。善恶到头终有报，只争来早与来迟。

国家不分大小，一律平等。民族不分强弱，互相尊重。自己可以追求美好生活，但不能以置人于死地为前提。大路朝天各走半边，井水不犯河水。不能因嫉妒而生疑，无端指责对方；更不能因害怕而生恨，百般陷害他人。设身处地，换位思考。

傲慢一定产生偏见，狂妄必然肆无忌惮。上天想让谁灭亡，必然先让其发狂。目睹乱世风云，恪守恻隐之心。同情颠沛流离中的无辜难民，相助天灾人祸中的不幸生灵。虽不能鼎力相助，应常怀恻隐之心。

把握机会

2019年6月20日

1977年恢复高考，对中断10年高考的中学生是人生难得的机会。有人抓住了机会，从此改变了命运；有人名落孙山，功亏一篑。有人欣喜，有人悲叹。恢复高考的机会人人平等，关键在于抓住了机会，就实现了梦想。错过了机会，就继续煎熬。

机会能改变人生轨迹，把握机会的能力影响前程。机会如白驹过隙，擦肩而过。有的人敏锐，能捕捉住机会，趁势而上，大展宏图。有的人迟钝，和机会失之交臂，望势兴叹。与其失去机会而悲叹，不如默默地努力，争取下一次机会。唯有付出，吃别人不能吃的苦，才能抓住新的机会。

机会垂青有准备的头脑。唯有磨炼意志，才能克服困难；唯有砥砺品行，才能积淀智慧；唯有积累知识，才能抓住机会。唯有日积月累学，才能把握机会。唯有修德悟道行，才能展示才华。

莫怨市场低迷，牢骚开拓不了市场。莫惧竞争激烈，扬长补短能立足。莫怨机会少，检点自己是否呕心沥血做？莫怨职场公平少，审视自己是否卓越超群？莫想走捷径，天上不会掉馅饼。

困难与希望同在，挑战与机遇并存。做好自己，兢兢业业做，忍辱负重行，苍天不负苦心人。夏练三伏，不怕烈日炎；冬练三九，何惧寒风凛。

厚道

2019年6月21日

世态炎凉是常态，看淡些。世事无常是常态，看开些。但行好事，厚道待人。山不转水转，做人莫势利，做事不取巧。忠诚老实，忍辱负重。厚德载物，能成大器。

随着岁月流逝，记忆中积淀最多的资粮就是厚道的果报。世上有善恶，人间有因果。暂时的取巧可能有效，一生的命运偏爱厚道。见利忘义能风光一时，机关算尽会断送一世。物以类聚，人以群分。经历过困苦，能在逆境中站立，感恩人生中的厚道之人，不忘风雨中的厚道之人。滴水之恩，当涌泉相报。时来运转，不能过河拆桥。

厚道之人不为世俗左右，不与奸邪小人为伍。厚道之人不善言谈，没有花言巧语。厚道者敢于担当，乐于助人。年轻人的聪明要用到正地方，学会厚道做人，不能见风使舵。厚道的品行源于从小父母的熏陶。言传身教，耳濡目染。在风雨人生的砥砺中积淀厚道的养分，增强智慧的涵养。厚道能忍辱负重，不计较眼前的得失。牢记吃亏是福，塞翁失马焉知非福。

厚道之人福报多，能够趋吉避凶，可以化险为夷。世事无常莫悲叹，坚守厚道不动摇。厚道为人天护佑，机关算尽丧天良。头上三尺有神明，唯利是图者身陷囹圄。地上万物有公平，厚道善良者平安着陆。善有善报，恶有恶报。不是不报，时间未到。操场埋尸伤天害理，扫黑除恶现出原形。不怕厚道机遇少，平安人生就是宝。不怕厚道名利少，心静神宁保平安。做厚道之人，行中正之路。行善积德，庇荫子孙。为官不忘初心，矢志造福人民。为人恪守灵魂，厚道方得始终。

自　　省

2019年6月22日

古之学者，牢记“博学之，审问之，慎思之，明辨之，笃行之”的治学态度，孜孜不倦学，夜以继日思，追根溯源悟，矢志不渝行；秉持“为天地立心，为生民立命，为往圣继绝学，为万世开太平”的理念，不辱使命，身体力行，立德、立言、立功。

鉴古知今，治学不忘修身。正心诚意学，致知格物行。师傅领进门，学艺在自身。工作有纰漏，时刻铭记在心。知耻而发奋，知不足而精进。和良心对话，敲响懒惰的警钟。人生应该灿烂，谨防温水煮青蛙的教训。

确立自我意识，明确使命担当。人的价值在于创造财富，奉献社会。当我们享受社会进步带来的方便时，不能理所当然接受，应有所敬畏，常存感恩之心。默默地和良心对话，我为社会做了什么？幸福取之于人类文明，如何回报社会？如何造福人类？

确立自我意识，追求自身价值。参与社会经济建设，贡献自己的聪明才智，体现自身价值。天生我材必有用，对家庭负责，为社会担当。做人不求青史留名，做事定要无愧我心。

养成自省的习惯，检点自己的言行。遇事有主见，抉择有理性。敢于担当，反躬自省。敢于挑战，忌人云亦云。自省方知天地宽，精进才能见光明。天生我材有使命，莫陷迷茫废光阴。脚踏实地，积跬步之功，至千里之行。踏平坎坷，不懈攀登。会当凌绝顶，一览众山小。

留心

2019年6月23日

高考成绩张榜，几家欢乐几家愁。即使高考落选，垂头丧气也无济于事，应该学会观察。观察优胜者的超凡之处，查找自己的薄弱环节，留心成功者的品行修养。三人行，必有我师焉，择其善者而从之，其不善者而改之。雄关漫道真如铁，而今迈步从头越。

学习不局限于课堂，成材不局限于大学。处处留心皆学问，世事练达即文章。社会是所大学校，学无止境。在学习中积淀，在领悟中升华。在观察中进步，在总结中提高。从实际出发，选择适合自己发展的道路。在生活历练中，少说多听，取人之长。在社会实践中，少说多悟，补己之短。学思悟行，贵在留心。

关于道路，《雅尔·释宫》解释如下：一达谓之道路，二达谓之歧旁，三达谓之剧旁，四达谓之衢，五达谓之康，六达谓之庄，七达谓之剧骖，八达谓之崇期，九达谓之逵。

留心“道路”的解释，我们对“通衢”和“康庄”大道有了新的理解。上大学是通往事业巅峰的阳关大道，考上大学者矢志不渝，一心一意走下去，描绘五彩人生。

然而，人生之路不止高考一条，有通衢之道，四通八达。有康庄大道，五谷丰登，六六大顺。只要从实际出发，找到适合自己的路，人生依然精彩，事业依旧辉煌。人生只要不留遗憾，为理想事业奋斗过，足矣。

条条大道通罗马。高考之路走不通，找适合自己的道路走。三百六十行，行行出状元。天道酬勤，勤能补拙。山重水复疑无路，柳暗花明又一村。只要上心修德悟道，用心钻研进取，就能学有所长，专有所精，恪守工匠精神，铸就精彩人生。

人生不如意事十之八九。不论顺逆，学会留心。留心品学兼优者的习惯，捕捉改变现状的机遇，砥砺突破重围的能力。留心知识，博采众长，他山之石，可以攻玉。留心生活，发现乐趣，享受人生，创造未来。留心规律，捕捉机遇，因势利导，顺势而为。留心技巧，把握要领，深钻细研，精益求精。

机遇垂青有准备的头脑。唯有留心，才能发现机遇于稍纵即逝之处。唯有留心，才能积累知识于不经意之时。在留心中把握机遇，在磨砺中提升能力。把握机遇，主宰命运。

自我激励

2019年6月27日

人非圣贤，孰能无过？知错则改，知不足而精进。肯定自己的进步，自我激励。天生我材必有用，只要精进磨炼不间断。在孤立无援时，自我激励是走出逆境的路灯，鼓起勇气，朝着希望的方向前进。

自我激励是成长的引擎。肯定自己的付出，激励自己的进步。个体有差异，背景各不同。不要和别人比成绩，只要和自己比有进步就值得肯定。不要和别人比财富，只要衣食无忧足矣。

自我激励是进步的催化剂。知行合一，自强不息。不要埋怨出生卑微，要心存感恩，感恩父母养育的艰辛。不要嫌弃家境贫寒，要自立自强，用双手创造财富，靠勤奋改变命运。

自我激励是团队进步的助推器。用自己的激情燃烧别人的激情，把不可能变为可能。艰难时坚定的眼神互相鼓舞，迎难而上，无坚不摧。困倦时彼此的微笑互相激励，披荆斩棘，所向披靡。

环境差，压力大。机遇少，困难多。凡事不求事半功倍，只求在逆境中生存，不被淘汰。做人不求一帆风顺，只求在困境中发展，不被淹灭。人在危难时需要自我激励，只要健在，就是希望。三寸气在千般用，一旦无常万事休。要乐观豁达，年年难过年年过，办法总比困难多。

自我激励是自强不息的不竭动力。遇事乐观自信，做事严谨精进。正心诚意修身，虚怀若谷敬业。优胜劣汰，以质取胜。吾日三省吾身，自我激励；做事精进乎？做人诚信乎？合作尽力乎？不以成败得失论英雄，只要努力有进步，奋斗有成效，就该自我激励。抓住今天，自我完善。拥抱明天，自我超越。

坚持的力量

2019年7月3日

小事坚持做，可成就大事。写日记是小事，坚持写可成大事。千里之行，始于足下。成功者贵在坚持。从1999年我到首钢秘鲁铁矿工作开始，坚持每天写日记，至今已经二十年了。二十年的坚持源于当时的心境，二十年的坚守源于人生的信念，二十年的积累丰富了精神生活，二十年的砥砺陶冶了职业情操。

捧着《“走出去”的记忆》，回眸在首钢秘铁工作的日子，真正领悟到了坚持的价值。随着岁月的推移，过去的辛苦和艰难都化作清风而去，当时的陋室铭再次浮现眼前：

“漂泊天涯海角，去留无意，望天上云卷云舒；饱尝酸甜苦辣，宠辱不惊，看庭前花开花落。淡泊名利，一生书为伴，寻古今真理，觅中外知音；与世无争，整天笔为友，书人生豪情，写千秋史话。诚信为本，忍让为先，克制为鉴，宽大为怀。”

1999年我们在绝境中挣扎，2000年我写了一副对联，激励同仁。“债比山高危机四伏秘铁何处去？路在脚下商海八面诸君献策来，同舟共济。”我们为信念而坚持，为人生而拼搏。

2000年公司从濒临破产的边缘复活，实现扭亏为盈。2001年元旦我们换上新对联：“同舟共济笑送旧千年，豪情满怀喜迎新世纪，携手并肩。”对联反映了我们当时的心境。

到2001年春节时，我们有了更宏伟的目标，气势更高了，信心更足了，意志更坚定了。春联为证：“紫气东来中国风吹遍四海，祥光普照首钢人开拓八方，前程似锦。”

今天重温二十年前刚到秘鲁铁矿工作时的陋室铭，感慨万分。我们能在秘鲁铁矿最艰难的日子挺过来，把公司从绝境中拖到逆境，就是凭着首钢人的执着；把公司从逆境中拯救出来，就是靠必胜信念。首钢秘铁能有今天的业绩，就是靠执着坚持。

人生当该如此，无论多难，都要坚持。大丈夫打掉牙和血吞，无怨无悔。

修炼心境

2019年7月5日

酷热难耐，修炼心静。天热易烦，事多易躁。唯有修炼忍耐力，才能适应环境，增强抵御能力。热浪煎烤，身心煎熬。唯有忍受，才能生存。人生亦然，忍耐则平安，急躁则生乱。

生活如酷暑，灼热难熬，但必须面对，年年难过年年过，靠的是忍耐。在煎熬中忍耐，在忍耐中坚强。在煎熬中砥砺了韧劲，在忍耐中增强了斗志。生活青睐强者，竞争不同情眼泪。

国家的发展，记忆中铭刻着煎熬，岁月里积淀了忍耐。在煎熬中日益壮大，在忍辱中日益顽强。从一穷二白到工业体系建立，中国人在煎熬中坚定了信念。从百废待兴到基本解决温饱，中国人在忍耐中看到希望。

回眸历史，坚定自信。展望未来，充满豪情。九十八年的浴血奋斗，经历了煎熬，锤炼了韧劲。七十年的经济建设，见证了忍耐，铸就了辉煌。煎熬能凝心聚力，唤起民众。在忍耐中由小到大，国力增强。

面对新挑战，我们要冷静。没有过不去的坎，没有攀不上的峰。正视困难，理性应对。不怕围追堵截，做好持久战的准备。不怕风化瓦解，正本清源，纯洁队伍。

面对新困难，不忘初心。面对新战斗，牢记使命。警惕渗透侵蚀，国家危机长存。警觉民族危难，国家统一艰辛。任凭风云变幻，国家统一意志坚定。铭记发展短板，民族振兴任重道远。

踏上新征程，修炼心境。不怕炼狱般煎熬，在曲折泥泞中挺进。何惧魔鬼般挑衅，在艰难坎坷中前进。独立自主，自力更生。丢掉幻想，防范陷阱。不急不躁，修炼心境。

踏实做事

2019年7月6日

失败的天才比比皆是，白手起家的志士不乏其人。立志最重要，踏实是根本。磨炼忍耐力，砥砺煎熬志。踏实做事，本分做人。莫心猿意马，要脚踏实地。莫投机取巧，要诚实守信。

面对浮躁的社会，人们很难踏踏实实。有些人难免心生波澜，这山望着那山高。有些人总想找靠山依附，找捷径当官发财。有些人忘记礼义廉耻，唯利是图，不择手段。

不管环境如何，要堂堂正正做人，要心存定力，不能有侥幸思想。不管世风如何，要实实在在做事，要心存敬畏，不能随波逐流。戒除浮躁心，根植踏实地。

一些曾经风光一时的黑恶势力和权倾一地的达官贵人，如今滑入为非作歹的团伙，陷入不能自拔的泥潭。奢侈糜烂者，在扫黑除恶中现原形。玩火自焚者，在自鸣得意后化为灰烬。弄虚作假，纸终究包不住火。机关算尽太聪明，反误了卿卿性命。

君子务本，本立而道生。心存敬畏，本分做人。抑制欲望，戒除虚荣。不贪婪，做人守本分。不敷衍，做事要诚信。不奢华，修身不忘本。不浮躁，敬业不钻营。踏实做事，本分做人。不好高骛远，脚踏实地，履职尽责，做好自己。仰不愧于天，俯不怍于地。

挖掘潜能

2019年7月8日

人比自己想象得强大，潜力被懒惰消磨殆尽，因安于现状而变得平庸。业精于勤荒于嬉，行成于思毁于随。成功贵在恒久，成事难在执行。养心治懒，励志克难。挖掘潜能，持之以恒。

人比自己想象得坚韧，耐力在安逸舒适中退化。温水煮青蛙，安于现状而失去耐力。人的耐力在逆境折磨中增强，人的心志在绝望挣扎中坚定。求生的本能是耐力之源，愈挫愈勇，百折不挠。

艰苦的环境磨炼意志，贫寒的家境砥砺心志。王侯将相，宁有种乎？不怕出身贫寒，只要心志坚定，天生我材必有用。脚踏实地做事，忠诚老实做人；只要肯做牛，总会有田耕；只要不放弃，就可创奇迹。

逆境是激发潜能的催化剂，困难是砥砺心志的试金石。经历过逆境的摧残，潜能会逐渐显现，转化为走出逆境的动力。在逆境中不消沉，就能迎来希望的黎明。遭遇过困难的考验，智慧会日益升华。在困难面前莫蹉跎，办法总比困难多。

淡泊以明志，宁静以静远。面对困难，不急不躁，三思而言，九思而行。身处逆境，不慌不乱，取人之长，补己之短。正心诚意修身，陶冶情操不止。致知格物精进，挖掘潜能不辍。不怨天，莫尤人。积跬步之功，致千里之行。

深耕基础

2019年7月9日

做人，正心修身以厚德；做事，深耕基础以固本。固本强基，知行合一。厚德载物，自强不息。从小事做起，深钻细研，精益求精。从小过改起，勿因恶小而为之，千里之堤溃于蚁穴。

无论做什么，打不好基础，难以成就大事。犹如建高楼大厦，先挖深基坑，打基础；注浆护坡，浇灌钢筋混凝土。无论怎么做，没有扎实的基本功，只能是花拳绣腿而已。唯有下苦功夫，才能打好基础。

打基础要循序渐进，忌投机取巧，怕偷工减料。建筑施工如此，人生修身亦然。偷工减料的豆腐渣工程，经不起时间和荷载的检验，轰然坍塌而显露原形。揠苗助长的注水博士，经不起环境和公众的检验，白字连篇而贻笑大方。修身不辍，立德，立言；敬业不止，立功，立身。

无论你现在的基础如何，都不能急功近利，成长路上勿轻谈跨越式，犹如上楼，跨越台阶会踏空，轻则摔倒，重则受伤。不怕起点低，就怕不知底。犹如练习书法，要打好楷书的基础，读懂结构，练好笔画。台上三分钟，台下十年功。演艺学习如此，体育运动亦然。一天不练自己知道，二天不练教练知道，三天不练观众知道。唯有打好基础，技艺才能提高。唯有基础扎实，工作才能得心应手。

莫怨时运不佳，反思自己的本领如何，工作有无纰漏。莫怨岗位枯燥，检点岗位基本要求，自己能否胜任。疾风知劲草，乱世识英雄。卧薪尝胆，打好基础。矢志不渝，开拓进取。天道酬勤，勤能补拙。

战胜惰性

2019年7月11日

人天生有惰性，该做的事不情愿做。然而，带着情绪去做事，影响执行的效果。因此，要修炼心境，实现要我做到我要做的转变，该做的事自觉做，能做的事主动做。

克服惰性需要从思想上重视，不能迁就自己的拖拉。多少事从来急，要只争朝夕。明日复明日，明日何其多。吾生待明日，万事成蹉跎。

战胜惰性需要毅力，养成习惯需要恒心。再好的方案，不付诸行动只能是方案而已。唯有把方案变成行动，理想才能变成现实，才能实现人生的价值。

明确人生目标，细化实施方案，选择合理路径，不怕荆棘丛生。勇往直前，踏平坎坷泥泞。积跬步之功，脚踏实地做，矢志不渝行。

唯有自觉，才能战胜惰性，增强工作的主动性；唯有自觉，才能把握先机，踏上人生的快车道；唯有自觉，才能驾驭岁月，创造属于自己的未来。

时值盛夏，萌生惰性，考验自觉性。如不能忍耐酷暑的炎热，很容易滋生惰性。如不能忍耐繁杂工作的辛苦，很容易心生厌倦情绪。世上之事皆需忍，忍片刻风平浪静。学会忍耐，战胜惰性。养成自觉的习惯，塑造美好人生。

认知自我

2019年7月12日

知人难，知己更难。知己难，难在定位。定位偏高会盲目自信，稍有成绩容易自负，听到赞扬声会沾沾自喜，甚至自我膨胀，目空一切。定位偏低会自信不足，稍遇挫折会加剧自卑，听到批评声会自暴自弃，甚至自我否定，彻底绝望。

认知自我难，难在心智。处顺境时，容易高估自己的能力，把成绩归功于自己，会自满。在不知不觉中滋生骄傲情绪，容易自鸣得意，甚至，夸夸其谈。当遇到难事时，因主观武断而功亏一篑，因一筹莫展而陷入被动。久而久之，会跌入低谷，陷入自卑而不能自拔。

改变心智，需要净化心境，坦然面对一切，豁达包容万物。影响心智的是心魔。心魔赞美自己，排斥他人。当自己不如他人时，总觉得受到别人的干扰，很少想自己的不足，于是对别人耿耿于怀，甚至出现心咒，诅咒别人，埋怨别人。不能理性看待问题，难以正确认知自我；无法找到失败的原因，难以弥补自己的不足。久而久之，变得孤陋寡闻，自命不凡而不知，盲人骑瞎马而不晓。

调整心智贵在揩拭心地。世俗偏见蒙蔽心地，个人欲望笼罩心田。正心诚意修心，和良知对话，善恶是非皆明；用良知对镜，万事万物皆容。海纳百川，有容乃大；壁立千仞，无欲则刚。拭去心田的灰尘，点亮心智的引擎。认知自我，引领人生。恪守良知，莫昧良心。

轻装上阵

2019年7月13日

生活节奏快，工作压力大。年轻人容易产生思想包袱，忧虑工作做不好，担心能力不匹配，整日忧心忡忡，工作无精打采。经常忙中出错，走路直不起腰。这是典型的工作焦虑现象，如不能及时调整心态，工作做不好，身心健康也受影响。

正确对待工作，以积极的态度去做。敏而好学，不耻下问。不要左顾右盼，不要思前想后。该做的事鼓起勇气，哪怕遭遇挫折，也有收获。唯有行动，才能发现自己的潜力。认准的事，只争朝夕做。

客观评价自己，扬长补短。坚定自信，靠信心战胜工作恐惧症。金无足赤，人无完人。工作谁都会遇到困难，关键在于积极想办法解决问题，抓住主要矛盾，突破薄弱环节，积累工作经验。在干中学，实践出真知；在学中干，探索长才干。

不断完善自己，提高应对复杂局面的能力。知耻而后勇，知不足而精进。不怕起点低，锲而不舍钻研，脚踏实地进取，日积月累，水滴石穿。坐而言不如起而行，忧虑改变不了现状。唯有行动才能找到出路，唯有持之以恒努力，工作才能得心应手。

不断塑造自己，提高品行修养。君子务本，本立而道生。尊道贵德，忠孝至诚。德不配位，必有灾殃。正心诚意修身，轻装上阵，矢志前行。致知格物精进，履职尽责，无愧人生。

行动

2019年7月14日

芸芸众生，禀赋各异。有的口若悬河，有的沉默寡言。有的花言巧语，有的言辞犀利。人不可以貌相，也不可以因言取人。成功者不在言，而在行。成才因人而异，切忌模仿。忌邯郸学步，勿东施效颦。

坐而言，不如起而行。心有所想时，立即行动；立志于学，不能停留在想；改变现状，要落实在行。弥补不足，不能满足于言，主宰命运，要积跬步之功。

光阴似箭，要珍惜分秒。岁月如梭，勿安于现状。行动贵有恒，何必三更起五更睡；豪言最无益，就怕一日曝十日寒。莫怨进步慢，牢记龟兔赛跑之理；不怕慢，就怕停。莫嫌机会少，机会垂青有准备的头脑。知行合一，自强不息。

谦　　和

2019 年 7 月 16 日

满招损，谦受益。三人行必有吾师，择其善者而从之。敏而好学，不耻下问。虚怀若谷，谦恭聆听。兼听则明，偏信则暗。

尊师友，习礼仪。正心诚意修身不辍，致知格物精进不止。少而好学，如日出之阳；壮而好学，如日中之光；老而好学，如秉烛之明。少壮不努力，老大徒伤悲。

谦逊养德，和气生财。吾日三省吾身，为人谦恭乎？做事谦让乎？处世谦卑乎？盛气凌人，傲气伤人。敬人者，人恒敬之。傲人者，人恒远之。人之道，谦为本。谦谦君子，与人为善。进思尽忠，退思补过。鉴古知今，敬天畏人。不登高山，不知天之高也。不临深溪，不知地之厚也。不闻先王之遗言，不知学问之大也。

礼之用，和为贵。忍片刻风平浪静，退一步海阔天空。天下之祸源于争，天下之灾源于斗。误会是争斗之源，傲慢是误会之根。有效沟通，误会解也。积极合作，和气生也。尽职尽责，人生乐也。谦和人生，福寿长也。

豁　　达

2019 年 7 月 17 日

凡事想开点，做人大度点。莫记人过，君子一笑泯恩仇。天地万物共存，学会豁达包容。人生不如意事十之八九。遇事不能斤斤计较，工作无须和人攀比。顺其自然，做好自己。仰不愧于天，俯不怍于地。

天地万物，世事无常。待人宽宏大量，做事胸怀坦荡。德义为先，勿图一己私利。仁爱为上，常怀恻隐之心。留得青山在，不怕没柴烧。不计较一时一事之得失，不争斗一岗一职之高低。履职尽责，常怀感恩之心。积极合作，常存慈悲之意。

善恶有报，因果不虚。但行好事，莫问前程。行善积德，不吝举手之劳。扶危济困，帮人于危难之时。

学 会 思 考

2019 年 7 月 18 日

信息源铺天盖地，信息窗眼花缭乱。智能手机诱惑，人们沉迷于猎奇，甚至，冲动于打赏。遇事不思考，热衷于附和，甚至，愤青于吐槽。长此以往，喧宾夺主，我将何存?

思考习惯决定行为方式。从众型思考，习惯于随大流；独立型思考，慎独于自我判断。思考习惯源于耳濡目染和学习训练。养成独立思考习惯是人走向成熟的开始，路漫漫其修远兮，吾将上下而求索。

思维方式决定思维习惯。思维方式非先天形成，乃后天学习训练而成。培养积极思维意识，避免消极思维；培养辩证思维意识，防止片面思维。思维意识决定思维方式。思维方式在潜移默化中形成，内化于心，外化于思，引导于行。

思维方式的形成非一蹴而就。家庭的耳濡目染，老师的言传身教，自己的不懈努力，对思维方式形成有综合影响，互相启迪，在潜移默化中交融。培养良好的思维方式，三者不可偏废：家长循循善诱，老师正面引导，个人理性思考。

思维方式影响思维能力，思维能力左右生存能力。不浮躁，沉下心做事；不偏激，静下心思考。天无绝人之路，人有立身之本。训练思维方式，培养思维能力，驾驭人生航船，劈波斩浪前进。

领 悟 要 旨

2019 年 7 月 27 日

人生短暂，世事艰难。发上等愿，结中等缘，享下等福，知足常乐；择高处立，在平处住，向宽处行，能忍自安。世事繁杂，鉴古知今。师傅领进门，学艺在自身。学艺贵在用心，做事定要专心，成才全靠恒心。不怕起点低，就怕不知底。脚踏实地做，见缝插针学。天道酬勤，勤能补拙。

业精于勤，行成于思。读书要勤，眼勤多看，书读千遍，其意自解。手勤多写，读书破万卷，下笔如有神。嘴勤多念，敏而好学，不耻下问。做事贵恒，求学贵精。贵有恒，何必三更起五更睡；最无益，就怕一日曝十日寒。致力于学，深钻细研，忌一知半解；致力于行，脚踏实地，忌心猿意马。

知识贵在积累，品行贵在砥砺。三人行，必有吾师焉，择其善者而从之，其不善者而改之。见贤思齐，见不贤而自省。做人真诚坦荡，做事豁达包容。积跬步之功，至千里之行。

君子务本，本立而道生。忠孝人生，砥砺品行。“夫孝，德之本也，教之所由生也。身体发肤，受之父母，不敢毁伤，孝之始也。立身行道，扬名于后世，以显父母，孝之终也。夫孝，始于事亲，中于事君，终于立身。”

努　力

2019年7月30日

驽马十驾，功在不舍。龟兔赛跑，耐人寻味。不努力，世上无可成之事。不坚持，世上无可塑之材。坚持不懈，努力不止。

莫怨天赋平庸，检点是否用功。天下没有免费的午餐，一分耕耘，一分收获。世上没有速成的捷径，不经一番冰霜苦，哪得梅花放清香。天道酬勤，勤能补拙。莫怨世道不公，检点是否胜任。机会稍纵即逝，唯有能力胜任，工作勤勉，才有望得到机会的青睐。机会人人平等，唯有敏锐察觉，果断行动，才有望抓住机会。

莫言来日方长，岂能让时光虚度。一寸光阴一寸金，寸金难买寸光阴。比我们聪明的人仍在刻苦用功，我们岂能虚度光阴。人生如逆水行舟，不进则退。吾生待明日，万事成蹉跎。莫等时来运转，岂能守株待兔。正心诚意修身，积淀智慧，陶冶情操。致知格物精进，敬天畏人，履职尽责。汗水浇灌幸福之花，幸福都是奋斗出来的。心血孕育不屈人格，坚强都是砥砺而成的。

少壮不努力，老大徒伤悲。光阴荏苒日西坠，春夏秋冬四季催。青春是用来塑造人生的，吾日三省吾身，做事精进乎？为人诚信乎？光阴虚度乎？

积　淀

2019年7月31日

时间流逝，光阴似箭。留不住岁月，要积淀人生。认知社会与自然，从未知到知之甚少，从知其然到知其所以然，都是在积淀。积跬步之功，聚涓涓细流。

读《苦难辉煌》受益匪浅，钦佩金一南先生的独到见解，经历苦难而辉煌的中国共产党，为拯救中华民族建立了不朽功勋。共产党的成功在于其积淀，星星之火，燃起燎原之势，唤醒民众千百万，同心干。

看视频《从百年沧桑到大国崛起》，敬佩金一南先生博学。他以翔实的数据，清晰的脉络，深入浅出地道出了中国共产党的历史功绩，以无可辩驳的事实征服了外国教授，充分肯定了中国共产党执政的合法性和合理性。

金一南先生有如此成就，靠的是日积月累的积淀。他从参军起就写日记，一直坚持。在日记本的扉页上写下励志的警句，以激励自己做难事，坚定信念，持之以恒。金一南刚转业到国防科技大学时，只能到图书馆工作。直到在国防科技大学的一次座谈会上，金一南的积淀发挥得淋漓尽致，不但详述了即将接待的美国客人的职业背景和影响力，还整理了该客人近期的有关讲话，这对国防大学接待这位要客是何等重要。知己知彼，百战不殆。

人的价值在于奉献社会，价值的提升在于积淀。做人不能急功近利，积跬步之功不辍，聚涓涓细流不止。功夫不负有心人，成就垂青勤奋者。勿好高骛远，要脚踏实地。吃别人不能吃之苦，忍别人不能忍之辱，定能成就别人望尘莫及之业。

天道酬勤

2019年8月6日

学习新知识，由易到难。掌握新技能，由简到繁。执着于心，持之以恒。天道酬勤，勤能补拙。不怕起点低，方向明确，矢志不渝，定能到达终点。

业精于勤荒于嬉，行成于思毁于随。失败的精英比比皆是，成功的通才不乏其人。精英的失败在于自恃高，输在轻视与侥幸。通才的成功在于起点低，赢在务实与坚持。唯有勤奋，脚踏实地，才能抓住机会，朝着成功的方向前进，到达胜利的彼岸。

昂起头，莫自卑。付出比别人更多的辛苦，忍受比别人更多的磨难。一分耕耘，一分收获，苦尽甘来。求知不装懂，敏而好学，不耻下问；做人不虚荣，堂堂正正，不卑不亢。

匍下身，不浮躁。脚踏实地干，积跬步之功。矢志不渝行，聚涓涓细流。只要功夫深，铁杵磨成针。做人，不坠青云之志。忍辱负重，卧薪尝胆。做事，不朝三暮四。抓铁留痕，踏石留印。

锲而不舍

2019年8月9日

工作无论多难，都要认真做。环境无论多苦，都要去适应。进展无论多慢，都要坚持不懈。锲而不舍，金石可镂。

市场无论多疲软，都要积极拓展。竞争无论多激烈，都要主动应对。利润无论多少，都要热情服务。持之以恒，水滴石穿。

天赋无论多优秀，都要敏而好学。家境无论多优越，都要勤俭节约。背景无论多显赫，都要平易近人。修德悟道，敬天爱人。

才能无论多平凡，都要自食其力。家境无论多贫寒，都要自立自强。地位无论多卑微，都要自尊自爱。天道酬勤，勤能补拙。

人生无论多坎坷，都要坦然面对。道路无论多曲折，都要默然前行。事业无论多艰难，都要精益求精。只要肯做牛，总会有田耕。

蚓无爪牙之利，筋骨之强，上饮黄泉，下食埃土，用心一也。龟兔赛跑，积跬步之功。一心一意用功，一点一滴精进。

珍惜

2019年8月10日

珍惜周末的自由，做有意义的事。珍惜青春的时光，展示人生的风采。珍惜平安，用心呵护。珍惜未来，不让一日虚度。

珍惜周围的环境。天人合一，道法自然。洁净环境，美化自然。融洽环境，尊道贵德。身体力行，保持和谐。

珍惜亲情，忠恕孝悌。事父如事君，敬天畏人。兄友弟恭，其利断金。夫妇和睦，父子同心。勤俭持家，耕读育人。

珍惜拥有，呵护健康。光阴易逝，人生易老。读书须趁早，莫等老将至。工作须尽心，莫等失业至。做事须用心，莫等疑惑至。闲暇须静心，莫等忧郁至。

珍惜现在，把握未来。天无绝人之路。山重水复疑无路，柳暗花明又一村。天上不会掉馅饼。世上没有免费的午餐，洁身自好保平安。

珍惜自由，敬畏法律。正心诚意修身，慎思笃行。致知格物精进，敬天畏人。不碰法律红线，不破做人底线。做人如履薄冰，做事守拙如初。

换位思考

2019年8月12日

在日常工作和生活中，难免有些事不如意，容易有不满，甚至会积怨。若换位思考，自己并非都对，别人要求也许合理。换位思考，取长补短。

在人生和业务交往中，难免有尴尬和窘迫之事，容易产生懊恼，甚至滋生怨恨。若扪心自问，并非别人故意刁难，也许是自己冒失无礼。换位思考，怨恨自消。

在个人成长和职业生涯中，并非事事如意，岂能件件顺心。认知偏激，使关系僵化；执迷不悟，使处境恶化。若反躬自省，虚荣导致认知偏急，自私驱使执迷不悟。敬人者，人恒敬之。

在得意之时，把别人当人看，给予起码的尊重。人有职务之别，但人格是平等的，应该互相尊重。勿谄富欺贫，防止人格沉沦。

在失意之时，把自己当人看，保有起码的自信。王侯将相，宁有种乎？积德行善，寒门生贵子。敬天畏人，白屋出公卿。

换位思考，烦恼减少。常修利他之心，常怀无我之念。看淡名利，常存敬畏之心。放下得失，常存恻隐之心。塞翁失马，焉知非福。

谨言慎行

2019年8月14日

大千世界，变幻莫测。芸芸众生，千姿百态。识人难，难在识其德。知己难，难在知其性。察言观色，见微知著。管中窥豹，略见一斑。修身养性，重在慎其独，贵在铭其志，难在恒其心。克制浮躁，磨炼耐性。克制急躁，砥砺韧性。抑制狂躁，陶冶心性。

年之少时易从众，病从口入。人云亦云易冲动，祸从口出。世事，唯有分清其真伪，方能明其善恶。疑惑，唯有探明来龙去脉，方可判定其缘由。虚言妄语，易陷窘境。遇事推敲，谨言慎行。

年之壮时血气方刚，易目空一切。天地万物守其道，不以个人意志为转移。莫轻敌冒进，宜谨言慎行。运筹于帷幄之中，慎其独也。决胜于千里之外，铭其志也。权衡于天地之间，恒其心也。

年之渐老深谙世事，易过于自信。轻举妄动陷困境，孤军奋战难突围。决策，知己知彼，勿异想天开。用人，识其本性，勿以貌取人。咨之以事观其智，诱之以利观其行。置之以难观其勇，醉之以酒观其性。

决策之事，疑惑无时不有，慎其言也。用人之事，风险无处不在，慎其意也。天有不测风云，慎其行也。人有旦夕祸福，静其心也。敬天畏人，谨言慎行。

慎终追远

2019年8月15日

今天是中元节，慎终追远。子孙虽愚，经书不可不读，祖宗虽远，祭祀不可不诚。子曰："孝子之事亲也，居则致其敬，养则致其乐，病则致其忧，丧则致其哀，祭则致其严，五者备矣，然后能事亲。"

夫孝，德之本也，教之所由生也。养不教，父之过；遗子黄金宝，何如教一经。教不严，师之惰；为人师表，学为人师，行为世范。子不学，非所宜。穷当益坚，不坠青云之志。为人子，方少时；亲师友，习礼仪。

夫孝，居则致其敬，养则致其乐。言传身教，传承家训；勤俭立身，耕读继世。身体力行，弘扬家风；忍辱负重，豁达包容。克己守礼，无愧家范。正心诚意修身，忠恕孝悌做人。

夫孝，病则致其忧。身体发肤，受之父母，不敢毁伤。父母在不远游，游必有方。游子天涯忧其亲，忠恕孝悌传家风。夫孝，饮水思源，不忘感恩。铭记父母养育之恩，世代传承忠孝家风。祭则至其严，礼仪不逾矩。忠厚传家，诗书继世。居上不骄，在下不乱。威武不屈，富贵不淫。达则兼济天下，穷则独善其身。

祭祀，人与灵的对话，倾诉衷肠。祭祀，向先人请教，沟通虽无言，聆听入心间。诚信做人，慎终追远。

无悔人生

2019年8月17日

三军可以夺帅，匹夫不可以夺志。志存高远，披荆斩棘。兢兢业业做，矢志不渝行。砥砺奋进，百折不挠。事业可以平凡，人生不可以平庸。做人，对家庭负责，忍辱负重；做事，对社会负责，造福家庭。做人，自强自立，不可饱食终日而无所用心；做事，精益求精，不可马虎大意而一事无成。

生活可以清贫，精神不可以沉沦。自食其力，苦中有乐。经济拮据，开源节流。只要精神不滑坡，办法总比困难多。乐观豁达，勤奋精进。天道酬勤，勤能补拙。世事无常，坦然面对人生。人生有限，竭力走出无明。告别无谓的烦恼，远离嫉妒，熄灭嗔恨。修德悟道慈悲，天地和谐共存。远离贪嗔痴，修炼清净心。热爱生活，无悔人生。（2019 年 8 月 17 日早写于 K264 次列车）

沉　思

2019年8月19日

日复一日过，积淀如何？吐槽别人，自己如何？心有计划，落实如何？如何提高自控力？如何增强执行力？这是每个人必须面对的问题。谁能解决好，谁就进步快。

岁月如梭，光阴似箭。回首过去，吾日三省吾身，有哪些收获？有哪些不足？积淀有多少？在日复一日的成长过程中，夜深人静时要沉思，扪心自问，这天是否虚度？

大千世界，芸芸众生亮相人生舞台，总会留下被人吐槽的窘态。人们不乐于赞美别人，而是热衷于吐槽别人。甚至，把吐槽别人作为朋友取乐的谈资。殊不知，当你吐槽别人时，留下了被别人吐槽的把柄。

人贵有自知之明。当你想吐槽别人时，扪心自问：我如果是当事者，自己会做得比别人好吗？会不会陷入尴尬境地？会不会因紧张而脑子一片空白？

做人将心比心。己所不欲，勿施于人。当我们想吐槽别人时，检点自己的言行，是否做到严以律己、宽以待人？是否有足够的自制力？是否有果断的执行力？

适应变化

2019年8月21日

适应变化，适者生存。换位思考，豁达包容。忍耐吃苦，尽职尽责。观察分析，去伪存真。适应环境，顺势而为。自强不息，卧薪尝胆不怕苦。百折不挠，忍辱负重莫畏难。

适应四季变化，应季而行。天热勿捂，天冷加衣。春种莫误时。人误地一时，地误人一年。夏长莫懈怠。间苗锄草莫拖延，浇水灌溉要及时。适应时令变，秋收莫迟缓。天寒地冻冷，冬藏保安全。

适应环境变化，察言观色。行不逾矩，言莫冒犯。聆听中领悟，执行中揣摩。行事莫固执，言语勿偏急。不在说什么，贵在怎么说。良言一语三冬暖，恶语伤人六月寒。谨言慎行，抱朴守真。

适应年龄变化，行当其时。孔子曰：“君子有三戒：少之时，血气未定，戒之在色；及其壮也，血气方刚，戒之在斗；及其老也，血气既衰，戒之在得。”少不食壮火，老不泄残精。少要勤奋莫慵懒，老要稳重不轻狂。少壮不努力，老大徒伤悲。少而好学，如日出之阳。机不可失，时不再来。老而好学，如秉烛之明。事倍功半，尚可坚守。

体　　验

2019 年 8 月 22 日

不同的活动有不同的要诀，不同的任务有不同的要求。在干中学，体验要诀，满足要求。在学中干，归纳总结，少走弯路。体验上升为认知，认知升华为要诀。在体验中领悟，在领悟中成长。

体验，贵在领悟。领会其核心，感悟其要义。作家深入农村体验生活，领会农民的淳朴，感悟农民的真诚。领会生活的艰难，感悟做人的不易。一粥一饭，当思来之不易，珍惜每一粒粮食。

体验贵在用心。学生参加夏令营活动，不但要悉心参与其中，还要用心达成其结果。考察历史事件，体验事件的脉动，领悟事件的根源。触类旁通，引以为戒。

实践出真知，体验悟真理。凡事莫轻易下结论，知之为知之，不知为不知，是知也。遇到新情况，要设法了解其本源；碰到新问题，要尽量探究其根源。

追根溯源，顺藤摸瓜。草率决策易出错，主观武断必失策。兼听则明，偏信则暗。体验架起触摸真知的桥梁，领悟点燃探索智慧的灯塔。

清　　醒

2019 年 8 月 25 日

酒醉不清醒，失态。从众不清醒，失败。心志明，方可清醒；功夫深，方可悟道。做人，神志要清醒，忌随波逐流。做事，是非要清楚，忌人云亦云。

莫从众，做一个清醒之人。凡事问是什么？为什么？怎么办？莫醉酒，做一个清醒之人。凡饮恰到好处，莫贪杯，莫癫疯，莫彷徨。心志坚定方向明，功夫不辍事业精。不投机，做一个清醒之人。天上不会掉馅饼，无功不受禄。

心静则神宁，神宁则事清。淡泊以明志，防止利欲熏心。宁静以致远，警惕贪得无厌。不为利益所驱，不为色相所诱。莫失态，行为守规矩。不失格，做事有原则。唯有心静如水，做事方可清醒，才不会铤而走险，才能悬崖勒马。

正心诚意修身，志存高远。尊道贵德，敬天畏人。不做糊涂之人，明是非，知进退。不做贪婪之人，公私分明，洁身自好。不做投机之人。若想台上显贵，不怕台下受罪。宝剑锋从磨砺出，梅花香自苦寒来。

善恶有报，因果不虚。多行善事积阴德，穷奢极欲祸子孙。人生短暂，莫造恶业。机会有限，莫生贪心。但行好事，莫问前程。扪心要做清醒事，守拙不为迷途人。

兢兢业业

2019年8月26日

业精于勤，行成于思。凡事上心不偷懒，办事用心不拖拉，难事钻研莫畏难。敏而好学，不耻下问。兢兢业业是一种人生态度。无论做什么，都不敷衍。刻苦学，勤奋练，认真做，仔细悟。深钻细研，由浅入深。兢兢业业是一项职业素养。闻道有先后，术业有专攻。三人行，必有吾师焉，择其善者而从之，其不善者而改之。

兢兢业业是自我修炼的起点。九层之台起于垒土，千里之行始于足下。唯有养成兢兢业业的工作习惯，才能不畏艰难而精益求精。唯有形成兢兢业业的工作作风，才能担当大事而稳操胜券。兢兢业业，任劳任怨。在干中学，心无旁骛，不出纰漏。在学中干，由浅入深，融会贯通。自强不息，知行合一。

行成于思

2019年8月31日

做任何事，都要先思考其缘由，不能从众而心血来潮。说任何事，都要先了解其根源，不能一知半解而口若悬河。人生要勤思考，认准前进方向，讷于言而敏于行。

思无邪，行有方。思天地人和，想道法自然。思因果不虚，想积德行善。思人生不易，想临难不惧。思天长地久，想成人之美。思世事艰难，想自立自强。

思至善之道，想修身养性。思世道轮回，想善恶有报。敬天畏人，正心修身。常修戒定慧，熄灭贪嗔痴。扪心自问身口意，勿虚言妄语。守拙检点过患，勿造孽惹祸。

人在做，天在看。但行好事，莫问前程。勿贪不义之财，勿做造孽之事。积善之家有余庆，积恶之家有余殃。莫羡慕荣华富贵，常修炼仁义道德。业精于勤荒于嬉，行成于思毁于随。天地有常，常与善人。静坐常思己过，闲谈莫弄人非。与其埋怨别人，不如完善自己。与其羡慕别人，不如挑战自己。与其空谈壮志，不如多做实事。

人生自古多磨难，唯有强者留其名。自强不息，知行合一。读万卷书，悟亘古之理。行万里路，悟自然之道。天人感应，忧勤惕厉。

敬畏之心

2019年9月3日

世事无常，人心难安。纪律有约束，守纪律有自由。不以规矩不成方圆，不守规矩难成大器。做人，守法是红线；做事，守纪律是底线。做人，存敬畏之心。做事，知进退之理。

随心所欲，有一时之快感，有片刻之满足，留终身之遗憾，酿永久之痛苦。大丈夫，一言既出，驷马难追。年少无知，病从口入，祸从口出。吃一堑，长一智。金人之典，三缄其口。

理性克制，有忍辱之委屈，有沉默之痛苦，无冒失之祸患，无放纵之隐忧。做人，忍片刻风平浪静。做事，退一步海阔天空。

尊天理，守正道，存敬畏之心。抑人欲，净心灵，修利他之心。善不积，不足以成名；积德行善，敬天畏人。恶不积，不足以灭身；肆意妄为，殃及子孙。固本强基，正心修身。欲壑难填，不贪声色之美，不坠名利之诱惑。慈悲为怀，常修戒定慧。克制冲动，熄灭无明火。

天地有常，循道而行。纪律规范言行，修身积淀智慧。道德规范秩序，法律规范社会。人法地，地法天，天法道，道法自然。懂规矩，守纪律，存敬畏之心。

敬　业

2019 年 9 月 4 日

作为社会的人，要有荣誉感和责任心。荣誉感是敬业的基础，责任心是敬业的灵魂。增强责任心，激发敬业的动力。培养荣誉感，坚守敬业的灵魂。敬业，干一行爱一行。三百六十行，行行出状元。工作有职业、岗位之分，但没有贵贱之分。世俗认为的好职业、好岗位，如果做不好，人们也不会尊重。反之亦然，平凡岗位干出成绩，一样受人尊重。

世界职工技能大赛焊接三连冠的中国选手，均来自中冶十九冶集团，他们都毕业于十九冶技工学校。他们为国争光，青春在焊花中闪光。他们的敬业，源于十九冶西部铁军作风的熏染，源于中冶集团“一天也不耽误、一天也不懈怠”企业精神的激励。

敬业，干一行精一行。20 世纪 60 年代的劳动模范张秉贵，一把抓的精准服务令世人敬佩。各行各业的劳动模范在各自的领域、专业岗位上做出突出贡献，为国家争光，为人生添彩。

心境坦然

2019 年 9 月 8 日

面对现实，心境坦然，得失顺其自然。面对挑战，沉着应对，神情怡然。面对荣誉，忌飘飘然。面对挫折，勿茫茫然。人生之旅，云遮雾嶂，难以一目了然；在摸索中前进，容易茫茫然。心态平和，顺其自然。在困境中挣扎，意志坚定，心态毅然。在顺境中行进，谨防飘飘然。自强不息，知行合一。

事业之舟，飘来荡去，易随波逐流。逆水行舟，不进则退。事业如登山，只有经历攀爬的艰难，才能领略高处的胜景。会当凌绝顶，一览众山小。面对崎岖小路，心志坚定。踏平坎坷，蹚过泥泞，心情释然。个人成长，非一帆风顺，修身养性，毅然决然。不怕修身苦，卧薪尝胆。不怕学业难，水滴石穿。不怨天赋差，头悬梁，锥刺股。天道酬勤，勤能补拙。

生活享受，如酒似醋，五味杂陈。物质享受，永无止境，顺其自然。精神需求，难以如愿，得失怡然。静坐常思己过，闲谈莫弄人非。修心莫忘付出，奉献累积阴德。修身莫滋自私，贪婪诱发祸端。

人生如梦，莫过执着，顺其自然。事业如花，莫过迷恋，心态释然。生活如酒，莫过沉醉，神情怡然。修身如炼丹，高温灼烤不化，高压挤压不碎。灼烤莫畏难，练就火眼金睛。挤压不怕痛，练就钢筋铁骨。宝剑锋从磨砺出，梅花香自苦寒来。欣然接受锤炼，坦然面对挑战。享受人生，笑对苦难。（2019 年 9 月 8 日写于 T50 次火车从宜昌返京途中）

精进人生

2019 年 9 月 15 日

无论是新入职的青年，还是新晋升的精英，要熟悉工作，需适应环境。无论是新转岗的人员，还是脱颖而出的新秀，都面对新挑战，要接受新考验。万事开头难，容易功亏一篑。心理准备不足，容易彷徨；过于自信者，容易受挫。工作，不满足于现状，要尽职尽责。做人，不能随大流，要尊道贵德。人生，胜不骄，败不馁。做事的思路清晰，达成的目标明确。工作方法得当，推进措施得力；因势利导，循序渐进。做人，不虚言妄语，勿哗众取宠；抓铁留痕，踏石留印；敏而好学，敬业精进。

苦中之乐

2019 年 9 月 16 日

人生吃苦，可以积淀智慧，能够品味生活，真正感悟世界。苦中有乐，在过程中体悟。苦中有智慧，在砥砺中前行。苦中有力量，在磨炼中成长。不受一番冰霜苦，哪得梅花放清香。

天上不会掉馅饼，世上没有白吃的午餐。成功无捷径，成才无技巧。功夫不负有心人，天道酬勤。业精于勤，行成于思。吃别人不能吃的苦，受别人不能受的累，忍别人不能忍的辱，方能出类拔萃。

经历过吃苦的洗礼，方知个人成长的不易。经历了吃苦，才能体会到成事艰难。经历了苦，才能比较出甜，生活才有幸福感。经历苦难的磨炼，人才能变得坚强，信念在磨炼中坚定。咬住目标不放松，任凭风吹浪打，胜似闲庭信步。

温室里养不出搏击风暴的雄鹰，呵护下培养不出敢于担当的英雄。唯有急风暴雨的洗礼，才能彰显雄鹰的力量和本色，燕雀安知鸿鹄之志哉？唯有经历逆境的磨炼和艰难曲折的考验，才能培养出引领潮流的英雄。

想成功难免吃苦，在吃苦中品味人生，在磨砺中坚定信念，在艰困中积淀智慧，在顺境中积蓄力量，因势利导，顺势而为，乘风破浪，驶向成功的彼岸。

想成才就远离安逸，乐于吃苦，勤于吃苦。成才需要付出，不能急功近利。成才有周期，不会立竿见影。成才要忍耐寂寞期，清心寡欲，看淡得失，放下名利。

大鹏展翅，三年不鸣，一鸣惊人。竹子成才，要忍耐每年只长几厘米的积淀期。做学问要沉下心，忌浮躁只做表面文章。人生苦短，世事无常。唯有肯吃苦，方能有所作为。拈轻怕重，与机会擦肩而过。心猿意马，只能望洋兴叹。

“故天将降大任于斯人也，必先苦其心志，劳其筋骨，饿其体肤，空乏其身，行拂乱其所为，所以动心忍性，曾益其所不能。”珍视眼前的苦，锤炼心志，卧薪尝胆，积跬步之功，致千里之行。踏平坎坷道，开辟成功路。会当凌绝顶，一览众山小。

心　志

2019年9月19日

人生的动力源于心志。心志坚强者意志坚定。志向决定心志，志向愈高远，心志愈强大。心志需要在生活中砥砺，愈挫愈奋。意志需要在苦难中磨炼，百折不挠。

王阳明从小志存高远，读书欲成圣贤，人生建功立业。他从状元父亲那里晓得状元不可传承，便对考取功名看得淡了，潜心钻研武功，欲报效国家，想建功立业。心志愈坚定，意志愈顽强。王阳明经历现实生活的磨砺后，方知建功立业需要有平台。于是，他又潜心于科举，立志于建功立业。尽管两次科举因人作弊而名落孙山，他并没有泄气。

有志者事竟成，王阳明终于考取了进士，有了建功立业的平台。一介书生，四十三天（1519. 6. 14 至 1519. 7. 26）平定了宁王朱宸濠的叛乱，朝野皆惊。王阳明经历了艰难困苦的考验，砥砺了心志，磨炼了意志，建功立业是水到渠成的事。经历过成与败，感悟了得与失，王阳明对心志的领悟更加深刻，经过龙场悟道的潜心钻研，对儒道释有了全新的认知，对传统理学有了新的升华，奠定了心学的基础。

“无善无恶心之体，有善有恶意之动，知善知恶是良知，为善去恶是格物。”这是王阳明心学的结晶，为后人指出了修身养性的方向，砥砺心志，磨炼意志，为善去恶，建功立业，报效国家，造福人类。

自强不息，知行合一。“心上学，事上练，达于道，合于一。”心致良知，行至慈悲。“人须在事上磨，方能立得住，方能静亦定、动亦定。”此心光明，人生何忧？心志坚定，人生无怨无悔。

雕　　琢

2019年9月21日

玉不琢，不成器；人不学，不知义。木头经过千雕万刻，方能成为佛像，受人敬拜。不受雕琢之苦的木板，作为台阶被人踩踏。正如王阳明所言：“人须在事上磨，方能立得住，方能静亦定、动亦定。”心有定力，泰然自若。临危不乱，处变不惊。

不受一番冰霜苦，哪得梅花放清香。没有千难万险的磨炼，哪有济世之才的成长。勾践的卧薪尝胆之苦，圆了雪耻复国之梦。没有囊萤映雪之苦，哪有金榜题名之荣。没有夜以继日研磨之苦，王羲之哪能成为书圣。没有受石杵磨针的启发，李白哪能成为诗仙。经历千辛万苦的磨炼，迎来升国旗的荣耀，奥运冠军为国争光。经历百折不挠的钻研，成长为国家栋梁，科技人才造福人类。

雕琢，是久久为功，非一蹴而就。雕琢，从小开始，时不我待，只争朝夕。雕琢，从小事做起，精益求精，一丝不苟。雕琢，取长补短，挖掘潜质，激发潜能，塑造精英。雕琢，坚定心志，磨炼意志，受得了贫寒，耐得住寂寞。台上三分钟，台下十年功。

雕琢，因人而异，因材施教，循序渐进，扬长避短。雕琢，是心与灵的契合，是师与徒的融合；在黑暗中坚守，在挫折中坚挺。雕琢，勾勒于脑海之中，专注于毫厘之间，执着于尽善尽美，达成于形神俱佳。

活到老，雕琢到老，不断完善自我，勇于挑战人生。老骥伏枥，志在千里；

烈士暮年，壮心不已。雕琢须趁早，莫等闲，白了少年头。积点滴之苦，聚成才之识；积跬步之功，至千里之行。雕琢，路漫漫其修远兮，吾不懈坚持。忍耐雕琢之苦，塑造无悔人生。

清　　晨

2019年9月23日

清晨，在大学校园晨练，激昂的进行曲，唤醒了青春的记忆；学生矫健的步伐，展示了青春的活力。大学校园的清晨，见证了琅琅读书声，滋润了孜孜奋发心。清晨，奠定了人生的基石，拓展了人生的梦想。人生从这里起航，清晨助一臂之力，插上腾飞的翅膀。

清晨天天有，谁能昂首迎朝阳？清晨日日到，谁能黎明即起？天道酬勤，勤能补拙。迈开矫健的步伐，走在奋进的路上。告别慵懒的缠绵，唤醒沉睡的理想。人生的差异，在清晨出现；人生的梦想，在清晨书写。

谚语云：“一日之计在于晨，一年之计在于春，一生之计在于青。”人误地一时，地误人一年。人误书一时，书误人一生。读书须趁早，莫等闲白少年头。少而好学，如日出之阳而蓬勃向上；壮而好学，如日中之光而逐渐西下；老而好学，如秉烛之明而随时幽暗。少壮不努力，老大徒伤悲。

清晨，伴随奋进的旋律，谱写五彩乐章。清晨，在希望的田野洒下汗水，在金色的秋田稻谷飘香。清晨，在青春岁月播下自强的种子，在搏击风浪中扬帆远航。青春莫负清晨，在奋进中开始新的一天。在敬业中书写新的篇章，在逆境中斗志昂扬，在艰难中矢志不渝，在团队中敢于担当。

清晨，迎着初升的太阳，奔赴新的征程；驾驭人生航船，搏急流，涉险滩，乘风破浪；书写人生年轮，镌刻事业辉煌。

坚持不懈

2019年9月24日

做一件好事不难，难的是一辈子做好事。一天早起不难，难的是常年早起。

写一篇日记不难，难的是长期坚持。短时间专注于一项运动不难，难的是长期坚守下去。

大千世界，五彩缤纷，充满诱惑。坚持做简单的事不易，坚守做枯燥的事更难。坚持需要毅力，仅有爱好不足以长时间坚持。坚守需要动力，仅有兴趣不足以在艰困中坚守。

坚持全凭毅力。毅力战胜枯燥，恒心熬过寂寞。坚守依赖志向。志向陶冶定力，目标指引人生。心有定力，能长期坚持；人有志向，能长期坚守。世事无常，风云变幻。四季交替，严寒酷暑。人法地，成长需要磨炼。唯有在磨炼中坚持，才能突破成长中三厘米的瓶颈。唯有在坚持中磨炼，才能砥砺品行，陶冶情操。

天地无亲，常与善人。天道酬勤，成才需要磨砺。宝剑锋从磨砺出，梅花香自苦寒来。唯有经历逆境的磨砺，才能铸就不屈不挠的人格。唯有经过绝境的蹂躏，才能坚守义无反顾的追求。

天地有常，不为尧存，不为桀亡。道法自然，成功需要尊道贵德。失败的天才原因众多，有的不能坚持精进，心猿意马而功亏一篑；有的不能坚守道德情操，随心所欲而误入歧途。

鉴古知今。得意莫忘形，坚持勤俭的习惯，坚守做人的底线，谨言慎行，远离骄奢之灾。得势莫张狂，坚持慎独的作风，坚守法律的底线，敬天畏人，远离淫逸之祸。

做 好 自 己

2019年9月27日

无论你怎么做，总会有人不满意。无论你多么小心，总会有人挑毛病。无论你多么努力，总会有人做得更好。不要在意别人的看法，做好自己。不要羡慕别人的做法，走自己的路。三人行，必有吾师焉，择其善者而从之，其不善者而改之。遇事理性思考，勿人云亦云；去伪存真，甄别是非。做事雷厉风行，勿优柔寡断；要一丝不苟，精益求精。做人脚踏实地，勿哗众取宠；要诚信务实，慎思笃行。

正视现实，坦然面对。谁也不可能总独占鳌头，与其羡慕别人，不如赶超别人。谁也不会总走麦城，与其埋怨环境，不如完善自己。谁也不可能事事如愿，与其斤斤计较，不如豁达包容。只要肯做牛，总会有田耕。

人生最大的困惑是不自信，相信自己是主宰命运的灵魂。“自信人生二百年，会当水击三千里。”命运掌握在自己手中，不要等机会降临，趋利避害，敢于挑战自我，积极捕捉机会。不要期盼命运眷顾，忍辱负重，敢于担当重任，勇于攻坚克难。

做事最大的障碍是夸夸其谈，愿意付出是事业成功的保证。道路就在自己脚下，踏破坎坷成大道，不怕风狂雨骤。披荆斩棘攀险峰，何惧山高路远。淡泊以明志，任劳任怨；宁静以致远，积跬步之功。下苦功夫，勿投机取巧；用笨办法，勿急功近利。

做好自己，过好每一天，做有意义的事情。正心诚意修身不辍，人生不留遗憾。长风破浪会有时，直挂云帆济沧海。致知格物精进不止，事业不触险滩。会当凌绝顶，一览众山小。

顺其自然

2019年9月29日

有些人执着于某事，成功了欣然，失败了焦虑，甚至，不能自拔，万念俱灰，自我否定。这是一种极其可怕的现象。人应该专注于某一事项，潜心钻研，知其然，知其所以然，成一家之言。但是，人不应该专注于得失，专注于名利，更不能沉迷于世俗。人生哪能多如意，万事只求半称心。

人在认知社会的过程中，专注于认知世界，胜亦可喜，败亦坦然。人在追求自我价值的过程中，竭尽全力，顺其自然。尽人事，听天命。不能过于执着于成败。金钱和名利可以满足一时之心理需求，但不能保证身心总能愉悦。因此，看淡得失，放下名利。做自己该做的事，尽自己该尽的力，得失顺其自然，成败听天由命。

人生的得失应该从长计议。但行好事，莫问前程。辛勤的付出，慈悲的善举，总有回报的时候，并非立竿见影。做事问良知，是否该做？该做时义无反顾，不在乎眼下得失，做事不能急功近利。不能平时不烧香，临难才抱佛脚。凡事有因果，迟早总会报。行善不为人见，积德自有天知。做人不能短视，不能趋势附炎。做人守本分，走好关键的几步，不能误入歧途。

做人不能太自我，做事不能太精明。机关算尽太聪明，反误了卿卿性命。一切顺其自然，心底就会坦然。一切为了私利，心底就会纠结。一切为了自我，天地难以和合。做人要正心诚意修身。仁义礼智信乃立身之本，温良恭俭让乃处世之魂。得意莫忘乎所以，正确评价自己的能力，心存敬畏，不忘感恩。失意莫心灰意冷，客观分析失败原因，因势利导，顺其自然。

收心

2019年10月5日

假期接近尾声，心依然陶醉在兴奋之中。工作任重道远，行路艰难。天气日渐寒冷，不忘防寒保暖。重整容装，准备返岗。接力新征程，迎接新挑战。

收心是一个过程，不能急刹车。收心先收意识，再收行动，渐渐从节日的兴奋回归日常的平静。收心好比收风筝，要一点一点收，收急了会断线，风筝失控。收心要从潜意识接近，戛然而止会出现节后综合征，心意迷茫，心猿意马。

收心是理性的调节，非强制的行政命令。收心是自觉的角色转换，并非行进中突然挂倒挡。收心是成熟过程的自我暗示，并非告别节假的无奈之举。文武之道，亦张亦弛。人生之举，有放有收。

收心是驾驭人生的方向盘，以使人生航船行进在正确的方向上，劈波斩浪，乘风远航。心情的收放是自我调节。该放即放，享受节假日，告别繁忙；陶醉于大自然，忘记忧伤。该收即收，专注于任务，牢记使命；专注于流程，牢记指令。

收心是为了以饱满的精神面貌回到工作岗位，在竞争中掌握先机，不至于心动神疲而无所适从；在职场上占据主动，理性应对变化，勿被动招架而手足无措。收心是为了静心，心静神宁，心动神疲。

收敛心性，克制冷静。“五色令人目盲，五音令人耳聋，五味令人口爽，驰骋畋猎，令人心发狂。”安顿发狂的心，回归理性的人。

敬老孝亲

2019年10月7日

九九重阳节，登高望远，胜景无限。天地人和，道法自然。夕阳无限好，只恨近黄昏。珍惜光阴，不留遗憾。敬老孝亲，世代传承。言传身教，身体力行。

敬老是中华民族的传统美德，孝亲是传统美德的核心。舜是敬老孝亲的典范，光照后人，启迪万代。尊师友是敬老的启蒙，习礼仪是敬老的开端。重教则是告别愚昧之始，积跬步之功不辍，至文明进步。知行合一，自强不息。扬名声，显父母，光宗耀祖。敬老是乡风民俗，耳濡目染。敬老，不在口号，重在行动，贵在落实。孝亲是家风家范，日夜熏陶。孝，不在言，重在行，贵在心。心中有孝，潜移默化。

孝亲是忠孝之道的核心。子曰："夫孝，德之本也，教之所由生也。身体发肤，受之父母，不敢毁伤，孝之始也。立身行道，扬名于后世，以显父母，孝之终也。夫孝，始于事亲，中于事君，终于立身。"家庭是社会的细胞，人人孝亲，则家家敬老。敬老则社会和谐，孝亲则家庭和睦。敬老孝亲，时不我待。树欲静而风不止，子欲孝而亲不待。

人生的路该怎样走？

2019年10月11日

新中国成立70周年，取得了令人刮目相看的成就。社会进步日新月异，生活便利目不暇接。走进新时代，面临新的挑战。接力新长征，开辟新的征程。实现中华民族伟大复兴，路漫漫其修远兮，吾辈需上下求索。国家兴亡，匹夫有责。作为新时代的公民，人生的路该怎样走？我们欣然享受社会进步的成果，安居乐业，衣食无忧。如何回馈社会？我该做什么？我该怎样做才无愧于人生、无愧于社会？

在观看《五星红旗迎风飘扬》电视连续剧时，为钱三强、钱学森、郭永怀、邓稼先等知识分子冲破阻力回国的举动所感动，为他们在苏联撤走专家的条件下自力更生研发"两弹一星"的事迹所感染，为新中国成立70年取得的辉煌成就而骄傲。

走进新时代，接力新长征。国家发展任重道远，民族振兴风狂雨骤。我们该怎样做才无愧于时代？我们该怎样行才无愧于人生？这个问题一直在眼前萦绕，思绪翻腾，久久不能平静。人生的路该怎样走？

中国的知识分子有强烈的使命感，为天地立心，为生民立命；有强烈的责任心，为往圣继绝学，为万世开太平。作为普通人，我们虽不能有如此担当，至少做一个"对家庭负责、对社会有用"的人，无愧于父母的养育，无愧于组织的信赖，无愧于国家的期望。

做一个对家庭负责的人，恪守孝道，传承家风，尊老爱幼，身体力行。做一个对社会有用的人，履职尽责，敢于担当，勇挑重担，率先垂范。向先贤学习，追求“立德、立言、立功”，为后人做表率，学为人师，行为世范。铁肩担道义，妙手著文章。

志强言信

2019年10月27日

《墨子·修身》篇言：“志不强者智不达，言不信者行不果。据财不能以分人者，不足为友；守道不笃，遍物不博，辨是非不察者，不足与游。”从古至今，志强言信是成大事的基本素养，任凭风狂雨骤，我自岿然不动；言必信，行必果。

大事难事看担当，大局危局看胸襟。在顺境中取胜易沾沾自喜，不足以锤炼意志品质。唯有在逆境中志强不屈、言信不馁者，才能战胜危机，绝处逢生。考验一个人是否成熟，不在于他有多优秀，而在于他有多顽强。判断一个人是否守信，不在于他在顺境中多勤奋，而在于他在逆境中多坚定。

冲突与危机考验领导力，检验志强言信能力。处理冲突与危机能力，是领导权威的试金石，是领导意志诚信的风向标。在危机中的权威能自上而下率领、引导、指挥、协调组织和团队，摆脱危机，化解冲突，运用组织赋予的权力，出色完成组织的使命。敢于担当，不辱使命。

28年的民主革命，冲突和危机锤炼了中国共产党人的意志和信念，他们几乎被苦难所淹没而以命相搏，别无选择而后成大器，确立了其在中国革命中的权威和领导力。

冲突与危机检验领导的思想与心灵。要想看清楚一个人，最好的办法是把权杖塞到他手里，看他如何行使权力。人的本质在权力中尽显无遗，需德才兼备，才能堪当大任。

危机中最需要领导权威。危机有突发性和不确定性。危机决策是非常规、非程序决策。危机处置中分歧最多，最需要整合意见。因此，在危机处置中最需要志强言信的领导。然而，在危机中往往最缺乏领导权威，权威的缺失往往成为危机处理失败的开始，情况不明，决心难下。权威，不是组织赋予的，是在处理冲突和危机中逐渐建立起来的。人心所向，众望所归。

危机决策是领导决策的关键所在。危机产生的心理冲击，其影响远高于危机本身具有的客观能量。志强言信的领导，临危不乱，处变不惊，言必信，行必果。锤炼意志、修养诚信是毕生的课程，道阻且长，行则将至。

诸葛亮的情怀

2019年10月28日

看《三国演义》，识天下之英才。刘备三顾茅庐，足见诸葛亮之才华。读前后《出师表》，彰显诸葛亮之智慧；辅佐刘备匡兴汉室，形成三足鼎立之格局；为攻城略地而鞠躬尽瘁，因治事安邦而青史留名。

读《诫子书》，为诸葛亮的家国情怀所感动。他身居茅屋而心怀天下，日理万机而不忘教子。言传身教，率先垂范，乃人父之楷模。

《诫子书》曰：“夫君子之行，静以修身，俭以养德；非淡泊无以明志，非宁静无以致远。夫学须静也，才须学也；非学无以广才，非志无以成学。淫慢则不能励精，险躁则不能治性。年与时驰，意与日去，遂成枯落，多不接世，悲守穷庐，将复何及!”

读《诫外甥书》，被诸葛亮的家范之举所感染。《诫外甥书》曰：“夫志当存高远，慕先贤，绝情欲，弃凝滞，使庶几之志，揭然有所存，恻然有所感；去细碎，广咨问，除嫌吝，虽有淹留，何损于美趣，何患于不济？若志不强毅，意不慷慨，徒碌碌滞于俗，默默束于情，永窜伏于凡庸，不免于下流矣。”

诸葛亮不仅自己奉行“立德、立言、立功”之理念，而且现身说法告诫后人应遵循的原则。诸葛亮的情怀真正体现了先贤“为天地立心，为生民立命，为往圣继绝学，为万世开太平”的崇高境界。

鉴古知今，人才的成长离不开齐家治国平天下的轨迹。唯有正心诚意修身，才可走上齐家治国平天下的大道。欲做精金美玉之人品，定从烈火中锻来。思立掀天揭地之事功，须向薄冰上履过。

乐观自信

2019年10月30日

生活不管多难，都要乐观；事业无论多曲折，都要自信。你难别人也难，你苦别人更苦。迎难而上，知难不难。自信人生二百年，会当水击三千里。心存梦想，付出比别人更多的努力。怀抱希望，承受比别人更多的艰难。胸襟坦荡，包容比别人更多的委屈。忍辱负重，默然前行。人生自古谁无死？留取丹心照汗青。

人应该有明确的目标和追求。为人豁达，乐观自信。人不能浑浑噩噩，饱食终日，无所用心。人的价值在于追求正义、奉献社会，不能苟且偷安，见利忘义。人生在世应该留下痕迹，为理想而奋斗，为事业而拼搏。踏平坎坷成大道，披荆斩棘向前行。

人应该有强烈的愿望。宁愿在奋斗中摔倒，不能在温室中沉沦。纵有千难万险，也要矢志不渝。以身作则引领团队，同心同德开创未来。心往一处想，劲往一处使。鞠躬尽瘁，不辱使命。

步入新时代，运筹新方略；迎接新挑战，创造新成就。唯有目标明确，才能无往而不胜。唯有愿望强烈，才能所向披靡。从事任何事都不会一帆风顺，遇到困难要意志坚定，群策群力，临危不惧。在任何岗位都不会称心如意，遇到曲折，要坚定信心；倾听不同意见，豁达包容。虚怀若谷，兼听则明。

临危不惧，意志坚定。坚持“六项精进”，正心诚意修身。推己及人，共同前行；谦虚戒骄，吾日三省吾身。知恩图报，慈悲为人。常修无我之念，常怀利他之心。勤俭持家，乐观自信。天道酬勤，勤能补拙。只要肯做牛，总会有田耕。

为子之道

2019年11月1日

为人子方少时，亲师友习礼仪，此乃为子之道。儿童应该不偏不倚地践行，家长应该以身作则示范。知行合一，自强不息。为人子要认真领悟《孝经》，身体力行，以身作则；学为人师，行为世范。

《孝经》曰：“夫孝，天之经也，地之义也，民之行也。”又曰：“不爱其亲而爱他人者，谓之悖德。不敬其亲而敬他人者，谓之悖礼。以顺则逆，民无则焉。不在于善，而皆在于凶德，虽得之，君子不贵也。”尊道贵德，抱朴守真。德不配位，必有灾殃。

孟子曰：“不孝有五，惰其四肢，不顾父母之养，一不孝也；博弈好饮酒，不顾父母之养，二不孝也；好财货私妻子，不顾父母之养，三不孝也；纵耳目之欲，以为父母戮，四不孝也；好勇斗狠，以危父母，五不孝也。”常言说得好，养儿防老。夫为人子而事亲有亏，虽有他善累百，不能掩其不孝，可不慎乎！树欲静而风不止，子欲养而亲不待。

夫孝，在行不在言，在行更在心。心中有父母，冬则温，夏则清。父母在不远游，游必有方。父母命不可违，行事守规矩。为人子要正心诚意修身，忠孝仁爱，慎终追远。勤俭持家，耕读继世。

《孝经》曰：“君子之事也，居则重其敬，养则致其乐，病则致其忧，丧则致其哀，祭则至其严。”随着时间的推移，家庭教育发生了诸多变化，子女被视为掌上明珠；家长过分的溺爱，子女从小对忠孝义务缺乏客观的理解；慢慢滋生出自我为中心的价值观，缺少使命意识和担当精神；习惯于衣来伸手饭来张口，缺乏独立生活能力。

嗟乎，为子之道，被淡忘久矣！时代在呼唤恪守子道者，家庭在期盼有担当的孝子。

专心致志

2019年11月2日

闻道有先后，术业有专攻。道之所存，师之所存。不论学什么，要一心一意，专心致志。不论干什么，要脚踏实地，积跬步之功。为人子恪守忠孝之道，为国尽忠，为家尽孝。勤俭持家，耕读继世。

天上不会掉馅饼，勿心存幻想。立足自己，不好高骛远；自力更生，莫心存侥幸。不论做什么，都要专心致志做好，精益求精。一分耕耘，一分收获，苦尽甘来，天道酬勤。

世上没有救世主，命运掌握在自己手中。立足现实，不幻想未来。着眼做事与成事，不计较名利与得失。积累经验，提升技能，珍惜机会和平台。履职尽责莫缺位，精诚合作不敷衍。重信用，忌浮夸。

人间没有现成的路可走，踏平坎坷成大道。立足本职，改变现状。不畏惧困难，敢于引领未来。不迷信过去的权威，敢于开辟新的天地。继承和发扬优良传统，勇于探索新的道路；长征接力，不怕险阻。继往开来，矢志不渝。

金无足赤，人无完人。着眼完善自我，取长补短；敏而好学，不耻下问。着力锤炼意志，愈挫愈勇；百折不挠，乘风破浪。着力陶冶情操，做一个对社会有用的人。志当存高远，趣应避邪庸。

欲立德立言立功，须正心诚意修身。积淀经验，凝练智慧；深思熟虑，孕育思想。凡事有主见，忌人云亦云。遇事能思考，忌随波逐流。静坐常思己过，闲谈莫弄人非。见贤思齐，见不贤而自警。敢做敢当，坦荡无私。不贪功，不掩错。做诚实正直之人，行正大光明之道。

砥砺品行

2019年11月4日

做人，无捷径可走，贵在砥砺品行；做事，无诀窍可循，贵在精益求精。工作比别人努力，处事比别人包容；遇困难时不悲叹，处低谷处不消沉；事业阻塞时能忍耐，人生得意时莫忘形。

学松下幸之助经商，学稻盛和夫做人。做人砥砺品行，做事铸就灵魂。做人不怕吃亏吃苦，做事能够坚韧勤奋。治家要勤俭节约，治企要恪守诚信。做人坚定志向，治企坚定信心。做人包容慈悲，治企仁爱善良。

做人恪守基本原则，治企不忘六项精进。选择热爱的领域，做有价值的工作。精神不懈怠，多思考未来。坚守道德底线，不触碰法律红线。做事了然于胸，专注于自己擅长的，不被头衔、薪水吸引。做人一诺千金，志存高远，不为花言巧语动心。

揣摩松下幸之助的治企方略，学习稻盛和夫的智慧。做事低调，为人谦和；工作不懈努力，正心诚意修身。心存善念，不忘感恩。做人忌浮躁，做事怕浮夸。做人忌心猿意马，做事莫眼高手低。做人稳重踏实，办事勤奋扎实。不图虚名，志在实干。不求奢华，恪守勤俭。知行合一，砥砺品行。

修身不辍

2019年11月5日

物质生活越丰富，修身律己越艰难。地位越高，修身要求越高；高处不胜寒，修身越难。权力越大，修身的惰性越大，宽恕的借口越多。放松修身，祸患逼近。沉迷放纵，灾难降临。

修身是毕生课，活到老修身到老，老有差距。修身在于积跬步之功不停，悟道在于聚涓涓细流不止。凡事有主见，但不刚愎自用，要兼听，忌偏信。三人行有吾师，择其善者而从之。

修身要知行合一。在学中领悟，积极向上，志当存高远。在行中修炼，谨言慎行，趣应避邪庸。修身落实在行动中，见贤思齐，见不贤而自警。修身要讷于言敏于行，忌夸夸其谈，要务实精进。

修身先修心，修心要静心。唯有清心寡欲，才能淡泊宁静。做人，不追求浮华，不羡慕虚名。做事，不畏惧艰难，莫恐怕贫寒。有志于“立德立言立功”，确立人生目标，不急功近利；肩负历史使命，不随波逐流。

修身要与时俱进，博采众长。融入社会，顺应发展。借鉴先贤的经验，围绕现实的挑战，正心诚意做人，致知格物做事。赋予修身新的内涵，不忘严以律己；开辟人生新的舞台，牢记宽以待人。修身，路漫漫其修远兮，吾将上下而求索。

沉　稳

2019年11月10日

人生好似漫长，但关键处只有几步；唯有走好每一步，方可行稳致远。做人好比万物生长，秉持四季往复的规则；唯有循序渐进，方可喜获丰收。任何急功近利的想法，都会偏离正道而误入歧途，欲速则不达。任何投机取巧的做法，都会背离道德而陷入奸猾，欲盖弥彰，令人不齿。

为人处世要沉稳，不慌张，不做作，实在本分。做人要厚道，做事要踏实。遇事不急不躁，应对不慌不忙。起心动念向善，莫要小聪明。知行合一向好，不玩小把戏。

天资聪颖者易出众，如若行事不沉稳，会陷入浮躁，聪明反被聪明误。家境殷实者易炫富，若举止不沉稳，会陷入奢靡，富裕反被富裕坑。出身高贵者易骄纵，若做人不沉稳，会专横跋扈，高贵反被高贵害。家境贫寒者易自卑，若履职不沉稳，容易趋势附炎，贫寒反被贫寒累。

无论天资聪颖与否，做人要沉稳，不卑不亢；做事要沉稳，莫阿谀奉承。无论家境贫富，做人要沉稳，富不张狂，贫不谄媚；做事要沉稳，富不奢侈，贫莫浮夸。

做人，重在修炼品行，难在陶冶情操，贵在尊道贵德。做事，重在沉稳踏实，难在一心一意，贵在德才兼备。无论出生贵贱，只要正心诚意修身，方可担当大任。无论家境贫富，只要致知格物精进，都能主宰命运。

修炼沉稳，不辱使命。王侯将相，宁有种乎？沉稳者制胜，忠厚者长久。

改变自己

2019年11月13日

无论是工作，还是与人相处，都需要适应。适者生存，需要改变自己，换位思考。强者主宰，需要提升自己，争取主动。改变在于适应，以提升能力，主宰人生。

无论自己多优秀，都不能一厢情愿，要融入环境，和周围的人打成一片，形成共同语言，你的思想才容易被大家理解、认可、接受。否则，面对下里巴人，你唱阳春白雪，和者必寡。

无论自己的经验多丰富，都不能自以为是，要了解环境，体验新环境的风俗，了解新伙伴的思想，寻找共同点，发现别人的闪光点，虚怀若谷，真诚请教，以拓宽视野，丰富工作经验。兼听则明，偏信则暗。

无论自己的地位多高，都不能主观武断，要虚心听取基层员工的呼声，深入了解基层的民意，敏锐捕捉基层信息，抓住主要矛盾，梳理问题，借鉴群众的智慧，探寻问题的切入点；要对症下药，不能纸上谈兵。智者千虑，必有一失。愚者千虑，必有一得。

无论自己的知识多渊博，都不能骄傲。山外有山，人上有人。三人行必有我师焉，择其善者而从之，其不善者而改之。理论联系实际，忌本本主义。基层的同志有真知灼见，不能先入为主，更不能唯我独尊。放下架子，甘当小学生，不能专横跋扈，切忌盛气凌人。虚怀若谷，聚涓涓细流，成浩瀚江海。

尊道贵德，改变自己。正心诚意修身，不断改变自己，适应环境，接近群众，接地气，通下情。急群众之所急，想群众之所想。满足群众利益是工作的出发点和归宿，常存利他之心，常修无我之念。

讷于言

2019年11月14日

一个高度商业化的社会，崇尚能说会道，羡慕伶牙俐齿。凭三寸不烂之舌合纵连横，能言善辩者执牛耳。然而，就个人修行而言，要讷于言，忌夸夸其谈；要敏于行，矢志不渝。

在职场竞争中，要脚踏实地，不能急功近利。要实事求是，不能吹得天花乱坠而一事无成。要着眼于做事，不能口若悬河而不着边际。要着眼于抓住主要矛盾，弄清楚是什么、为什么、怎么办？凡事要深入研究，摸清来龙去脉，权衡利弊得失，少说多悟。做事抓住要害，各个击破。

在职场交往中，不能哗众取宠。要虚怀若谷，洗耳恭听；听君一席话，胜读十年书。豁达包容，敞开胸怀聆听；深思熟虑，举一反三领悟。不因自恃聪明而陷入被动，谨防自以为是而丑态百出。切记，高人无处不在，高手无时不有，有人群的地方讷于言。

在个人成长过程中，要脚踏实地干，不轻言明白，莫妄语简单，忌眼高手低，大事做不来，小事又不做。凡事经过知曲折，不经历风雨，哪能领略彩虹。讷于言领悟自然之道，敏于行追求天地人和。少虚言妄语，多探索真知。

君子多木讷，贵人话语迟。能言善辩未必真聪明，知己知彼才是真英雄。能说会道未必有真本事，抓铁留痕才是实干家。事情是干出来的，成绩不是吹出来的。

处处留心皆学问，事事练达即文章。知行合一，敏于言讷于行。自强不息，严于律己，宽以待人。见贤思齐，见不贤而自省。

自　信

2019年11月16日

做事有困难，信心最重要。自信，不是盲目乐观去想，而是心无旁骛去做。自信在于潜心学、用心悟、专心做。聪明不是自信的本钱，失败的聪明者比比皆是。

锲而不舍的坚持可以激发自信，事情并非想象之难；坚韧不拔的探索能够增强自信，人生并非想象之苦。贵有恒，何须三更起五更睡；最无益，就怕一日曝十日寒。学习有困难，坚持最重要。天道酬勤，勤能补拙。付出不亚于任何人的努力，就可以学懂弄通。书读千遍其义自见就是这个道理。坚持是建立自信的基础。即使你天赋不优秀，只要锲而不舍钻研，就能明白道理，可以悟出真谛。闻道有先后，术业有专攻。

自信不是凭空想象自己能干，自信是执着追求而不懈努力的回馈。自信以能力为基础，能力是知行合一的升华。自信以诚信为根本，诚信是尊道贵德的结晶。自信，不是与生俱来的禀赋，是后天修养陶冶的结晶。

自信是有边界的，无论学识多渊博，总有未知的盲区。无论地位多高，都不能盲目自信，超出自己能力范围的目空一切不是自信，以经验为资本的自信遇新情况会碰壁。自信建立在不断学习、不断领悟的基础上。自信积淀于诚实守信的人品和精益求精的技能。天上不会掉馅饼，自信不会凭空而成。

一分耕耘一分收获，一分修炼一分积淀。九层之台起于垒土，合抱之木始于毫末。自信是用心血凝聚成的品格特质，胜不骄，败不馁，谦虚勤奋，刻苦用功。自信之路漫长，吾辈需上下求索。

匍匐下身子做事

2019 年 11 月 21 日

全球经济低迷，四季市场萧条。走出萧条任重，恢复信心艰难。开拓市场，事在人为。匍匐下身子做事，脚踏实地。兢兢业业，做好自己。冬日严寒终会过，年年如此。经济低迷会有期，周而复始。面对萧条，要坚定信心；走出困境，需拓展思路。完善管理要务实，重在查找不足。买卖不好理柜台，补短板，堵漏洞。让客户感觉到新意，走出低迷阴影。

加强业务学习，推动业务建设。知己知彼才能稳操胜券。从市场细分到客户细分，实行目标管理，在提高服务水平上下功夫，人无我有，人有我优。增强服务意识，改善营商环境，融洽和客户的关系；提高服务质量，减少工作失误，增强客户的信心。

年年难过年年过，只要精神不滑坡，办法总比困难多。同心同德，共渡难关；凝心聚力，攻坚克难。做事忌形式主义，抓住主要矛盾；解决客户的关切，满足客户的需求。管理戒教条主义，一切从实际出发；围绕中心，服务大局。

在艰难中跋涉，贵在激励斗志；在曲折中前进，难在凝聚人心。统一意志，贵在唤醒心灵；群策群力，难在激发热情。管理需创新，以应对新挑战，激发新动能。作风要务实，谨防浮躁跟风，破除投机钻营的藩篱。

共患难，务必戮力同心；同甘苦，定要众志成城。知难而进，以争取主动。不忘初心，体贴民众。权为民所用，关心民生疾苦；利为民所谋，志在脱贫致富；情为民所系，共享公共服务。

耳顺之悟

2019年11月25日

子曰："吾十有五而志于学，三十而立，四十而不惑，五十而知天命，六十而耳顺，七十而从心所欲，不逾矩。"

进入耳顺之年，重温孔子言，真有点汗颜。一晃已过耳顺之年，自己似乎还没有体会到人生不同阶段应该达到的状态。这是人生不成熟的状态。扪心自问，大概与自己的眼界、阅历和思考能力有关。因此，应该对人生的认知和思考补课，以便进入耳顺之年能耳顺，不急不躁，恬淡自如。

孔子思考治国安邦，主张克己复礼，一生奔波未能如愿。但是，他作为教育家是伟大的，对中华民族教育的影响是深远的。因此，有人戏言，孔子，生前不得意，死后很吃香。

这大概是他耳顺的定力所在。尽管生前不得意，他能坦然面对人生的各种境遇。从另一个侧面反映了他的政治主张和教育思想的影响力。这是他能做到耳顺的品行修养和知识素养基础。

两千多年后的今天，如何能在耳顺之年做到耳顺呢？看淡职业生涯的成败得失，回归自然，享受人生。这是耳顺的基础。首先，要放下名利，清心寡欲，身体健康是当下最大的财富。唯有耳顺，心态才能平和。其次，要放下架子，忘记曾经的地位和光环，以普通人的身份面对生活中的不如意，设身处地体会普通人的不易和艰难，学习他们的豁达和包容。

人生短暂，世事无常。唯有修炼耳顺的境界，才能享受采菊东篱下、悠然见南山的意境和乐趣。告别喧嚣，回归自然。珍惜健康，享受当下。说耳顺易，真做到耳顺难。耳顺之路漫长，从点滴修炼做起。

战胜懒惰

2019年11月27日

回首往事，人们都有因懒惰而误事的经历，也都有因勤奋而出彩的时刻。成功的多半是始终如一的勤奋者，失败的往往是侥幸算计的懒惰者。因勤奋而成功的通才比比皆是，因懒惰而失败的天才不乏其人。寒号鸟因懒惰而被冻死的故事耐人寻味。

天才并不可怕，可怕的是天才比你更努力。业精于勤荒于嬉，勤能补拙。行成于思毁于随，懒惰误事。明日复明日，万事成蹉跎。唯有战胜懒惰，才能主宰人生。

懒惰是天性，惰性气体最稳定。要想克服懒惰，需从点滴小事做起，黎明即起，洒扫庭除，保持内外整洁。克服懒惰难，需要毅力，说到做到，持之以恒。要想战胜懒惰，须明确人生志向。追求理想者矢志不渝，朝秦暮楚者随波逐流。战胜懒惰难，需要动力。生当作人杰，不甘平庸。

懒惰是习性，良好的习惯可以改变懒惰。父母的习惯影响孩子的品行。习惯决定个性，性格决定命运。形成良好的习惯不易，改变不良习惯更难。培养良好习惯从小做起，父母以身作则，孩子身体力行。父母的习惯对孩子有潜移默化的影响。克服懒惰习惯从自身做起，父母率先垂范，孩子耳濡目染。

懒惰有传染性，近朱者赤，近墨者黑。不要结交懒惰朋友，防止滑入懒惰的深渊而不能自拔。向勤奋的朋友学习，立志成才，发奋读书。确立“为天地立心，为生民立命”的志向，追求“为往圣继绝学，为万世开太平”的境界，成为对家庭负责的人，成为对社会有用的人，朝“立德、立言、立功”的方向前进，不懈努力，奋勇攀登。

存恭敬心

2019年11月28日

天地万物有灵，存恭敬心。敬天畏人，谨言慎行。感恩天地，奉献人生。感恩父母，传承家风。天地人和，和谐共存。积德行善，和睦友邻。知恩图报，本分做人。

人类世代繁衍，存慈悲心。溯至远古殷人，漂洋过海求生。异乡扎根生存，名为印第安人。续写刀耕火种，传承善良文明。夷人感恩原住民，学会自食其力生存。时值丰收之季，庆典名曰感恩。

人生宛若扁舟，存戒惧心。风高浪急，雨过天晴。领略无限风光，劈波斩浪前行。敬畏生命，抑制贪欲冲动。莫贪五彩斑斓之景，矢志不渝前行。不怕波涛汹涌，巧辨暗礁陷阱。乘风破浪，驶向黎明。感恩大海，敬畏苍穹。

事业好似翠竹，存忍耐心。熬过缓慢成长期，节节上升。莫急功近利，能忍辱负重。积淀智慧，精益求精。经得起风霜雨雪，扛得住山摇地动。能低头谦卑虚心，遇坎坷昂然挺胸。恪守良知，业精于勤；抑制奢侈，不忘初心。

健康犹如珍宝，存爱惜心。洁身自好，气血平衡。看淡名利得失，不贪耀眼霓虹。知足常乐，寡欲清心。多一点慈悲义，少一点纠结心。莫羡慕他人荣耀，少嫉妒同僚友邻。健康是财富，享乐无穷。根植善良心田，正心诚意修身。修慈悲念，存恭敬心。

学有榜样

2019年12月2日

我出生在新社会，长在红旗下，从小受到榜样的鼓舞，在心底产生了无形的动力，学习勤奋刻苦，工作任劳任怨。1964年上小学，在学雷锋的热潮中开启了学习之旅，心头铭刻着“爱憎分明不忘本，立场坚定斗志强。”的信念。

尽管1966年的“文革”中断了正规的学习，直到1969年底才开始“复课闹革命”，但学习榜样的氛围没有变，有邱少云、董存瑞、黄继光，有罗盛教、王杰，有龙梅、玉荣等。这些英雄在心灵深处扎了根，激发出奋发向上的热情。因此，无论上学有无教材，始终是“比学赶帮超”的积极分子，是老师依靠的骨干。

回想自己上学和工作几十年的历程，在榜样的鼓舞下，自己能够努力学习，勤奋工作，受到老师的肯定和领导的认可。回首往事，慰藉源于学习榜样。

今天，学习钱穆的《人生十论》，他在序言中透露，他的人生因曾文正公的《家训》而改变，他以曾国藩为榜样治学、做人，不因战火连天而懈怠，不因治学枯燥而易辙。这是他成为一代大师的秘诀，学有榜样。

榜样的力量是无穷的，三百六十行，行行出状元。中国的“两弹一星”上天，钱学森、郭永怀、邓稼先等23位先贤是元勋，是知识分子学习的榜样。无论出生背景如何，只要刻苦钻研，努力工作，谁都能成为有用之才。闻道有先后，术业有专攻。无论遇到多大的困难，只要学有榜样，没有过不去的坎，没有攀不上的峰。时代呼唤榜样，人人争当榜样。

克　　制

2019年12月6日

生活富裕，滋生贪欲，馋吃懒做，习以为常。久而久之，温水煮青蛙，失去活力而不知，陷入绝境而不觉。慎独自省，居安思危。沉着冷静，临危不乱。卧薪尝胆，克制贪欲。

家境优越，滋生霸气。目空一切，肆意妄为。天长日久，有恃无恐，霸气成性而不知，匪行成隐而不觉。天地长存不自傲，四季往复不自满。登高望远，自觉渺小。居高临下，克制霸气。

天资聪颖，滋生傲气。鲜花掌声，自鸣得意。长此以往，目中无人，脱离实际而不知，失去人心而不觉。智者千虑，必有一失。三人同行，必有吾师。尊道贵德，克制傲气。

天外有天，人上有人。家境优越，不可得意。一朝马死黄金尽，亲者如同陌路人。生活富裕，不可纵欲。三寸气在千般用，一旦无常万事休。天资聪颖，不可骄纵。天有不测风云，人有旦夕祸福。

天道酬勤，勤能补拙。出生卑微莫自卑，离离原上草，一岁一枯荣。致知格物莫畏难，野火烧不尽，春风吹又生。天道无亲，常与善人。王侯将相宁有种乎？正心诚意修身，齐家治国平天下。

善　　良

2019年12月11日

天地无亲，常与善人。无论世事如何，以善良应之。无论境遇如何，以善良守之。为人不做亏心事，不怕半夜鬼叫门。心存善念，常修慈悲心。多行善举，常做利他事。天地有常，不为尧存，不为桀亡。人生有限，莫为名诱，莫为利惑。无论对手如何，以善行应之；无论进展如何，以善举对之。善心生善念，善念萌发善行，善行结出善果。

天地人和，道法自然。天不言自高，地不言自厚，故天地常存。人不言自善，事不夸自能，功到自然成。谷不言自高，草不语自矮，一岁一枯荣。恪守善念，和谐共存。屋外寒风凛冽，室内炉火通红。心存善念天伦乐，围炉夜话善心存。积善之家有余庆，世代传承；积恶之家有余殃，迟早报应。

善不积不足以成名，勿以善小而不为；恶不积不足以灭身，勿以恶小而为之。抱朴守真，心存善念。积德行善，庇荫子孙。忠厚持家久，寒门生贵子。诗书继世长，白屋出公卿。

理 解

2019 年 12 月 12 日

人学会理解就是进步。上课理解了，掌握了新知识。工作理解了，掌握了新技能。生活理解了，丰富了人生内涵。理解别人从理解父母开始，理解人生从理解生存开始。理解社会从反思自己开始。吾日三省吾身："为人谋而不忠乎？与朋友交而不信乎？传不习乎？"滴水之恩当涌泉相报。

理解别人要学会换位思考。从不同角度观察，就有不同的答案，唯有全息观察，才不至于盲人摸象。理解别人要从实际出发，设身处地考虑，不能自命不凡，更不能主观武断。理解别人要学会沟通。沟通要坦诚，了解要深入，防止被表面现象误导，以偏概全而形成错误认识。

理解自己从解剖心灵开始。揭开世俗的面具，展示真实的自我，反省冠冕堂皇的空话，慎思言不由衷的假话，真诚对待心灵，放下装腔作势的架子，撕碎道貌岸然的伪装，还原真实的自我，返璞归真。坚守灵魂的底线，捍卫正义的意识，宁为玉碎，不为瓦全。达则兼济天下，穷则独善其身。

理解社会从历史变化开始。少一点埋怨，多一点敬畏。前人栽树后人乘凉。今日之生活来之不易，是前人浴血奋战换来的。民族之魂需要传承，明天的生活要靠我们去创造。少一点批评，多一点宽容。14 亿人口的大国，国泰民安实属不易。忘记过去意味着背叛。甲午风云犹在，庚子赔款依稀，马关条约丧权辱国，南京大屠杀丧心病狂。

珍惜当下，尽职尽责。捍卫祖国义不容辞，随波逐流后患无穷，认清港台形势，揭穿大国阴谋。认清为虎作伥者的嘴脸，粉碎认贼作父者的美梦。

理解 2019 年，居安思危，居危思变，临危不乱。理解 2020 年，乌云密布，山雨欲来，做好自己。理解人生使命，无愧于时代。理解人生价值，无愧于光阴。多少事，从来急，只争朝夕。

谦　　让

2019 年 12 月 13 日

和气生财，让则两利；针锋相对，争则两伤。退一步海阔天空，让三分风平浪静。谦让生和气，争斗生怨气。天地万物，争则不足，让则有余，故君子为腹不为目。谦卑忍让，豁达包容。

谦卑需要心静，忍让需要心净。少一点贪欲，多一分平安。“五色令人目盲，五音令人耳聋，五味令人口爽。驰骋畋猎，令人心发狂；难得之货，令人行妨。是以圣人为腹不为目，故去彼取此。”谦让一生，青史留名。

谦卑是一种修炼，忍让是一种抉择。自古强调正心诚意修身，温良恭俭让行事，仁义礼智信做人。山外有山，人上有人。多一分谦卑，少一分自负，近君子远小人。多一分忍让，少一分贪欲，远祸近福。

谦卑是一种境界，忍让是一种风格。敬人者人恒敬之，傲人者人恒憎之。位高权重者谦让，令人敬仰；滋润民风，深得民意。学富五车者谦卑，令人羡慕；学为人师，行为世范。

谦让，乃人生之毕生修炼课，活到老，谦让到老，老有所依，老有所乐。

自　　省

2019 年 12 月 18 日

自省是认识自我、发展自我和实现自我价值的最佳方法。心平气和地正视自己，客观地反省自己。少看别人的不足，多找自己的差距。在反思中明辨是非，在反省中保持清醒。修炼品行，日臻完善。

无论是组织或个人，没有自省就没有进步，没有反省就会停滞不前。进步是从反省中诞生的，人只有不停地通过自我反省，才能不迷失方向，才能提高自己的人生境界。

人贵有自知之明，要经常反省自己在做人、行事、学习等方面存在的问题和不足。如果通过反省每天都能改进自己的工作，必然能够如愿实现自己的人生价值。在日常工作中，要时刻进行自我反省。通过反省，才能更合理地安排自己的工作和人生。

自省是自我管理的基础。知己知彼，才能百战不殆。自我管理在于认清自己是谁？想干什么？能干什么？干成过什么？做事有的放矢，不至于无功而返。唯有能力匹配愿望，才能有备无患，而不是夸夸其谈。自我管理是培养理性思考的基本功，是人把知识和经验转化为能力的催化剂。

自省是一种优秀品质，只有经常反省的人才能进步。每天进行心灵盘点，时刻进行自我检查与审视，及时知道自己近期的得与失，思考今后改进的策略，事业才能有更长远的发展。反省在于取人之长，补己之短，未雨而绸缪，勿临渴而掘井。自我管理要理性，人生目标要可行。

修　身

2019年12月19日

古之欲明明德于天下者，必将正心诚意修身，方能齐家治国平天下。儒家强调仁义礼智信，道家主张道德仁义礼。尊道贵德，敬天畏人。常存利他之心，常修无我之意。

修身五位一体，互为补充。天道不可逆，公德不可废，仁爱不可缺，正义不可悖，礼仪不可逾。诚信为本，理智为要。有志于成才者，去骄气于言表，除志欲于容貌。脚踏实地干，孜孜不倦学。

今之欲立身于世者，唯有正心诚意修身不止，方能安居乐业。欲扬名于后世者，唯有砥砺心志不辍，方能功成名就不朽。欲荣华富贵长存者，唯有慈悲为怀，方能吉祥如意平安。

做人，常存恻隐之心；做事，常怀感恩之意。上善若水，水利万物而不争，处众人之所恶，此乃谦下之德也。江河所以能为百谷王者，以其善下之，不拒涓涓细流，则能为百谷王。与世无争，则天下无人能与之争。

修身要学会适应环境，灵活变通。做事，既要认真，又不死板。做人，既要坚持原则，又不教条。因地制宜，学会通变。变则通，通则顺，顺则昌。学会原则性与灵活性的有机结合，刚柔相济，以柔克刚。

修身悟道，水蕴自然之道。道无所不在，水无所不利，避高趋下，未尝有所逆，善处地也。天地人和，遵循自然之道。虚怀若谷，恬淡无为，空处湛静，深不可测，善为渊也。故圣者随时而行，贤者应事而变，智者无为而治，达者顺天而生。

管理自己

2019年12月22日

人的成长离不开自我管理。自我约束是自我管理的前提。成人不自在，自在不成人。要想人前显贵，学会人后受罪。砥砺心志，持之以恒。

人的成熟离不开自我管理。在不同时期，自我管理的内容和重点不同。学生的自我学习生活管理能力影响健康人格的形成，青年的自我管理能力影响人生的轨迹。地位越高，自我管理的难度越大；年龄越大，自我管理的阻力越大。

自我管理，不只是孩子的事情，而且是家长的重要职责。作为成人，在自我管理方面应该为孩子做表率，身教胜于言教。自我管理要理性，不能心血来潮而忘乎所以，要持之以恒从点滴做起。自我管理从小事做起，以身作则，不让别人做的事，自己坚决不做。不能对别人是马列主义，对自己是自由主义。

自我管理，不只是群众的事情，领导的自我管理有示范效应。作为领导，在自我管理方面应该为员工做表率。要严以律己，宽以待人；不能说一套做一套，也不能当面马列主义，背后是自由主义，更不能人前道貌岸然，背后投机取巧。

管理自己，永无止境；管理自己不只是年轻人的事，老人也不能忽视对自己的管理。老年人要知趣，不能倚老卖老；老人要知进退，不在其位不谋其事。江山代有才人出，敬畏自然，谦恭做人。

管理自己，是个人修养的重要组成部分。随着年龄的增长，管理的内容不同，把握的重点不同。管理自己，忌自以为是，勿好为人师。长江后浪推前浪，一代更比一代强。

家训

2019年12月27日

古之帝王、宰相、名臣都有家训，旨在弘扬家风，传承家业和示范后人。名门望族亦然，以身作则传家风，身体力行做家范。家训，是正心诚意修身的向导，是致知格物精进的动力。

鉴古知今，重视家训是名门望族的法宝，忽视家训是家族衰败的起因。从我做起，传承家风。以身作则，争做家范。严以律己，不忘家教。慈悲为怀，兴旺家道。周公戒子伯禽：“我文王之子，武王之弟，成王之叔父，我于天下亦不贱矣。然我一沐三捉发，一饭三吐哺，起以待士，犹恐失天下之人。子之鲁，慎无以国骄人。”他告诫儿子去鲁国要礼贤下士，得人心者得天下。

修德悟道，诚信为本。谨言慎行，谦卑为怀。居安思危，忍让为先。临危不乱，克制为戒。周公戒子曰：“德行广大而守以恭者荣，土地博裕而守以险者安，禄位尊盛守以卑者贵，人众兵强而守以畏者胜，聪明睿智而守以愚者益，博闻多记而守以浅者广。去矣，其勿以鲁国骄士矣。”国君如此谦卑，我等岂能骄纵。鉴古知今，抱朴守真。

诸葛亮《诫子书》曰：“夫君子之行，静以修身，俭以养德。非淡泊无以明志，非宁静无以致远。夫学须静也，才须学也，非学无以广才，非志无以成学。淫慢则不能励精，险躁则不能治性。年与时驰，意与日去，遂成枯落，多不接世，悲守穷庐，将复何及！”

人生之旅好似漫长，成长的关键处只有几步。修身始于家教，家庭熏陶耳濡目染。养不教，父之过。勤俭持家，耕读济世。教不严，师之惰。立身始于敬业，业精于勤荒于嬉，行成于思毁于随。取信于人，敬业于事。兢兢业业，任劳任怨。

人类繁衍，世代延续。家训是旺族的灵魂，家风是兴家的源泉。塑造家风，寒门生贵子。传承家训，白屋出公卿。为人父不只是赚钱，遗子黄金宝，何如教一经。为人子不只是享受，少壮不努力，老大徒伤悲。

聆听心声

2019年12月30日

音乐陶冶情操，启迪灵魂。震撼的旋律让人奋进，矢志不渝，向目标迈进。悲壮的旋律让人坚强，百折不挠，向命运挑战。悠扬的旋律激发热情，热爱生命，拥抱人生。哀婉的旋律让人冷静，世事无常，珍惜生命。

聆听音乐，领悟人生。万籁俱寂，聆听天地之声。天地人和，道法自然。聆听心声，净化灵魂。清除杂念，五蕴皆空。勤修戒定慧，熄灭贪嗔痴。

聆听心声，珍惜人生。萌生良知，消除仇恨。古今多少事，名利转头空。唯有积德行善，才能庇荫子孙。醉心于争权夺利，必然会殃及子孙。利欲熏心，助长铤而走险，空气中充满血腥。

岁末年初，聆听心声。回顾心路历程，品味五彩人生。回首风雨征程，包容坎坷人生。事业无捷径，在磨砺中成长，在砥砺中清醒。人生如浮云，在恬淡中净心，在包容中修身。

一念如初

2020年1月1日

一元复始，万象更新。一抹朝霞，送走黎明。一年之旅，即将启程。一如既往运转，一心一意随行。一刻不掉队，一时不逆行。一言铭其志，一语守其真。一念如初，一事不辍；一生务实，一世求真。

回眸岁月，一念如初。日复一日过，年复一年行。珍惜一分一秒，注重一言一行。读书一字一句悟，写字一笔一画行。孝母一点一滴做，一日三餐侍，一笑享天伦，一颦疼在心，一语有共鸣。齐家一言一行实，修身一意一念真；兄友一言一语暖，弟恭一点一滴敬。亲情一生之财富，家风一世之准绳。一日不偷懒，一生不嫌贫。一如既往，一贯知足。

眺望远方，一望无际。一山一水蕴真美，一草一木有真情。一心悟道，敬天畏人。一时一刻不荒废，一点一滴勤修身；一言一语守真意，一桩一件不虚荣。做人自强一世，持家勤俭一生。

知足常乐，一生平安。慈悲为怀，一念如初。

主　　动

2020年2月18日

天地人和，道法自然。你对工作的态度，决定了命运对你的态度。做任何事都要积极主动，勇于承担责任。否则，机关算尽太聪明，反误了卿卿性命。机遇是自己积极主动创造的，天上不会掉馅饼。算计，有术，也有效，然而有限。年轻人莫被浮云遮望眼，应该咬定青山不放松。

工作是否主动，不在于口号，关键在于行动；不在于形式，关键在于担当；尤其是领导，不在于慷慨陈词，而在于脚踏实地；不在于夸夸其谈，而在于心中有数；不在于哗众取宠，而在于深入基层，解民之危难。

前事不忘，后事之师。成功者成之于积极主动，敢于担当；失败者败之于投机取巧，沽名钓誉。成功是用心血和汗水浇铸而成，做自己该做的事，勿拈轻怕重；做自己敬仰的人，勿投机钻营。

大事难事看担当，应对疫情看成效。既要控制疫情，防止病害弥漫；又要组织生产，脱贫攻坚不停。吃一堑，长一智。工作偷懒一时，人生被动一世。工作疏漏一时，事业蹉跎一生。血的教训，没齿不忘。

思考人生

2020年3月2日

年轻人面对眼花缭乱的社会，似乎穷于应付，总是忙于追逐；好像无暇思考，找不到方向和目标。这是社会病的典型症状，关系到未来社会的发展，影响到年轻一代的成长；人被手机俘虏，心被游戏捕获；人生的目标不清，热衷于网红；价值导向走偏，社会环境昏沉……

面对当前的疫情，人们不再像以前那样来去匆匆，应该居家静思：路该怎样走？事该如何办？如何避免这一生两手空空？认真思考个人成长，谋划个人健康发展。训练个人的思维方式，避免认知的盲从，防止行动上的茫然。

思考人生，首先要明确个人使命。你的理想是什么？如何去实现理想？需要哪些知识和技能？如何积累知识？如何掌握技能？如何与时俱进？如何主宰个人命运？

引领人生，要靠哲学导航。培养独立思考的能力，切忌人云亦云；锻炼独立解决问题的能力，不能头脑空空；积累独立解决问题的经验，不能从众而行；磨砺独一无二的品行，彰显个人的灵魂。鉴古知今，不忘正心诚意修身。

付诸实践，要有具体目标指引。大目标指引，小目标跟进；今日事今日毕，一步一个脚印；积跬步之功，掌握几项技能。聚涓涓细流，完善几项指引。超越过去，思考几条建议。冷静思考，自己该干什么？理性分析，自己能干什么？认真琢磨，自己该怎么干？天生我材必有用，不虚此行。

重温过去

2020年3月29日

今天，我找出《挺经》，打算用小楷抄写原文。一打开书，书内封页上的字迹映入眼帘，字迹是那么熟悉，内容是那么亲切，仿佛又回到了21年前……

“挺经——终生的伙伴。1999年8月20日获悉留在秘铁工作，首先想到的就是《挺经》。当你困惑迷惘时，它告诉你大丈夫打掉牙和血吞。当你春风得意时，它告诉你藏锋是也。凡事留条退路，不过分炫耀自己。内圣、砺志、家范、明强、坚韧、刚柔、英才、廉矩、勤政，一生之追求。不能尽如人意，但求无愧我心。”

光阴似箭，一晃21年过去了。积淀如金，刻骨铭心。21年来，无论遇到什么困难，都能淡然处之，得益于《挺经》。能遭天磨是铁汉，不为人嫉乃庸才。正因为有《挺经》的激励，才日益坚韧，百折不挠。正因为有《挺经》的指引，才修身不止，砺志不辍。

庚子年是大难之年，每个人都会遇到挑战。人生哪能多如意，万事只求半称心。当你困惑时，抽空读读《挺经》，和先贤对话，聆听其谆谆教诲，领悟世界，感悟人生。该奋斗时不能追求安逸，牢记温水煮青蛙的故事。

做男人，难；做正直的男人，更难；做正直有抱负的男人，难上加难。无论多难，只要精神不滑坡，办法总比困难多。重温过去，燃起激情。人生，没有过不去的坎，没有攀上不去的峰。矢志不渝登攀，会当凌绝顶，一览众山小。

写在心里

2020年4月15日

天不言自高，地不言自厚，天地之志写在心里。人有穷富，事有逆顺。成功者默然前行，志向写在心里。有志者立长志，无志者常立志。判断人，不在听其言，重在观其行。把志向写在心里，不忘初心，牢记使命。把志向刻在骨上，铁肩担道义，妙手著文章。积德无须人见，行善自有天知。

善恶有报，写在心里，刻在骨上，刻骨铭心。人有慈悲意，无须人知；事有曲折时，无须悲叹。但行好事，莫问前程。把志向写在心里，矢志不渝，百折不挠。人为善，福虽未报，祸已远离。人为恶，祸虽未至，福已远离。行善之人，如春园之草，不见其长，日有所增。作恶之人，如磨刀之石，不见其损，日有所亏。

祸福无门，刻在心里。作恶之可怕，不在被人发现，而是因果刻在征程上。随缘行善，方能获大福报。落井下石，势必遭大折损。

天地人和，道法自然。经久不衰，写在心里。勿为一时之失意而摒弃善念，勿因一己之私利而滋生邪念。头上三尺有神明，善恶写在心里。侥幸者咎由自取，善良者天道酬勤。

命运写在心里。善恶到头终有报，只争来早与来迟。修心养志，致知格物。把善良写在心里，命运关照你。把慈悲写在心里，成功关照你。但行好事，莫问前程。善恶有报，刻骨铭心。

充　电

2020年5月2日

手机不管待机时间多长，总需充电。人无论学识多渊博，也要充电。进入工作岗位后，充电尤为重要。在工作中如何充电？关键在于如何利用零星时间、如何利用业余时间。

大学毕业之后，人和人的差距就在利用业余时间充电上渐渐显现了，并随着时间的推移，差距在不断扩大。

充电，因人而异，没有万能妙方。对年轻人而言，步入社会后，坚守信念和原则是不断充电的直接动力。人生有目标，充电就有动力。志当存高远，趣应避邪庸。国家盛衰，匹夫有责。铁肩担道义，妙手著文章。

“为天地立心，为生民立命，为往圣继绝学，为万世开太平。”这是古代知识分子的人生目标。读书，正心诚意修身；做事，致知格物精进。读书莫畏难，头悬梁锥刺股。读书争分夺秒，囊萤映雪，凿壁偷光。

今天的读书人应该做一个对家庭负责任、对社会有用的人。明确了人生目标，就应该充实提高生活技能和工作技能。为此，人生的充电持续不断且循序渐进。为人子，要具有尽孝的品行和能力。为人父，要有言传身教的自律，养成耳提面命的耐心；生子要育之，养子要教之，养不教，父之过。

充电，学以致用，有的放矢。根据自身特点，结合工作需要，要未雨而绸缪，勿临渴而掘井。充电，要心静，专心致志，不能学小猫钓鱼。充电，要目标明确，不能心猿意马。在干中学，检验工作积累和充电效果。在学中干，升华理念，坚守定力，不畏浮云遮望眼。咬定青山不放松，任尔东西南北风。

为青春立心

2020年5月4日

今天是五四青年节，毛主席1957年11月17日在莫斯科大学接见中国留学生的讲话，又一次在耳边回响："世界是你们的，也是我们的，但是，归根结底是你们的。你们青年人好像早晨八九点钟的太阳，希望寄托在你们身上。"

青春是希望，青年是未来。世界属于青年，青年决定未来。青年之心，决定世界之未来。唯有不坠青云之志的青春，才能有充满希望的未来。青春之心奠定人生之志，青年之志描绘人生之未来。古人有"为天地立心，为生民立命，为往圣继绝学，为万世开太平"的抱负。今天的青年在武汉抗击新冠肺炎的前线，用行动展示了心志：拯救病患，责无旁贷；勇挑重担，舍我其谁?

青春之心汇入历史洪流，人生之志推动社会进步。大事难事看担当，经过抗击疫情的洗礼，青春绽放出绚丽的色彩，人生描绘出美好的蓝图。青春之心无怨无悔，青春之志坚如磐石，一张蓝图绘到底，抓铁留痕，踏石留印。

少年强则国家强，少年铭志于青春之心，青年发奋于人生之路。人生在奋斗中成长，青春在砥砺中绽放。无数英烈为革命抛头颅、洒热血而视死如归，英烈浩气长存，激励着青年在人生路上披荆斩棘、乘风破浪，让我们看到了民族振兴的希望。为青春立心，让青春绽放。

告别青年

2020年5月7日

五四青年节刚过，又有一拨青年到了退团年龄了。光阴似箭，转眼就走出了青年的行列，今天要与青年团员说再见。岁月如梭，不会停下来等待，明天要继续编织人生之梦。告别青年，发扬成绩，自我激励。靠近中年，弥补不足，自我完善。

从心态上告别青年。要有老成持重的意识，不能率性直言，更不能心浮气躁。要有紧迫感，离而立之年如此之近，而立之年立什么？该怎么立？扪心自问。从作风上告别青年。办事不能毛毛草草，要稳重踏实。说话不能嘻嘻哈哈，要三思而言。向周围的同事领导学习，遇事不慌，弄清楚来龙去脉，有的放矢。从行动上告别青年。人的时间有限，有更多的事情等着做，再不能沉迷于年轻人热衷的事情而任性，要理性选择活动，该做什么？不去做什么？心中有数。

告别青年，是人生的一个里程碑。无论眼下多难，时间不会停滞，岁月继续向前，人生的脚步不能停，用心血去刻下年轮，描绘人生轨迹，拓展人生视野。告别青年，意味着有更重的任务在等着，有更多的使命在召唤。天将降大任于是人也，有更多的困难会降临。在困境中磨炼意志，在逆境中砥砺心志。告别青年，说明人生已翻开新的一页。用心去书写，写最新最美的文字，画最新最美的图画。用情去领悟，人生的意义在于不懈努力，造福社会，乐于奉献，珍惜秒阴。

自　信

2020年5月8日

人到中年都有压力。敢于面对压力，不回避；能够正视压力，莫焦虑。居安思危，防患于未然；居危思变，未雨而绸缪，勿临渴而掘井。人都不易，唯有自律者自信，自信者自强，自强者自救。愿意付出，严于律己。但行好事，莫忧未来。

曾国藩曾说人常败于“懒”与“傲”二字，亘古如此。要想人生如芝麻开花节节高，就要勤与谦。勤奋，读书破万卷，下笔如有神；勤勉，不畏艰难，不怕曲折；勤劳，黎明即起，履职尽责。谦逊，三人行必有吾师焉，择其善者而从之；谦卑，待人有礼，心存感激；谦恭，识大体，顾大局，隐忍藏锋，修炼品行。养成勤谦的习惯，临危不乱，遇事不慌。

自信，不是与生俱来的，是在日常生活中积累起来的。自信的基础是勤奋和刻苦，别人能干的你能干，别人不能干的你也能干，自信就会在心底萌生。自信的提高是理性和冷静。自信不自负，山外有山，人上有人。知之为知之，不知为不知，是知也。不能理性看待自己者，心底的自信会昙花一现。不能冷静处理事务者，处世的自信会风化瓦解。

自信，得益于正心诚意修身。自信者，严以律己，宽以待人；尊道贵德，敬天畏人。自信者，得道于恪守初心，成长于慈悲为人。自信是人生的必修课，自律，自强。

奋　斗

2020年5月15日

人一出生就为生存而挣扎，从小学到大学，直至退休，人都在奋斗，生计使然；即使没有读书机会，一生务农的农民，也要在田间地头奋斗一生，生计使然。即使有了读书机会，但不能上大中专继续深造者，当了农民、工人或自由职业者，也要为生计奋斗一生。自己创业者，靠理想指引，有目标推动，生命不息，奋斗不止。通过奋斗改变自己，以改变命运，从而享受人生。这就是人生。人生的使命在于奋斗，人生的意义在于通过奋斗而主宰命运。

奋斗，不是一蹴而就的事，要坚持不懈，持之以恒。任何有“奋斗一阵子、享受一辈子”想法的人，最终会落空。人生就是一场表演，没有台下的刻苦训练，就不会有台上的精彩表演；没有持之以恒的奋斗，就没有任凭风浪起、稳坐钓鱼台的淡定。

奋斗，不是单打独斗，一意孤行；奋斗，要尊道贵德，敬天畏人。个人不懈努力的奋斗在于提升素养、丰富修养，增强工作能力和对环境的适应能力。奋斗，更不能损人利己，不择手段；奋斗，要崇尚公平竞争，既要展现自我，也要关注他人。

奋斗不是孤立的，任何人的成功，除了自己的奋斗之外，离不开他人的帮助、提携，离不开他人的合作，离不开社会提供的一切。如果忘记了这一点，即使费了九牛二虎之力，也很难获得成功。奋斗，通过自己的努力改变命运，造福社会，回报社会。这就是奋斗的良性循环，天地人和，与时俱进，安居乐业。

老 来 悟

2020年6月6日

随着年龄的增长，人的体力在下降，行为能力在减弱，人渐渐老去。此时，老年人要活得体面，不为人厌烦，不让人嫌弃，要靠意志力做事，忌慵懒拖沓；靠定力守住晚节，要举止有度。

人老了，忌心血来潮，莫犯糊涂；莫自鸣得意，要懂得感恩。人老了，靠自知之明相处，放下架子。不能凡事称能，因为已力不从心；不要好高骛远，做力所能及之事；不能依赖别人，要面对现实，自力更生，尽力而为。不能倚老卖老，敬人者，人恒敬之；轻人者，人必唾之。

人老了，不能随心所欲，要节制收敛；修身不辍，勤谨不止。顺势而为，与世无争；尽人事，听天命。尊道贵德，勿怨天尤人。常存敬畏之心，恪守清正之意。

人老了，要坦然面对生老病死；世事无常，乐观向上；活出应有的气度，展现应有的风范。人老了，意志力和定力是享受高质量生活的保证。不能悲叹，坦然正视现实，主动应对困难，让意志力发挥作用。不能埋怨，理解包容，主动承担义务，自觉坚守定力，呵护尊严。

人老了，要豁达开朗，愿意接受新知识，不耻下问；要敬畏年轻人，好汉不提当年勇，长江后浪推前浪；要勇于接受挑战，意志不能松懈，没有过不去的坎儿。看淡放下，知足常乐，能忍自安。

人老了，要反观自心，拨开迷雾；要放弃执着，随遇而安；常修戒定慧，远离贪嗔痴；常怀利他之心，常省无我之念；三寸气在千般用，一旦无常万事休。呵护健康，安贫乐道，淡泊名利。

人老了，要珍惜现在，尽享天伦之乐；多一些理解，少一些埋怨。人老了，要珍惜健康，起居有常，饮食有节；清心静气，自得其乐。人老了，要珍重情谊；钱财乃身外之物，亲情是血脉相连；多一些包容，少一些苛责。人老了，言传身教，以身作则；家和万事兴，忠孝世代传；忠厚传家久，诗书继世长。不忘耕读济世，牢记勤俭持家。

人　生

2020年6月7日

人生如梦，转眼间就老了。忆往昔，明事理，悟得失，怎样的人生不留遗憾？望未来，防风险，保安全，怎样的人生才平安？人该怎样做？路该怎样行？孔子曰：“君子有三戒：少之时，血气未定，戒之在色；及其壮也，血气方刚，戒之在斗；及其老也，血气既衰，戒之在得。”

人在年轻时，风华正茂，胸怀大志，腹有良谋。如何把理想蓝图变成宏伟现实？要靠学习力。敏而好学，不耻下问；悟道理，长本事。多少事，从来急，要争分夺秒。

人到中年时，意满志得，开疆拓土，大展宏图。如何才能避免挫折和失败？如何才能绝处逢生、东山再起呢？要靠耐力。耐力是人生的积淀，耐得住寂寞，挺得住艰难；吃别人不能吃的苦，受别人受不了的罪。咬紧牙关，打掉牙和血吞。忍辱负重，百折不挠。

人老了，既不能靠学习力，也不能靠耐力，只能凭意志力和定力。咬住原则不放松，达则兼济天下，穷则独善其身；不随波逐流，莫曲意逢迎。淡泊以明志，宁静以静远。行到水穷处，宠辱不惊，看庭前花开花落；坐看云起时，去留无意，望天上云卷云舒。

人的一生要潜心培养四种能力：学习力、耐力、意志力和定力。正心诚意修身不辍，致知格物精进不止。人要活得明白，明心见性。做该做的事，做好能做的事。不怕批评，学会反思。没有批评，就不知差距；不知差距，就无法进步；没有进步，何谈成长？

人就怕方向不明，过一天算一天，那就无法进步。思维方式很重要，凡事要思考是什么？为什么？怎么办？三思而行，不能邯郸学步。虚心听取谏言，理智防范谗言。忠言逆耳，良药苦口。人要进步，须从自身找差距。知耻而后勇，知不足而精进。

屏　读

2020年6月13日

屏读已成为现实，是对传统阅读的革命。虽说纸质书籍依然有喜欢阅读的读者，我是其中之一；但屏读的便捷性对其已构成严重冲击，纸质出版物面临严峻挑战。

信息化技术与屏读的深度融合，丰富了屏读的内容，增强了屏读的吸引力。这将对传统阅读产生极大的影响，出版业面临巨大挑战。

学习的介质不再只有书籍。屏读的出现，阅读方式多样化，阅读便捷化。获取知识的方式也发生了深刻变化，从而影响人的思维方式。

古人读书强调眼到心到手到。屏读多半属于浏览，快餐式点菜，以猎奇博眼球内容居多，心不易静，难以做到心到。屏读不易实现手到。屏读不能随处着墨，无法有悟即注，难以留痕作记。然而，屏读不可逆转，如何趋利避害？这是每个读者应该思考的问题，也是每个读者必须面对的问题。

屏读的显著特点是快，没有旁征博引的鉴赏，没有字斟句酌的揣摩；一目十行、过目而已的屏读，缺少字里之行间的凝神，缺少在脑海里的积淀。屏读会导致阅读流于浅薄，缺乏深思熟虑的思考，没有反复推敲的斟酌。

人无法避免屏读，但不能因屏读而丢了系统思考的习惯。如何弥补屏读的不足？如何保留传统阅读的优点？仁者见仁，智者见智。比较不同阅读方式，两害相权取其轻，两利相权取其重，统筹兼顾。适应屏读，不陷入走马观花的浏览；专注学术积淀，在传统阅读中穿越时空，辛勤耕耘，培养独立思考能力，忌人云亦云；增强是非鉴别能力，勿是非不分。

毕业季

2020年6月16日

这几天，走步经过农大博学楼前，有几位学生冒着炎热在台阶上粘贴标语，我由衷地敬佩。今天早上路过博学楼，阶梯式的大幅标语映入眼帘："我们毕业啦！"左右两侧32级台阶上的寄语，是流动的旋律，饱含深情；是跳动的音符，洋溢激情。致青春，毕业季，青春飞扬，梦想起航。

作为曾经的毕业生，不禁唤起了曾经的岁月，对学校生活多了几分眷恋，对人生多了几分叹息；光阴似箭，转眼两鬓如霜；少壮不努力，老大徒伤悲……

在离校前，大学生的憧憬和迷茫交织在一起，渴望和彷徨时隐时现，忐忑不安。离校前，舍不得校园的一草一木，总想多看一眼教学楼、体育馆，留住美好的青春记忆。总想在食堂和宿舍多驻足片刻，唤醒曾经的岁月。尤其是今年的毕业生，在全民抗疫的艰难中告别母校，思绪更加难平；多了几分眷恋，多了几许彷徨……人生从这里起步，岁月从这里书写。

参加工作后，历练和挫折相伴而行，失落和不甘若隐若现。在碰壁后心有所悟，书到用时方恨少；在拼搏中志有所定，天生我材必有用。世上没有白吃的午餐，天上不会掉馅饼。实践出真知，砥砺长才干。理想是丰满的，现实是骨感的。唯有忍辱负重，矢志不渝，方能有所作所为，人生无悔。这就是岁月，这就是人生。

退休后，经历和回忆像一壶老酒，随着时间的流逝，愈纯愈香。幸福是奋斗出来的，成功是心血汗水凝成的。人生最宝贵的财富是健康。人生最难忘的岁月是大学生活。书生意气，挥斥方遒。

修　　心

2020年6月27日

五彩缤纷的世界充满诱惑，人生成长之路充满荆棘。若沉迷于景色，人生会止步不前，甚至会半途而废。因此，理性约束自己，明白自己的前进方向和人生追求，不能陶醉于周围的景色而忘记了自己是谁？自己要到哪儿去？

忠言逆耳利于行，良药苦口利于病。若沉迷于郑卫之音，心志会懈怠，自制力会减弱。赞美声易使人忘乎所以，谄媚语会让人得意忘形。人需要在夜深人静时听心灵的声音。

追求难得之货，必然促使社会奢侈成风，必然助长贪腐。净化社会风气，崇尚勤俭节约，不为欲望驱使，坚守人生定力，牢记初心使命。

对人生中遇到的祸患，换个角度分析，像对待身体一样重视它，从中领悟哲理。祸兮福所倚，福兮祸所伏。福祸无门，唯人自招。

如果把天下当成自己的身体呵护，可以把天下托付于你；如果把别人的温饱冷暖当成自己的事，可以把弱者托付于你。视民如伤，爱民如子，天下归仁。

修心悟道，非一蹴而就。“取法乎上，仅得乎中；取法乎中，仅得乎下；取法乎下，仅得乎次。”静心悟理，要持之以恒。“无善无恶心之体，有善有恶意之动。知善知恶是良知，为善去恶是格物。”知行合一，自强不息。

正人先正己，正己先修身。修身先修心，修心先净心。从痴迷的烦恼中走出，理性参悟烦恼背后的真谛，烦恼即菩提。净心悟心性。迷则佛即众生，悟则众生是佛。修心悟性，慈悲众生。

守　静　笃

2020年7月3日

老子《道德经》（帛书乙本）曰：“致虚极也，守静笃也，万物并作，吾以观其复也。”

宇宙浩瀚，认识世界要有谦虚的态度。世事无常，为人处世要有敬畏之心。人生是一个过程，是人类历史长河中的一朵浪花。人类历史在浩瀚宇宙中是短暂的一瞬。人类繁衍遵循天地万物之规律。任何生命都是一个短暂的过程，在这个过程中能留下什么，不取决于个人意志，取决于能否遵循自然之道，能否顺应天地之理，能否恪守人伦之德。

一朵浪花，唯有汇入江河奔腾不息，它才能承载着使命汇聚成洪流。否则，一朵浪花离开江河，它就会干涸。人无论多么精明，如果不能顺应天理，不能恪守人伦，不能秉持公平原则，迟早会脱离群体，变成孤家寡人。

在茫茫宇宙中，人似恒河中的一粒沙。唯有忘记自己，致虚极，守静笃，才可以融入恒河沉沙中，复归其根；在滚滚洪流面前沉静无恙。人间万物都会复归其根，起伏是正常状态，顺逆是必然轨迹；莫想一帆风顺，切忌得陇望蜀。知止知足，不能得寸进尺。人生是个过程，有自己的使命，做好自己；坦然做事，清白做人，心神宁静，复归其根。

人，懂得顺应自然，明白世事无常，心胸就会豁达，做人才能包容。有容乃大，体现公心；能公乃正，正则为王。唯有学会包容，才能陆除偏见，做到公平。公平才能团结，团结才有力量。唯有做到公正，才能赢得人心。众望所归，身正乃王。做事公正无私，符合天地运行法则；天地运行遵循自然之道，符合自然之道则长久矣。天地无私，故长存。尧舜无私，故名垂千古。

人贵有自知之明

2020年7月5日

老子《道德经》曰："绝圣弃智，民利百倍；绝化弃虑，民复孝慈；绝巧弃利，盗贼无有。"然而，在历史的长河中，很少有人能做到。究其原因，在于人们不能"见素抱朴、少私而寡欲。"这是问题的症结所在，过去如此，今天亦然。

人贵有自知之明，不要身居高位而自欺欺人，不要假扮圣人；否则，会在一片捧杀声中而飘飘然，在温水煮青蛙的安逸中丧生。梁武帝如此，宋徽宗亦然。上是否圣明，百姓心中有杆秤，圣明不是自封的。在沽名钓誉上"绝圣弃智"，这样可"民利百倍"。

正人先正己，管理者不能总想着教化别人，总考虑控制他人的意志。唯有做好自己，尊道贵德，提高自身修养，对下属才会产生潜移默化的作用。管理企业最有效的是人格魅力和感召力，不是挖空心思的教化，更不是处心积虑的算计。

管理国家亦然。因此，在上者要以身作则，“绝化弃虑”。唯有此，群众才会遵从，才能效仿，才能“民复孝慈”，对社会安定产生深远影响。

在上者不能工于心计，不能机关算尽成长，不能挖空心思谋利。只有这样，才能减轻百姓负担。唯有轻徭薄赋，百姓才能安居乐业。否则，在上者热衷于算计，欲壑难填，则民不聊生，盗贼遍地。唯有在上者“绝巧弃利”，社会才能“盗贼无有”。

在上者更应该修炼淡泊宁静。走出欲望的乐园，耕耘宁静的心田，享受素朴的清净；常怀利他之心，少私寡欲，塑造清正形象，展现人格魅力。莫利欲熏心而铤而走险，毋欲望膨胀而飞蛾扑火。

致 良 知

2020 年 7 月 30 日

中国古人学习，以正心诚意修身为前提，为学先要学做人；以致知格物精进为目标，做到知行合一。然而，不同的人，其天赋不同，为学的行动不同，学习的效果各异。孔子曰：“生而知之者上也，学而知之者次也，困而学之又其次也，困而不学，民斯为下也。”

学习重在培养知行合一的能力，需要从修炼致良知做起，不能是非不分，人云亦云；需要培养独立之思想、自由之精神。

独立之思想、自由之精神，建立在良知之上。掺杂了私欲就混淆了良知，不会有纯粹的独立思想，也不能崇尚真正的自由精神。

追求独立与自由，首先要净化心灵，剔除杂念，萌生恻隐之心，荡去尘埃，激活良知，明心见性，无我利他。一旦良知被世俗尘埃遮蔽，人们的一切言行都有趋利性，无法彰显真诚和正义，到处充斥着巧舌如簧、自私自利和尔虞我诈。

人人都有知善知恶的本能，后天环境的熏染，使良知渐渐地被利欲所蒙蔽，遇事不以良知为准绳，而是以利我为最高原则。当良知被世俗所左右，在被利欲蒙蔽的情况下，良知随世俗而动，唯利是图，追名逐利。

社会的不和谐，家庭的不和睦，其根源在于彼此的交往合作偏离了良知，在自我为中心的方向上狂奔，彼此间有利益冲突，互相掣肘。设身处地替别人着想，而不是乘人之危谋取私利。这就是人之良知。人应该秉持良知，扮演好社会角色，尽忠尽孝，造福社会。

《第五项修炼》的改变心智模式，有助于揩拭心体上的污垢，撕去名利编织的虚伪面纱，使良知重见天日，认识回到致良知的轨道。修身养性的根本任务就是揩拭蒙在心上的尘埃。如神秀偈语：“身是菩提树，心如明镜台。时时勤拂拭，勿使惹尘埃。”

悟道篇

《左传》的启迪

2018年9月22日

《左传》对春秋时期礼崩乐坏、骨肉相残做了全面记载，书中有褒贬，但并没有指出悲剧的原因，后世也没有杜绝类似悲剧的发生。

今天，读《左传》，悟《春秋》，不应该停留在回顾历史事件、记住历史人物，应该从中梳理历史演进规律，分析产生悲剧的原因，思考如何防止悲剧重演。

春秋骨肉相残的原因在于以下几点：一是世袭不公，诸侯不服；都做天子梦，各怀心腹事。有卧薪尝胆者积蓄力量，伺机而动；有穷兵黩武者祸国殃民，加剧矛盾；很少有潜心治国者，能一沐三捉发、一饭三吐哺；很少见关注休养生息者，能轻徭薄赋，让百姓安居。二是礼制立长不立幼，不能保证选贤任能。平庸者在位会嫉贤妒能，贤良者不服易策动谋反。三是权力名位诱惑，铤而走险；小人离间，争权夺利；说客游说，合纵连横；烽火连天，争战不绝。

鉴古以悟道，防止春秋战国式的悲剧，减轻百姓痛苦，防患于未然。完善制度，规范秩序，公平竞争，奖优罚劣。以民为本，休养生息。使民以时，俭用百工。从根本上杜绝类似悲剧。一是打破世袭制，公平竞争，选贤任能，礼让贤能，重品行修养，以大局为重；二是限制特权，均贫富，戒奢侈，不劳动者不得食，无才德者不为官；三是重礼教，勤修身，尊师重教，不忘启蒙，匡正道德，崇尚诚信；四是关心贫弱，尊重卑微，卑者有不时之用，鸡鸣狗盗以报恩，马有垂缰之义，狗有湿草之恩。

治国安邦在德不在鼎。听谏言，明世理，顺天意。使能让贤，制典正法，人尽其才。重个人修养，雪中送炭，忌落井下石；重人心向背，礼贤下士，忌傲慢无礼。畏天威、尊人伦，保福禄、守平安。孝敬忠信为吉德，宜常修，知行合一，以身作则。宽宏大量，不计前嫌。盛气凌人者失道。得道多助，失道寡助。

前事不忘，后事之师。“礼以顺天，天之道也。己则反天，而又以讨人，难以免矣。”国虽大，好战必亡。天下虽安，忘战必危。德义之事，礼法之则，国之大事，不可不察。争战之事，存亡之道，不可不慎。

校训引导人生

2018 年 10 月 2 日

毕业于斯坦福大学的邹教授，一生奉行校训。在美国功成名就后，为了实现校训的最高目标，选择回国创业。斯坦福大学的校训是：“改变人生、改变组织、改变世界”。邹教授在美国实现了改变人生和改变组织的目标，功成名就，在选择改变世界的突破口时，带着创业团队回到祖国。

正当他们的创业团队在“金融、教育、医疗”几个方向上抉择之时，他姐姐的病触动了他的创业团队，最终选择了人工智能和医学的结合，以解决很多病人急需诊断治疗和医生资源紧张的矛盾，拯救因诊断治疗不及时而失去宝贵生命的病人。

邹教授的姐姐，开始去医院看病，大夫说有奶水堵了，以为是小毛病；半年以后去看病，检查结果是乳腺癌晚期。当他陪着姐姐去专业的肿瘤医院看病时，严酷的现实在他的心灵深处掀起了难以平息的波澜。如此多的病人排队、等候、挂号，再等候，大夫给病人望闻问切只有 3 分钟。即使是一个病人 3 分钟，一上午看 100 个病人，大夫就需要连续坐诊 300 分钟，即 5 个小时，工作强度之大，令人生畏。

据专家介绍，癌症初期治愈率 90%以上，而癌症晚期 5 年的存活率仅 40%。严峻的患者需求和医生资源紧缺的矛盾，让邹教授的团队萌发了恻隐之心，找到了改变世界的突破口。功夫不负有心人，他们的研究成果已经在国内的三甲医院得到应用。今天的现场演示，让我们看到了人工智能和医学专家经验结合的巨大潜力。一位肿瘤专家 2 分钟只看了一个病人的病历片子，确诊为癌症晚期；而邹教授团队在 2 分钟，人工智能系统则对 30 个病历片子给出诊断结果，准确率很高。由此，看到了人工智能的潜力，也让癌症患者看到了及时诊断治疗的希望。

邹教授的演讲深深地感染了我。让我想到中国古代知识分子“为天地立心，为生民立命，为往圣继绝学，为万世开太平”的使命感，想到了毛泽东“问苍茫大地谁主沉浮”的远大抱负，想到大学入学时，我为母校自豪的激动心情，想到母校的校训：“知行合一、自强不息。”

中国高等教育发展很快，每年有 900 多万大学生毕业。听了邹教授的演讲，我在反复思考如下问题：每年毕业的大学生，究竟有多少在未来让学校骄傲？有多少大学毕业生记住了校训？有多少学生在校训引导下改变了人生？有多少学生可以改变组织？有多少学生可以改变世界？同时，我的脑海浮现出诸多不协调的画面：校园贷导致多少学生家破人亡？有多少学生因沉迷游戏导致肄业甚至辍学？有多少学生因挂科多导致人生迷茫甚至轻生？

邹教授的演讲，犹如在高等教育改革的浪潮里扔了一块石头，掀起阵阵波澜，发人深省，催人奋进。

邹教授的演讲好似一阵清风，让急功近利办教育者清醒了许多；高校对社会的贡献不在于培养学生的数量，而在于培养出的学生质量。社会、学校盲目追求大学升学率，事与愿违，并没有为社会提供更多合格的人才；相反，占用和浪费了大量教育资源，欲速则不达。我们有必要反思过去，借鉴一切成功的办学经验。

校训引导人生，校训改变人生。总结教育改革几十年的成败得失，以斯坦福校训来衡量，有多少学生改变了人生、改变了组织？有多少学生改变了世界？孰优孰劣，一目了然。学校究竟该培养什么样的学生？应该结合社会需要，满足用户需求，满足人才市场的需求。

校训在一个人心目中的地位，决定了你的境界，决定了你一生的追求，决定了你的人生高度。当我们在志得意满时，应该冷静地想想母校的校训，想想自己对校训的真谛领悟了多少？自己能够让母校骄傲吗？当你沾沾自喜时，检点自己是否奉行了校训的原则，是否偏离了自己入学时心中的理想和目标，是否正成为自己不希望成为的人。

满招损，谦受益。以校训为准绳检点自己的言行，警示自己，完善自己；正心诚意修身，致知格物精进，与时俱进，永无止境。校训是前进的灯塔，驾驭人生的航船，乘风破浪，驶向成功的彼岸。

以校训为指引，改变世界，主宰人生。以行动诠释校训，天生我材必有用。以校训为魂，不舍昼夜，卧薪尝胆，塑造人生。仰不愧于天，俯不怍于地。用汗水书写年轮，以成就告慰英灵。

重塑国民形象

2018 年 10 月 8 日

近来，在国际上有些国家把中国公民列为不受欢迎的游客。也许有文化差异，但不能否认有些国人在境外旅游时的不文明行为令人反感。当我们在谴责别人的时候，应该冷静检讨、反思自身的言行，是否符合礼仪之规范，是否满足文明行为的要求，有些陋习是否有损人格和国格。

在走进新时代，在实现“两个一百年”的奋斗目标进程中，必须冷静面对国民素质下滑的现状，必须认真检讨其行为的负面影响。抑制国民素质下滑刻不容缓。既要弘扬中华优秀传统文化，也要虚心学习、借鉴世界文明，重塑国民形象，提升全民族的道德文化水平。

《礼记》对规范国民的礼义有专篇《礼器》，取其守礼可使人成器之义。圣王制礼，既有其深刻的内涵，又具有优美的形式。以竹、箭有坚固的外皮、松柏有坚实的核心比喻礼的高尚与坚贞。礼是君子待人接物、和谐处世的基本遵循。守礼升华仁德，远人归来，鬼神恭敬。无礼不可为人，无礼不可治世。忠信是礼的本质，做人要忠信，忠于上，信于下。完备的礼仪和制度是礼的形式。礼有其标准："礼必须上合天时，下合地利，幽合鬼神，明合人心，使万物各得其礼。"

礼的重要作用体现在以礼为治身之器，可以使人外表和谐而内心无怨，使万物归于仁，鬼神慕其德。礼和乐是相得益彰的。礼用来恢复人的本性，乐用来疏导人的情志。"用礼为器，以耕人情之事也。用礼为器，能除去人之邪恶也。"

依据万物特性制定礼，务求用其所宜。举行祭祀等大事，必须顺应天时与节令。日出东方，月生西方。春分祭日，秋分祭月，冬至祭天，夏至祭地。这是顺应日月运行规律。冬至祭天，必须登上丘陵高地，夏至祭地，必须选择川泽低处，以与天地相适宜。

先王制礼以节制万事，让人们的行为恢复人的本性。修治礼乐来疏导人们的心志，劝人向善。因此，观察一个地方的礼乐，便可以了解这个国家的治乱。

鉴古知今，启蒙礼义，以正世风。今天学习礼仪，既是个人修养的需要，也是社会主义国家文明素养的起码要求。借鉴中国古代《礼记》，加强公民道德修养教育。知礼义廉耻，守国之四维。

改革开放 40 年，当我们盘点经济成果时，不忘弥补道德修养的短板。倡导公务员做廉吏清官，要求公民洁身自好。规范社会秩序，消除不文明现象，抑制日益蔓延的无知无耻行为，为提升全民族的综合素质打基础，改变国人在国际上不受欢迎的负面形象。

国民的礼仪建设，路漫漫其修远兮，吾辈需上下而求索。个人品德修养教育，事关国家兴亡，影响民族复兴，是实现中国梦的重要环节，不可不察。

示　范

2018 年 10 月 18 日

历代的贤明君主都为臣民示范，修德守道，以上示下，移风易俗。示范来自于上，效仿潜移于下。正人先正己，己所不欲，勿施于人。

《礼记·缁衣》篇以好言行为大旨，谈安国治民的道理，主要是阐明君臣之道在于上下一心，以诚相待。教民以德不以刑，行为世范。

上好行仁而下必争先效仿。君主不说虚言，谨言而慎行，人民才会言行一致。君主以言教劝善，身教止恶，则民谨于言而慎于行。

这是中华传统文化之灵魂，是文化自信之源泉。继往开来，吮吸传统文化之养料，传承博大精深之礼义。奠定文化自信的基础，积跬步之功。丰富文化自信的内涵，聚涓涓细流。

近日央视《平“语”近人》栏目讲解习近平用典，堪称启蒙传统文化的重大举措。国无德不兴，人无德不立。传承传统文化，从匡正道德，重塑诚信开始，以正心诚意修身为经，致知格物精进为纬，编织振兴国民素质的宏伟蓝图，经天纬地，重振国魂。

鉴古知今。追求金钱，放纵贪欲，道德必将滑坡，灵魂自然堕落；沉迷嬉戏，追求安逸，文明必将衰落，民族自然沉沦。

前事不忘，后事之师。国虽大，无国魂必危。鸦片战争的悲剧刻骨铭心，八国联军的罪行罄竹难书。和平演变之诱饵无处不在，温水煮青蛙已习以为常，在温柔乡中倒下，饮鸩止渴，加剧消亡。无德之患泛滥，无知之人横行，无耻之徒猖獗。前车之鉴，不可不察。

走进新时代，迎接新挑战。凝聚人心，刻不容缓。上下同心，其利断金。选贤任能，造福人民。弘扬正气，崇拜英雄，重塑民族之魂。

国家盛衰，匹夫有责。敢于担当，不辱使命。严于律己，示范众人。宽以待人，凝聚民心。不忘“为天地立心”之使命，重塑社会道德诚信。以民为本，体恤贫弱。不忘“为生民立命”之重任，脱贫攻坚奔小康。近贤能，远小人，走强国之路。修道德，抑贪欲，守远祸之道。

耕耘心田

——读《孝经》有感

2018年11月5日

孔子的一生是传奇的一生，志在《春秋》之微言大义，行在《孝经》之天地人和。知行合一，自强不息。唯有耕耘心田，才能成其天地之志。唯有知行合一，才能奉行微言大义。

孔子之所以行在《孝经》，他认为“夫孝，天之经也，地之义也，民之行也。”《孝经》以孝为宗旨，规范言行，修炼品行。孝之内涵丰富，五孝三才，循序渐进。孝行忌五刑，准确定位，敬天畏人。忠孝人生，克己守礼，悟道得乐。悟道而修德，谏君而扬名。“故当不义则争之。从父之命，又焉得为孝乎?”尽忠尽孝，孝感天地。“孝悌之至，通于神明，光于四海，无所不通。”

一部《孝经》浓缩了正心诚意修身的要旨，阐述了道法自然的规律，明示了齐家治国平天下的逻辑。忠恕孝悌人之四要，礼义廉耻国之四维。事亲不孝，事君不忠，无以立身。“立身之道，扬名于后世，以显父母，孝之终也。”慎终追远，民德归厚。牢记“为天地立心，为生民立命”之抱负，不忘“为往圣继绝学，为万世开太平”之使命。

立身先修心，修心先静心，静心先净心。净心法天地，忘我而无私。四季往复，运行无穷。静心法自然，无为而无不为。不求其有，而在其用。“三十辐共一毂，当其无，有车之用。”修心先拭尘埃，天地所以能长久者，以其不自生，故能长生。先正其身，后正其人。先天下之忧而忧，后天下之乐而乐。外其身而身存，以其无私故能成其私。

儒释道兼修，天地人共存。以佛修心，以道治身，以儒治世。子曰：“君子之事上也，进思尽忠，退思补过，将顺其美，匡救其恶。故上下能相亲也。”慈悲为怀，无为而治。道法自然，敬天畏人。修心先慎言。言为心声，莫虚言，莫妄语。诗言志，抒发人生豪情，续写千秋史话。铁肩担道义，妙手著文章。

耕耘心田，积淀智慧。沐浴慈悲的阳光，洒下勤劳的汗水，结出智慧的果实。关爱众生，造福人间。清除杂念，洁净心田。豁达包容，心底无私天地宽。

适应寒意

2018年11月7日

今日立冬，大江南北降温，天有寒意。经济社会发展陷入困局，人人有寒意。适者生存，提高御寒能力；抱团取暖，增强团队合作能力；积极进取，主动作为，锤炼迎风冒雪的意志，砥砺抗拒严寒的能力。宝剑锋从磨砺出，梅花香自苦寒来。卧薪尝胆不怕苦，为了明天。

春种，夏长，秋收，冬藏。一年有四季，使命各不同。人误地一时，地误人一年。人误书一时，书误人一生。立冬意味着天寒地冻。忙了3个季度的农民，经历了金秋丰收的喜悦，迎来了冬藏的惬意。屋外寒风凛，室内炉火红，亲人促膝坐，举杯享天伦。然而，不是每个农民都有丰收的喜悦，不是每个农民都做好了过冬的准备。立冬对有些人而言，寒气袭人，可怜身上衣正单，心忧温饱怕天寒。

一年有四季，任务各不同。“该播种时不失农时，该育苗时不忘锄草，该收割时不忘归仓，该灌溉时不忘保墒。”这是农民的幸福经，认真念，仔细行，安居乐业暖融融。若偷懒，不用心，粮食歉收冷清清。

人法地，地法天，天法道，道法自然。遵循天道，不失农时。顺应自然，不误耕耘。天道酬勤，勤能补拙。丰衣足食，何惧天寒。未雨绸缪，何惧事难。

当前的经济环境有点像天气，也进入了寒气袭人的冬季。大国挑起贸易战，霸权践踏公平理。寒气袭人不能怕，积极应对。寒流滚滚不能躲，无孔不入。对于经济发展的冬天，犹如农民种田，几家欢乐几家愁。经济发展低迷等，没有出路；靠，没有希望；要，没有把握。自己动手，丰衣足食。穷则思变，寒则思棉。防患于未然，勿临渴而掘井。

做好经济过冬的心理准备，适应寒意。降低心理预期，先图生存，再谋发展。只要精神不滑坡，办法总比困难多。群策群力，共渡难关。面对困难，凝聚人心比什么都重要。面对挑衅，理性反击比什么都重要。畏难没有希望，退让没有出路。

唯有实事求是，才能凝聚人心，才能看到未来的希望。唯有凝聚人心，才能找到解决问题的出路，才能走出经济低迷的困境。应对经济低迷的寒意，既要警惕盲目乐观，又要防止悲观消极。知己知彼，百战不殆。经济内需不足，发展活力不够，并非一朝一夕之失，既有体制性阻碍，也有结构性矛盾；既有市场竞争的压力，也有泡沫累积的隐患。唯有客观理性解剖问题，才能对症下药。口号式创新，非理性超车，欲速则不达，甚至会车毁人亡。

唯有脚踏实地，才能打好三大攻坚战。面对经济的寒意，不能视而不见；面对自然的寒流，不能充耳不闻。适应寒冬，强身健体。职场精英，要未雨而绸缪，增强抵御寒流的能力，提高抗寒免疫力；业界翘楚，勿临渴而掘井。运筹于帷幄之中，卧薪尝胆。决胜于千里之外，同仇敌忾。攻难关，抓铁留痕；破难题，踏石留印。

点滴积累

2018年11月10日

认识引导思想，行动决定未来；经验源于积累，能力重在培养；思想付诸行动，意志引导人生。积跬步之功，聚涓涓细流。点滴积累，贵在持之以恒，难在慎思笃行。锤炼心志，书写人生。

事物的发展由量变到质变。食物变质是逐渐变坏，人的腐化也是逐渐变质。孩子的放纵是逐渐膨胀，人的贪婪也是逐渐发酵。反之亦然，人的进步是一点一滴累积，植物是一点点长高。知识是一点一滴积累，认识是逐渐提高。

人无论是进步，还是堕落，绝非一夜之间，实乃平时言行累积所致。积善成福，积恶成殃。积善功在自己，积恶咎由自取。人无论成功，还是失败，根本原因在自己。外因是转化的条件，内因是转化的根据，外因通过内因而起作用。

人的命运掌握在自己手中，成败在于平时的点滴积累。积跬步之功，致千里之行。积涓涓细流，成浩瀚江海。坐而言不如起而行，总观望不如矢志行。没有一帆风顺的事情，只有历尽艰辛的成功。没有一步登天的幸运，只有手脚并用的攀登。

与其羡慕别人的成功，不如用好自己的黎明。与其埋怨环境的艰苦，不如坦然面对身体力行。与其投机取巧而东张西望，不如脚踏实地默然前行。龟兔赛跑，亘古真理永恒。自恃聪明，不如恪守本分。

认识决定思想，行动改变命运。少埋怨环境，多检点自身。少哗众取宠，多身体力行。冰冻三尺非一日之寒，人生成就非一日之功。台上精彩表演三分钟，台下挥汗苦练十年功。机遇垂青有准备的头脑，失败光顾投机取巧的庸人。

当你取得一点成绩时，切忌好高骛远，不能一步登天。要匍匐下身子，一步一步前行。拔苗助长，难以成才。要脚踏实地，一步一个脚印。不找捷径，不能侥幸。时间是最好的老师，天道酬勤。行动是最好的佐证，默默耕耘。

经验源于积累，能力重在培养。凡事思考是什么？为什么？怎么办？积淀思考，汇聚智慧。分析得失，总结经验。三人行必有吾师，学人之长，补己之短。下苦功夫磨炼能力，用笨办法培养悟性。水滴石穿，铁杵成针。

思想付诸行动，意志引导人生。不怕成长慢，矢志不渝，不懈攀登，突破成长的瓶颈，锤炼行动的巨人。路就在脚下。凭意志引导，走出迷茫。有志者，事竟成，百二秦关终于楚；靠行动超越告别彷徨。苦心人，天不负，三千越甲可吞吴。

积跬步之功，聚涓涓细流。机会就在当下，行动不舍昼夜。点滴积累，贵在持之以恒；不急不躁，难在慎思笃行。锤炼心志，以不懈的追求书写人生。

拓　　展

2018年11月22日

人，不能固守一隅；理，莫要偏执一端。思维要向外拓展，理性引导，避免刚愎自用。知识需不断充实，日积月累，防止孤陋寡闻。有序拓展，持之以恒。忌好高骛远，防空中楼阁。脚踏实地，循序渐进。工作留痕，学习留印。积跬步之功，行稳致远。聚涓涓细流，扬帆远航。

人生好比一段旅程，不断向前延伸，不能固步自封。积跬步之功，拓展旅程；聚点滴知识，汇聚智慧。路要一步一步走，驽马十驾功在不舍。忌心猿意马，勿好高骛远。书要一章一章读，书读千遍其意自见。忌三心二意，防一曝十寒。处处留心皆学问，世事练达即文章。

事业好比一座建筑，需要打好基础。事业的大厦能建多高，取决于地基的承载能力。有了宏伟蓝图，先要挖基坑，筑地基；然后，修边坡，防渗漏。志存高远，修炼品行，打好品德基础，筑牢防腐边坡。博学多思，积淀智慧，打好知识基础，做好滑坡预案。理论联系实际，砥砺奋进，打好能力基础，筑好抗滑根基。心志坚如磐石，行为防微杜渐。知行合一，自强不息。

人生好比一艘航船，要乘风破浪。拓展辨识水性的知识，提高驾驭风浪的能力。任凭风浪起，稳坐钓鱼台。拓展辨识善恶的知识，提高分辨真伪的能力。任凭艰难险阻，我自岿然不动。拓展包容能力，海纳百川，不拒细流。拓展驾驭能力，识水性，辨风向，绕激流，避险难。拓展领悟能力，百川东到海，何日复西归。少壮不努力，老大徒伤悲。行至水穷处，坐看云起时。领悟自然，心观自在。

不谋全局者，不足以谋一隅；不谋大势者，不足以谋一时。拓展未来，非一蹴而就，要循序渐进；拓展知识，非一日之功，要日积月累；拓展智慧，非一时之用，要从长计议；拓宽思维，非一劳永逸，要与时俱进。

道路崎岖多风雨，人生坎坷多逆境。活到老，拓展到老，永无止境。拓展心胸，坚定心志，平静心绪。拓宽视野，登高不懈努力，望远领略胜景。迎风冒雪，不畏严寒；克己守礼，不怕孤单；翻山越岭，不畏艰难。多少事，从来急。志在拓展，只争朝夕。雄关漫道真如铁，而今迈步从头越。

精　　进

2018年11月23日

精进是一种人生态度，不满足于现状，让你走向辉煌。精进是一种探索精神，不止步于挫折，让你在逆境中崛起。精进是一种心灵追求，不陶醉于成绩，常存恻隐之心。精进是一种思维方式，不局限于常态，勇于挑战困难。精进是一门处世哲学，不纠缠于琐事，着眼于大局。

学无止境，学贵韧恒。古之学者，头悬梁锥刺股者有之，凿壁偷光者有之，囊萤映雪者有之，池塘变墨池者有之。凡有成就者，都有执着的追求，有一种精进的人生态度。宝剑锋从磨砺出，梅花香自苦寒来。贵有恒，何须三更起五更眠；最无益，就怕一日曝十日寒。

精进出精品，艺高人胆大。港珠澳大桥总设计师刘晓东对桥梁合拢的精度不满意，冒着失败的风险挑战合拢精度极限。功夫不负有心人，以 15 毫米的实体误差精准对接。对接三分钟，台下十年功。两鬓添银发，额头长皱纹。没有金刚钻，不揽瓷器活。差之毫厘，失之千里。

庖丁解牛，游刃有余。精进源于敬业，不满足于完成，莫陶醉于优秀，志在追求卓越。敬业源于人生追求。生当作人杰，不甘于平庸。精进能使人出类拔萃，精进能挖掘自身潜力。天生我材必有用，精益求精能出彩，兢兢业业铸辉煌。

精进成于不懈努力。只要功夫深，铁杵磨成针。孔子倾其毕生精力，志在《春秋》的微言大义，行在《孝经》的礼义廉耻。孔子名垂千古，学为人师，行为世范。司马迁忍受屈辱，倾注 27 年心血，完成《史记》巨著。资之于历史，鉴之于未来。

精进的天敌是懒惰，满足于差不多，为平庸找借口，为失败找理由。懒惰的根源在于不能吃苦，不愿意有超常的付出，总想找捷径。不能吃苦的原因在于心志脆弱，目标短浅，认知浮浅。知耻而后勇，知不足而精进。

精进不取决于天赋，有成就者不都是天才。这山望着那山高，半途而废的英才比比皆是。心猿意马做事浮躁，失败的天才不乏其人。真正的成功者是矢志不渝的实践者，他们做事比别人付出更多的努力。爱迪生的发明，屠呦呦的成果，无不建立在大量的失败再探索之上，无不是长期不懈努力的结果。

工作精进，事业精彩。这是人生的理想境界。工作精进在于自己的心志，事业精彩在于自己的付出。为了不虚度此生，我们应该坚定心志，天生我材必有用。为了人生无悔，我们应该做好每件事。精益求精，持之以恒。

温故而知新

2018 年 11 月 24 日

温故而知新，鉴古而知今。历史有延续性，文化有传承性。温故知新的逻辑脉络是我从哪儿来？我到哪儿去？我是谁？温故而知新的教育内涵是学习循序渐进，知识日积月累。温故知新的历史意义在于不忘感恩，不媚异族，自强不息。

学而时习之，不亦乐乎？讲的是治学态度，对所学知识的温习，启发思路，开动脑筋，发现学习的乐趣。温故的重要作用在于加深记忆，举一反三，触类旁通。学子忌偷懒，温故而知新。人生忌短视，忘记过去，意味着背叛。

学习历史，温故而知新。追根溯源，从历史长河看一个民族发展变迁的动力、阻力和压力。历史有惊人的相似之处。朝代兴于清明，社会富于安民。政权衰于昏庸，秩序乱于邪佞。政权亡于失去民心，社会乱于民不聊生。

中国自鸦片战争开始的百年，历史见证了康乾盛世以来朝廷的昏庸、邪佞的妄为；目睹了政权失去民心的悲剧，政府腐败无能，国人一盘散沙，外敌破门而入。国人麻木，汉奸成群。东北失守，南京屠城。

重温历史，寻找病根。旧中国国力衰弱，民不聊生。贪腐顽疾，遍地滋生。利益集团苟且偷安，普通百姓生灵涂炭。人心思变，摸索中前行。太平天国均贫富，教训沉痛。戊戌变法，胎死腹中。洋务运动，失败告终。

1921年中国共产党诞生，星星之火，可以燎原，根本在于宗旨为民，凝聚人心，关注民生；浴血奋战，不辱使命；前赴后继，不忘初心。以民族命运为己任，抗日救亡打败倭寇，解放战争军民同心。新中国成立，中国人民从此站起来了。

新中国面对的是满目疮痍、百废待兴的家园。在中国共产党领导下，经过30年的社会主义建设，形成了独立自主的工业体系，实现了“两弹一星”上天，恢复新中国在联合国的席位，国际影响力稳步提升。

改革开放40年，国力增强，经济发展；脱贫攻坚，成效显著；社会民生，显著改善；国际地位，日益提高；民族自信，逐渐恢复。

温故历史，国人认同共产党的领导。比较发展，世界认同中国的经济建设成就。展望未来，三大战役任务艰巨。唯有凝聚民心，改善民生，化解民怨，共享改革发展成果，才能创造新的辉煌，实现中华民族的伟大复兴。

子曰：“温故而知新，可以为师矣。”走进新时代，接力新长征。坚定文化自信，凝聚华夏儿女人心。同仇敌忾，完成国家统一，实现民族振兴。国家兴亡，匹夫有责。温故知新，不辱使命。为天地立心，为生民立命，为往圣继绝学，为万世开太平。路漫漫其修远兮，吾辈矢志不渝。运筹于帷幄之中，决胜于千里之外。

循序渐进

2018年11月26日

新官上任忌三把火，应深入基层调研，广泛听取意见。接地气，通下情。听民意，察民情。工作抓落实，任务抓进度，责任到岗，考核到人。秉公办事，公开透明。

新官上任摸实情，工作循序渐进。理制度，抓落实。改变现状并非要改变制度，关键要改变精神面貌。针对问题，理清制度，明确责任。检查执行情况，抓落实中的重点、难点。防止口头上积极，在实际工作中消极；避免会议上支持，在会后认认真真扯皮。按制度办事，用制度管人。奖勤罚懒，严格兑现。弘扬正气，凝聚人心。广开言路，汇聚智慧。

新官上任做实事，脚踏实地。理现状，找问题。透过现象看本质。深入调查研究，听取不同声音。从发展过程中找薄弱环节，在管理现状中找疏漏之处，归纳总结，去粗取精，去伪存真。分析现象，归纳问题。

新官上任勤思考，深入探寻。理问题，找原因。抓住主要矛盾，其他问题就迎刃而解了。界定主要问题，对症下药。解剖问题，分析原因，究竟是人的问题？还是制度的问题？是领导力问题？还是执行力问题？不怕问题多，就怕抓不住主要矛盾，捡了芝麻丢了西瓜？深入思考问题是什么？认真剖析为什么？理性抉择怎么办？兼听则明，偏信则暗。相信群众，依靠群众，充分民主，理性集中。敢于担当，不回避矛盾。要虚怀若谷倾听，忌刚愎自用傲慢。

新官上任事情多，头绪乱。雾里看花容易彷徨，稍有不慎会陷入被动。夜深人静理思路，逆境突围想办法。知己知彼，百战不殆。工作循序渐进，问题迎刃而解。在理制度中找管理的薄弱环节，完善治理思路，找短板，补漏洞。在理现状中透过现象看本质，分析虚假繁荣背后的异常，顿悟精神萎靡背后的隐忧。在理问题中找根源和制约环节，梳理盘根错节的问题，构思对症下药的方案。

理思路鉴之以往，找办法立足现实。凝聚人心，恢复士气。坚定信念，迎难而上。相信群众，依靠群众。天无绝人之路。山重水复疑无路，柳暗花明又一村。事无一帆风顺。忍辱负重志不渝，打掉牙和血吞。积跬步之功不懈前行，聚涓涓细流扬帆远航。

观周之鉴

2018年12月3日

孔子和弟子们参观周王朝举行大典的明堂。他从古代尧舜圣王以及桀纣暴君的画像看出了周朝兴盛的原因，同时，也提醒我们，如果既不去寻找尧舜兴盛的足迹，又忽略桀纣衰亡的原因，还想祈求国家兴盛，这种人岂不是很糊涂吗？

孔子究竟从哪儿看出周朝兴盛的原因呢？他们在后稷庙，看到周朝祖庙中有一篇铭文，其中告诫我们："无多言，多言多败。无多事，多事多患。""口过别说无害，终成招祸之门。""君子知天下之大，不可居其上，所以屈己尊人；深知众人之多，不可居其先，所以谦逊居后。""天道无亲，常与善人。"

这篇铭文是周朝能维系800年国运的法宝。也像警钟，警醒我们必须谨言慎行，谦虚卑下，防微杜渐，对圣贤之道坚信不疑。

古今成败多少事，似乎都能从周朝这篇铭文中找出缘由，悟出道理，得到启发。谁能引以为戒，谁就可以少走弯路。谁能从历史事件中吸取教训，谁就可以防患于未然。谁能以先贤为榜样，谁就得民心。

治国如此，治企亦然。"无多言，多言多败；无多事，多事多患。"治企要脚踏实地，多做实事，少宣传经验。治企要事简法明，给基层更多自主权。让基层自己解决问题，推行目标管理。少下指导棋，自己多做眼。不唯上，不唯文，只唯实。多研究问题，少总结经验。多查找不足，少肯定成绩。多深入基层，查隐患，找漏洞。少恭听美言，防谄媚，忌浮夸。

治企如此，个人成长亦然。要有大局观，忍让为先，克制为鉴。"君子知天下之大，不可居其上，所以屈己尊人。深知众人之多，不可居其先，所以谦逊居后。"

君子如此，普通人更要收敛其锋芒，韬光养晦。工作高标准，向圣贤看齐。多和别人比贡献，以查找差距，弥补不足。看淡名利，在正心修身上下功夫。看轻得失，在慈悲施舍上找不足。不吝举手之劳，常怀恻隐之心。

个人成长如此，与人相处亦然。诚信为本，互相尊重。宽大为怀，互相包容。"天道无亲，常与善人。"退一步海阔天空，让三分风平浪静。铭记《六尺巷》的启迪："千里捎书只为墙，让他三尺又何妨？万里长城今犹在，不见当年秦始皇。"善有善报，恶有恶报。莫盛气凌人，勿仗势欺人。同情弱者，教化启蒙。

天地无私，天不言自高，地不言自厚，故能天长地久。祸莫大于多欲，福莫大于知足。非淡泊无以明志，非宁静无以致远。以民为本，敬天畏人。君子务本，本立而道生。"天道无亲，常与善人，戒之哉！戒之哉！"

思 无 邪

2018年12月4日

今天是国家的第5个宪法日。作为公民，必须遵纪守法，应该爱岗敬业。思无邪，行有方。"思仁恕则树德，加严暴则树怨。"己所不欲，勿施于人。孔子曰："君子有三恕。有君弗能事，有臣而求其使，非恕也；有亲弗能孝，有子而求其报，非恕也；有兄弗能敬，有弟而求其顺，非恕也。士能明于三恕之本，则可谓端身矣。"

学而不思则罔，思而不学则殆。魏徵谏唐太宗《十思疏》，以警醒李世民戒奢靡之风，选贤任能。明君思良相，国难倚重臣。曾子曰："吾日三省吾身，为人谋而不忠乎？与朋友交而不信乎？传不习乎。"李世民思治国之策，悟治国之道。"以铜为鉴，可正衣冠；以人为鉴，可知得失；以史为鉴，可知兴替。"

静坐常思己过，闲谈莫弄人非。换位思考，反躬自省。不怨位之不尊，常恐己之不能。不怕前程无知己，就怕才疏学浅。不惧世事维艰，笃信成功维勤。不思投机取巧之捷径，笃行披荆斩棘之险路。不怕无人识君，就怕品行不优。不求恩赐良机，但求敬业忠诚。只要肯做牛，总会有田耕。忍辱负重行，莫做黄粱梦。

思天地人和，悟自然之道。三十辐而成一毂，无辐之名而有毂之用。天不言其高，地不言其厚，而天地长存。君子坦荡荡，小人长戚戚。常思集体大算盘，不想个人小九九。思全局大事，悟成败之数。尽职尽责，做好自己。不贪个人享乐，悟人生之责。承上启下，继往开来。

不怕黄河冰寒川，何惧太行雪满山。只要精神不滑坡，办法总比困难多。只要人生不堕落，道路崎岖又如何？世有自强之道，天无绝人之路。条条大道通罗马，功夫不负有心人。

思无邪，行有方。思人生之短暂，不忘历史之使命。"为天地立心，为生民立命。"思时间之宝贵，不忘人生之重任。"为往圣继绝学，为万世开太平。"悟法治之艰难，思宪法之神圣。敬法、畏法，增强法治意识，笃行法治之路。尊法、守法，从我做起，从现在做起。依法治国，身体力行。依法治企，献计献策。思无邪，行有方。谁言山重水复疑无路，坚信柳暗花明又一村。

换位思考

2018年12月6日

学会处理合作关系，是走向社会的一道考题。如何解答合作中的困惑？如何消除合作中出现的问题？如何建立互信、消除误会？是对当事人智慧和能力的考验。差之毫厘，失之千里。

处理合作关系的能力，决定工作的成败，影响个人的成长。换位思考，减少烦恼。相互理解，制胜法宝。有效沟通信息，主动作为。凡事有预案，以防措手不及。遇事不埋怨，有问题不推卸。真诚合作，做好自己。

生活节奏快，工作压力大。遇事掣肘多，工作苦恼多。人心浮躁，各人自扫门前雪，不管他人瓦上霜。遇事烦躁，思想偏激埋怨多，主动作为行动少。工作流程长，推进节点多。一环有延误，计划难准时。缺乏有效沟通，认认真真扯皮。要正视现实，主动面对困难。埋怨再多，于事无补。唯有积极合作，才能提高效率。唯有换位思考，才能消除误解。

己所不欲，勿施于人。以举手之劳解别人危难，怀恻隐之心雪中送炭。真诚赢得信任，敬业激发潜能。当工作推进遇阻时，从自身找原因。即使问题出在对方，也不能一味埋怨；以积极的态度研究对策，尽快解决问题，把拖延的影响降到最小。

尽职尽责。遇事不埋怨，主动想办法。曾子曰："吾日三省吾身，为人谋而不忠乎？与朋友交而不信乎？传不习乎？"在工作中要养成吾日三省吾身的习惯，工作按计划推进了吗？在合作中自己尽职尽责了吗？工作中的资源保障落实了吗？要未雨而绸缪，勿临渴而掘井。

有效沟通。社会化大生产分工不同，人人享受服务，同时也给别人提供服务。彼此能否对别人的服务满意，既决于服务能力和水平，也取决于服务态度。服务态度好，容易实现有效沟通，有效沟通能够及时化解矛盾，妥善处理问题，实现合作双赢。有效沟通重在"有效"二字，不是流于沟通形式，以应付作业流程；而是务实解决问题，寻找解决办法。真诚是有效沟通的前提，换位思考是有效沟通的关键。

积极合作。不能事不关己就高高挂起，更不能当面承诺而背后作梗。积极合作是一种人生态度，树立人人为我、我为人人的思想。我们享受社会进步的成果，生活丰富多彩。我们应该有感恩的心，为别人提供优质服务。积极合作是事业成功的基础，在合作中发挥彼此的优势，实现优势互补，提高合作质量。取人之长，补己之短；提高合作水平，实现合作共赢。

合作是永恒的主题，换位思考是成功的保证。坚持"尽职尽责、有效沟通、积极合作"的原则，养成吾日三省吾身的习惯。静坐思不足，行动不拖延。精诚合作，共享成果。换位思考，前程似锦。

御寒能力

2018年12月7日

今日是大雪节气，天寒地冻，气温骤降。度过严冬需有御寒能力。身体健壮是御寒能力的基础，顽强意志是增强御寒能力的关键。

人生也会有大雪出现，职场萧条、运气滞涩、经济拮据，也需要增强御寒能力，锤炼御寒意志。强身健体，砥砺意志。用知识武装头脑，用智慧引领人生。无论职场再萧条，总有人留用，优胜劣汰；无论运气再差，总有人在坚挺，穷则思变；无论经济再拮据，总有人不慌，有备无患。

人生如此，国家亦然。外强入侵，山河沦陷，民族危亡。日本入侵中国的14年，中华民族进入了严冬。西安事变是民族意志升华的契机。东北大学热血青年劝谏校长张学良抗日救亡，西安事变结束了蒋介石攘外安内的不抵抗政策，拉开了全民抗日的序幕，从此国共合作汇聚抗日的民族力量。

“起来，不愿做奴隶的人们，把我们的血肉筑成我们新的长城！”这是锤炼中华民族抵御外侮的心灵呐喊。在民族危亡之时，救亡图存的使命凝聚人心，汇聚力量。

发动群众，依靠群众，民族抵御外侮严寒的意志在增强。浴血奋战的壮举砥砺了民族抵御外侮严寒的能力，日本无条件投降，中华民族结束了半殖民地的历史。

中华人民共和国成立，面对的是满目疮痍的旧中国。中国共产党领导中国人民进行社会主义建设，同心同德，共渡难关，共克时艰，“两弹一星”上天，国防力量在增强，国家的综合实力在增强，中华民族屹立于世界之林。

改革开放40年，中国共产党领导中国人民深化社会主义建设，凝心聚力，共谋发展，嫦娥奔月，蛟龙潜海，天眼眺望，卫星俯视，国家的综合实力在增强，国际地位在提升。

青年强，则国家强。经过几代人御寒磨炼、砥砺奋进，中国从满目疮痍、一穷二白到今天踏上脱贫攻坚、建设小康新征程的变化，汇聚了无数英雄的奉献，积淀了无数英才的智慧，中国的御寒能力不断增强，民族御寒意志力更加顽强。

国虽大，好战必亡。天下虽安，忘战必危。青年，是国家的未来，是民族的希望。在大雪节到来之际，青年应该行动起来，冬练三九，健体强身，增强御寒能力，磨炼御寒意志，坚定“为天地立心，为生民立命”的使命感，锤炼“为往圣继绝学，为万世开太平”的能力。

问苍茫大地，谁主沉浮？数风流人物，还看今朝。国家英才辈出，抵御寒冷的能力在增强。然而，天下并不太平，高天滚滚寒流急。国家兴亡，匹夫有责。抵御外侮、统一祖国的路漫长，我们仍需健体强身，青年尚要磨炼意志，以迎接民族更严酷的竞争，以应对国家更艰难的挑战。

平衡之道

2018年12月9日

自然界万物，保持平衡则和谐共存。砍伐森林则水土流失，失去平衡则沙漠化严重。人生亦然，德智体保持平衡，人能健康成长；否则，无德不立，无智不行，无体不能。平衡发展，不偏不倚。理性思考，恪守中庸。

人法地，地法天，天法道，道法自然。自然界保持阴阳平衡，一年有四季春夏秋冬，天地有昼夜日月星辰，人生有规律生老病死。

物质世界是运动、发展、变化的，平衡是相对的，不平衡是绝对的。人类社会亦然，也是运动、发展、变化的。天地无私，天不言自高，地不言自厚，故天地长存。人因有私，追名逐利，开疆拓土，故不能长久。改朝换代如此，政权更替亦然。

在变化的世界进程中，能保持平衡，就可以维持长治久安。一旦失去平衡，就会灾祸横行。自然失去平衡，物种减少乃至灭绝，地震海啸总有发生。人间失去平衡，大国争霸，战火绵延，小国遭殃，难民成群。环境遭破坏，污染严重。

唯有全面协调可持续发展，社会才可以保持动态平衡。唯有科学发展，才能和谐共存。人对自然界的破坏频频遭到报应，海啸吞噬了人群，山火毁了家园。三才者，天地人；三光者，日月星。悟天地之道，收敛贪婪之性。抑制物欲横流，实现和谐共存。

天地人和，社会繁荣。过去几十年人类过度攫取自然资源，导致环境恶化，生态破坏，温室效应严重，酸雨肆虐横行，全球气候变暖。极地家园冰融，动物惶恐；极端天气频现，人类忧心。

凡此种种，告诫人类要抑制欲望，恪守平衡。追求天地人和谐共存，保护共同的蓝天，珍视共同的家园。社会发展追求共同富裕，解决富裕不平衡的问题，化解贫富悬殊引发的矛盾。人群机会均等全面发展，抓住落后地区发展不充分的矛盾，解决弱势人群因机会限制发展不充分的困扰。追求机会平等，实现共同发展。

平衡是系统工程。不平衡是当今社会的主要矛盾。不能被动试图平衡，让步更被动，忍让无出路。要主动争取平衡，抓住主要矛盾，突破薄弱环节，平等互利，共享繁荣。积极进取，心态平衡。主动作为，抓铁留痕。

吃一堑，长一智

2018年12月12日

在摸索中前进，不能被同一块石头绊倒两次。在请教中成长，不能为同一问题请教两次。凡事上心，知不足而精进。做事用心，精益求精。处处留心皆学问，点点教诲记心中。

满招损，谦受益。无论自己多聪明，都不能自以为是；无论自己多能干，都不要自命不凡。智者千虑，必有一失；愚者千虑，必有一得。三人行，必有吾师焉，择其善者而从之，其不善者而改之。虚怀若谷，不拒细流，以成江海。

莫装懂，莫偷懒。知之为知之，不知为不知，是知也。读书要用心悟，做事要专心思。读书悟道，做事思理。读书忌不懂装懂，做事忌心猿意马。读书知其然，更要知其所以然。做事问其故，是什么？为什么？怎么办？

前事不忘，后事之师。做事不能想当然，要上心。把事情当差事做，敷衍了事，只能成为打工者。把事情当职业做，潜心钻研，能成为业内精英。把事情当事业做，虔诚悟道，能成就人生辉煌。做事的态度决定人生的高度，思维的境界决定人生的格局。不谋全局者不足以谋一隅，不谋长远者不足以谋一时。

吃一堑，长一智。失败知其原因，堵漏洞，补短板。知耻而后勇，知不足而精进。不怕起点低，就怕不知底。闻道有先后，术业有专攻。贵有恒，何须三更起五更眠；最无益，就怕一日曝十日寒。积跬步之功，至千里之行。铭记龟兔赛跑之理，用心做好点滴之事。聚涓涓细流，成浩瀚江海。积累经验，积淀智慧。

韬光养晦，谨言慎行。莫急功近利，忌夸夸其谈。莫虚张声势，忌哗众取宠。下苦功夫，踏平坎坷成大道；用笨办法，破解难题树丰碑。莫虚言厉害，忌目空一切。兼听则明，博采众长，行稳致远。偏信则暗，盲人骑瞎马，半夜临深池。

心浮气躁，难成大事。投机取巧，难以长久。机关算尽太聪明，反误了卿卿性命。忌懒惰，不能得过且过。防奢侈，不能随波逐流。非淡泊无以明志，非宁静无以致远。忌好高骛远，大事做不来，小事又不做；要脚踏实地，抓铁留痕，踏石留印。只要肯做牛，总会有田耕。别人能做的你能做，别人不能做的你也能做，永远不会失业。卧薪尝胆，图兴国富民之志。苦尽甘来，筑自强人生大厦。

勿忘国耻

2018年12月13日

今天是南京大屠杀国家公祭日。1937年12月13日南京遭日本侵略者屠城，30万同胞遇难。忘记过去，意味着背叛。攘内安外的不抵抗政策引狼入室，亲日媚外的卖国行径导致山河沦陷。前事不忘，后事之师。

81年过去了，我们很少从正面反思南京为何被屠城。国民政府不顾抗日民意，热衷于剿共，民族矛盾激化，爆发了西安事变。国人的一盘散沙，麻木不仁，滋生了汉奸卖国贼，变节求荣，出卖灵魂。

政府的立场，决定了国家的前途，决定了人民的命运。国民政府的立场是消灭共产党，与人民为敌，认贼作父。对人民当亡国奴无动于衷，对东北三省沦陷漠不关心，这才把张学良“逼上梁山”。对人民生活在水深火热之中视而不见，对打内战同胞自相残杀执迷不悟，这才逼迫有爱国热情、救亡图存的东北军、西北军兵谏华清池。

国难当头，刚愎自用。是可忍，孰不可忍？华北傅作义给日本兵以重创，张学良请缨北上抗日被拒绝，被冠上“幼稚”的帽子。这是何等荒谬！究竟谁存心不良？谁是历史的罪人？

前事不忘，后事之师。追求“和平”的不抵抗政策不得人心，广东、广西的军队北上抗日被视为叛乱，定罪为逼宫。这是何等荒唐！究竟谁助纣为虐？谁在制造内乱？天理难容，咎由自取。

痛定思痛，勿忘国耻。国耻为何发生在中国？屠城为何发生在南京？侵略者为何能在中国长驱直入？烧杀掠抢，血流成河，千人沟、万人坑白骨累累，日本侵略者的罪恶罄竹难书。

国虽大，好战必亡。天下虽安，忘战必危。日本侵略中国87年后的今天，在国祭之日，中华民族该反思，与侵略者能世代友好吗？国民如何才能自强不息？如何避免在危难之时国民一盘散沙？

军国主义的行径未绝尘，国有化钓鱼岛暴露其野心，修改和平宪法彰显司马昭之心。痛定思痛，唤醒国民。重温历史悲剧，启蒙青年爱国热情。卧薪尝胆雪耻过去，万众一心告慰英灵。铭记历史，不忘兵谏的爱国将领。勿忘国耻，尊敬为国捐躯的抗日英雄。

领悟执辔

2018年12月16日

《孔子家语·执辔》篇讲述了闵子骞请教孔子如何治理政事，孔子答道：“用道德和礼法。道德和礼法，是管理百姓的工具，犹如驾驭马用的嚼子和笼头。如果把国君比作驾驭马的人，那么官员就是缰绳，刑罚就是鞭子。所以国君管理政事，只是掌握好缰绳和鞭子即可。”

孔子讲的道理浅显易懂，但并非每位君主都能准确领悟其中奥妙。“善御马者，正衔勒，齐辔策，均马力，和马心，故口无声而马应辔，策不举而极千里。”治国理政与御马何其相似。正其身，修其德，执其辔策，均其力。安其心，和其意，明其方向，尽其力。

治理国家如此，治理企业亦然。企业领导要用好管理者，调动全员积极性；健全规章制度，用制度管人，按制度办事。善于管理员工者，有效管理，协调运转，人尽其才，物尽其用，选贤用能，奖罚分明。员工不用扬鞭自奋蹄，领导一马当先，群众万马奔腾。所向披靡，马到成功。

两千多年来，御马者众，人马和谐者寡。御民者多，得民心者少。究其原因，御马者一厢情愿，不熟悉马的脾性，不了解马的能力，不考虑马的需求。因此，难以全速前进，甚至会人仰马翻。要想马儿跑得快，就给马儿多吃草。

御马如此，御民亦然。“善御民者，一其德法，正其百官，均齐民力，和安民心，故令不再而民顺从，刑不用而天下化始，是以天地德之，而兆民怀之。”御民，关键在于用好左右重臣，修炼道德品行，秉公执法，调动朝廷百官，各司其职，各负其责。能够反映民意，维护民权，奖勤罚懒，奖优罚劣。知民意，通民情，化民怨，暖民心。

善御马者爱马，惜马力，合理利用衔勒辔策。善御民者爱民，惜民力，以德化之，以法正之。稳定民心，汇聚民力。然而，在人类历史长河中，御马者，多有人仰马翻而兵败战场。此乃皆因无衔勒而用锤策，马必伤，车必败。御民者，不乏揭竿而起而朝代更替。此乃皆因无德法而用刑辟，民必流，国必亡。

御马有术，关系人马安全。御民有道，关系国家兴亡。领悟执辔之道，掌握衔勒之要，用好锤策之机。“凡治国而无德法，则民无所修法；民无所修法，则迷惑失道。”

读　　书

2018年12月20日

读书是人生的权利，千万别在不经意间丧失读书的机会而虚度时光。读书可以开阔视野，丰富知识，提高分辨是非能力。读书结合工作需要，知行合一。读书有计划，潜心悟道，远离喧嚣，与先贤对话，正心诚意修身。

读书增长知识，思考积淀智慧。学而不思则罔，思而不学则殆。学生认真读书，乃天经地义之事。启蒙悟道，正心修身。成人工作后读书，以更新知识，补充能量。人生的职业以知识为基础，深钻细研，打好基础。学习忌一知半解，思考莫心猿意马。

读书陶冶情操，思考砥砺品行。书籍是人类进步的阶梯。书是作者智慧的结晶，作者是良师益友。读书似交友，择其好书而读。聆听作者心声，领悟人生之理。知识无涯，珍惜有限人生，多读书，启迪智慧；读好书，陶冶情操。养心励志，正心修身。

读书莫畏难，求知似登山。不怕道路崎岖，何惧攀登艰难。书籍是知识的海洋，海滩有五彩缤纷的贝壳，令人神往。书中自有启蒙道，悟道修德岂能停。书山有路勤为径，不畏行程艰难；学海无涯苦作舟，不怕风高浪涌。会当凌绝顶，满眼景色新。读书提升认识，思考积淀智慧。

读书须趁早，黎明即起。一日之计在于晨。用好早晨的时间，静心读书，宁心思考，潜心领悟，专心巩固。一年之计在于春。读书莫负春光，播下希望的种子，用汗水浇灌，知识生根发芽。一生之计在于青。少而好学，如日出之阳；壮而好学，如日中之光；老而好学，如秉烛之明。少壮不努力，老大徒伤悲。培养读书习惯，享受读书乐趣。领悟天地之道，主宰人生命运。

坚持不懈

2018年12月25日

岁末易松懈，事情会耽搁。做事，学海尔，日清日结；做人，学先贤，争分夺秒。年末收官，细盘点，成在认真勤奋，疏漏在于拖沓。前事不忘，后事之师。做事干净利索，绝不拖泥带水。

凡事预则立，不预则废。重执行，有效率。今日事，今日毕。无论是学习，还是工作，都应该像边防执勤的战士，站好自己的岗，严阵以待，守卫阵地。数九寒天，冷风刺骨，边防战士迎风冒雪，肩负着神圣使命，保卫祖国，守卫边疆。为了社会和谐，保证国家强盛；不同岗位肩负着不同的使命，守土有责，履职尽责。服务于社会，造福于人民。

坚守岗位，莫畏严寒。宝剑锋从磨砺出，梅花香自苦寒来。履职冬练三九，尽责夏练三伏。不怕烈日酷暑，何惧冰雪严寒。取人之长，补短板，堵漏洞。补己之短，知耻而后勇，知不足而精进。工作脚踏实地，忌哗众取宠。做事埋头苦干，要精益求精。追赶有信心，锤炼本领，坚持不懈；超越有目标，凝心聚力，持之以恒。

履职尽责，莫惧艰难。凡事要上心，踏平坎坷不言苦。做事要用心，披荆斩棘不怕难。尽职要专心，曲径通幽不怕险。不入虎穴，焉得虎子。履职不怕蜀道难，尽责何惧雪满山。世上无难事，只要肯登攀。砥砺修身，在逆境挫折中成长。处处留心皆学问，世事练达即文章。三人同行有吾师，择其善者而从之，坚持不懈；其不善者而改之，防微杜渐。锐意进取，在艰难曲折中成熟。谦虚谨慎，博采众长。克勤克俭，卧薪尝胆。不谋长远者不足以谋一时，矢志不渝，从长计议。胸怀全局，忍辱负重。不谋大局者不足以谋一隅，勇于担当，乐于奉献。

九层之台，起于垒土。积沙成塔，集腋成裘。千里之行，始于足下。积跬步之功，坚持不懈，至千里之行。事成于坚持，功亏于一篑。履职尽责，坚持不懈。平凡中孕育伟大，无为中蕴含着高尚。坚守岗位，做一颗永不生锈的螺丝钉。

珍惜有限

2018年12月27日

岁末年初，年轻人最无奈的莫过于积蓄有限，把希望寄托在奖金上，无奈业绩平平，奖金有限。最苦恼的莫过于花销大，随礼多，应酬多，诱惑多。想活得潇洒，可入不敷出。

鉴往知今，经历过贫穷生活的前辈有他们苦熬的办法。热爱生活，同甘共苦。寒窑虽破能蔽风雨，夫妻恩爱苦也甜。工资有限，学会精打细算，生活井然有序。出身贫寒不影响奋斗，收入微薄不妨碍努力。人生有限，要自强不息，工作才能有劲，人生才能有希望。

对年轻人来说，要珍惜青春大好时光。一寸光阴一寸金，寸金难买寸光阴。珍惜有限的时间，有效利用时间，生活有条不紊，不让一日虚度。点滴时间用于学习，滴水穿石，日积月累。丰富知识智慧，积少成多，一定能与众不同。工作得心应手，任劳任怨，机会一定比别人多。机会青睐有准备的头脑，放下焦虑，潜心努力，功夫不负有心人。业精于勤荒于嬉，行成于思毁于随。

对年轻人来说，平台比收入重要，机会比奖金重要。珍惜工作平台，要知道有很多人都翘首盼望，有一份稳定的工作，有一个在未来可展示才华的平台。千万不要这山望着那山高，记住小猫钓鱼的故事，不忘狗熊掰苞米的结果。没有过硬的本领，千万别想找收入高、离家近、干活少的差事。天上不会掉馅饼，世上没有免费的午餐。一分耕耘，一分收获；种瓜得瓜，种豆得豆。

选择工作是双向的，谁都希望工资高，成长机会多；但是，真正能否如愿以偿，工作能否如鱼得水，完全取决于你的知识储备、敬业精神、工作表现和合作能力。在追求理想工作之前，认真分析自己的知识水平、工作能力、合作精神，认真反思自己是否称职：工作岗位该干什么？自己能干什么？在这个岗位上干成了什么？

珍惜有限，脚踏实地，积跬步之功，行稳致远。天生我材必有用，忍辱负重，兢兢业业，勤勤恳恳，任劳任怨。珍惜有限，创造无限。

处变不惊

2018 年 12 月 28 日

今天是 2018 年最后一个周五，是收官之日。2018 年是多事之年，世界大势跌宕起伏，全球经济扑朔迷离。面对诸多变化，能挺到年底收官之日，实属不易。回眸过去，处变不惊是共同的财富。

无论是大国，还是小国，岁月都充满不确定性。无论是富国，还是穷国，生活都不会尽如人意。世界在变化，环境在恶化。同一个地球，同一个家园。我们是人类命运共同体，共同应对挑战。天地人和，道法自然。保护环境，刻不容缓。顺应自然，处变不惊。

无论是政府，还是企业，自然面临新问题。无论是领导，还是群众，必须迎接新挑战。优胜劣汰，适者生存。找准定位，处变不惊。处变不惊凭实力，临危不乱靠意志。人在砥砺中成长，事在磨难中成功。不轻言优势，莫自恃成绩。如履薄冰，如临深渊，战战兢兢，常怀敬畏之心。敬天畏人，处变不惊。

无论是家长，还是子女，必须适应新环境。无论是业界翘楚，还是莘莘学子，无法避免竞争。适应新环境，学会包容，处变不惊。主动迎接竞争，未雨绸缪，处变不惊。虚心学习，与时俱进。居安思危，临危镇静。居危思变，处变不惊。

即将迎来新的一年，继往开来，世事变迁。迎接新挑战，有备无患。忽视新竞争，手足无措。找准新定位，处变不惊。任凭风浪起，稳坐钓鱼台。

在盘点中警醒

2018 年 12 月 30 日

自然有规律，经济有周期。2018 年即将过去，在盘点经济成就时会发现，人云亦云者日益艰难，谋定而后动者日益稳健，运筹帷幄者日益自信。天行健，君子以自强不息。地势坤，君子以厚德载物。

历史告诫我们，工作要实事求是，不能好大喜功；经济要稳健发展，不能鞭打快牛；领导要正视困难，不能哗众取宠；管理要凝心聚力，不能蛊惑人心。

以往的教训告诉我们，脱离实际的空喊必然导致浮夸，不切实际的承诺注定诱发注水；打肿脸充胖子，只能自欺欺人。闭门造车的部署，只能助长形式主义。劳民伤财，事与愿违。助长歪风邪气，注定贻害无穷。

不管是国家，还是经济组织。如果政策脱离实际，行动偏离目标，其结果可想而知。不管是企业，还是个人，不顾自身条件，附庸风雅，必然是竹篮打水一场空。唯有实事求是，抓住主要矛盾，补短板，堵漏洞，才能在绝处逢生，在逆境中奋起。

盘点 2018 年的得失，我们该警醒。虚言妄语则陷入被动，夜郎自大自然被淘汰。知己知彼，百战不殆。唯有运筹帷幄，才能决胜千里。坦然正视不足，知耻而后勇。淡然正视现实，知不足而精进。

梳理 2018 年的战役，我们该冷静。知之为知之，不知为不知，是知也。警惕盲人骑瞎马，半夜临深池而不知。知己知彼非一知半解，了解对手需长期跟踪。知情贵在真实，工作贵在深入。空谈误国，实干兴邦。

总结 2018 年的收获，我们该理性。不怕起点低，就怕不知底。少言战略，多做实事。少言超越，多补短板。临淄水而观己，方知美丑。同舞台而竞技，方显高低。

深思 2018 年的积淀，我们该务实。吃一堑，长一智。卧薪尝胆，雪耻过去。近贤人，远小人。集思广益，凝心聚力。诚信为本，匡正时弊。根治造假乱象，弘扬工匠精神。精益求精树品牌，诚实守信树英才。

开创未来

2019 年1月2日

今天，举行《告台湾同胞书》发表 40 周年纪念会。习近平总书记的讲话发人深省，不能选择历史，可以把握现在，主动开创未来。机不可失，时不再来。

走进新时代，肩负新使命。总结过去，铭记历史，不能重蹈覆辙。吸取教训，痛定思痛，不能错失今天。展望明天，风云变幻，矢志开创未来。把握历史机遇，开创历史先河，推进民族复兴的进程。凝聚人心，顺应民意，聚焦两岸同胞的福祉。

开启新征程，迎接新挑战。树欲静而风不止，国欲安而事不休。天下并不太平，祖国尚未统一。历经磨难的中华民族，正迎来了伟大复兴的难得机遇。饱经沧桑的华夏大地，正孕育着方兴未艾的生机。

新年伊始，万众一心。华夏儿女，同仇敌忾。过去 70 年，两岸同胞经历了岁月的变迁，心底涌动乡愁，脑海萦绕着乡音。过去 40 年，炎黄子孙见证了中华民族的崛起，脸上绽放出自信的笑容，心中积淀了自强的灵魂。继往开来，不辱使命，迎接中华民族的伟大复兴。国家兴亡，我的责任，共筑祖国统一的钢铁长城。

山雨欲来风满楼，亡羊补牢犹未晚。卧榻之侧岂容他人鼾睡，神圣领土岂容他国觊觎。历史的教训告诫我们，勿与虎谋皮。前事不忘，后事之师，甲午海战，教训沉痛。割地赔款，丧权辱国。二次大战，胜而不赢。一厢情愿世代友好，四面围堵面目狰狞。

戊戌之年，布满阴云。捍卫国家利益，华夏气贯长虹。不再屈服于恫吓，扬眉吐气于寰宇。人不犯我，我不犯人，人若犯我，我必犯人。亮剑于天下，重振雄风。

己酉之春，唤醒炎黄子孙。披荆斩棘，携手同行。抵御外辱，不能掉以轻心。国家统一之路漫长，务必勠力同心，朝夕风雨兼程。民族振兴之途艰辛，反独促统，道远任重。开创未来，迎接民族伟大复兴。

继　承

2019年1月9日

任何事业都要继承，承前启后，继往开来。企业如此，个人亦然。事随时变，情随境迁。传承精髓，适应时事变迁。继承优良传统，发扬光大。借鉴前人经验，弥补自身不足。敏而好学，不耻下问。

新年伊始，我们都在追求创新发展的宏伟目标。然而，能否如愿以偿，不取决于良好的愿望，完全取决于创新的方案是否切合实际？创新的举措能否扬长补短？创新的变革是否因地制宜？创新，不能忘记过去，应该立足现实的基础。创新不是无源之水，发展不是无本之木。创新不忘继承，去粗取精，去伪存真。发展不忘实际，从实际出发，量力而行，不能好高骛远。

创新应知己知彼，发展应循序渐进。创新应继承过去的积淀，激发员工的共鸣。否则，年年谈创新，年年有新战略，除了口号新颖外，竞争能力难以巩固，凝聚力难以增强，企业文化的感染力难以扩大。如此的创新事与愿违，年底盘点囊中羞涩，企业实力难以增强，员工的凝聚力无法提高。

发展以充分调动员工的主观能动性为基础，以扩大企业的竞争优势为目标，把企业的发展和员工的职业生涯有机结合。企业发展促进员工进步，员工进步增强企业活力。发展应立足现实，统筹考虑内外环境的有利条件和不利因素，缜密制定符合现实的发展方案，明晰发展路线图，细化实施方案，发展任务到岗，考核责任到人，奖优罚劣，奖惩兑现。

创新应继承企业的优良传统和优秀文化，为应对新挑战注入活力，为创新奠定基础。九层之台起于垒土，千里之行始于足下。创新不能与过去割裂，创新在于消除制约健康发展的掣肘因素，理顺关系，凝聚人心，恢复信心。

发展应遵循客观规律，不以个人意志为转移。发展应循序渐进，方案要务实可靠。没有可靠的基础，勿想跨越式发展。没有精湛的技艺，勿谈弯道超车。发展忌调门高，防止夸夸其谈，要抓铁留痕。发展忌表态多，防止哗众取宠，要踏石留印。

发展是硬道理，市场检验竞争能力，客户检验服务水平。发展莫畏难，只要思想不滑坡，办法总比困难多。发展不忘党的优良传统，相信群众，依靠群众。发展不忘国情，忌未富先奢侈，防未强先高傲。知己知彼，百战不殆。发展牢记历史使命，满足人民群众对美好生活日益增长的需求，有效解决发展不平衡不充分的制约问题。

创新，雾蒙蒙其艰难兮，吾辈需自强不息，迎难而上。发展，路漫漫其修远兮，吾辈需不遗余力，共克时艰。

学 无 止 境

2019年1月11日

今天，在手机上听罗大伦的《道德经》讲座，开阔了视野，加深了理解。不同的版本对《道德经》有不同的解读，不同的人对《道德经》有不同的领悟。不同的阅历有不同的理解，不同的心境有不同的启迪。虚怀若谷，常学常新。悟道人生，学无止境。

老子《道德经》中讲的道有两层含义，一是自然之道，先天地而存在，即自然规律；二是做人之道，天人合一，敬天畏人。顺应自然之道，探索成事之道。认识自然由浅入深，由此及彼；领悟自然之道，顺应自然，和谐共存。探索做人之道，奉行《道德经》精髓。天地无私而长存，四季无私而循环。做人，修炼天地之胸襟，利他而不争，有容乃大，无欲则刚。

领悟老子《道德经》的天地之道，要看淡永远，学会放下。无论何时，都不要追求永远的光环；无论何地，都不要梦想永远的名利。一切事物都处在变化之中。成败之事转头空，最终落入笑谈中。胜不可骄，无常胜将军。智者千虑，必有一失。无论成败，都不要执着于己见。不如人之时，甘于放下架子，谦虚好学，取人之长，补己之短。居人上之时，不要傲慢无礼，学会尊重人，懂得感恩。愚者千虑，必有一得。三人行必有吾师，择其善者而从之。

揣摸老子《道德经》的天地法则，天地人和，学会顺势而为。万物有灵，彼此和谐共存。无论贵贱，都是自然界中的一部分，必须遵循自然法则，因势利导，循理而行。万物有联系，学会适应，不忘感恩。履职尽责，无我而存。“三十辐，共一毂，当其无，有车之用。埏埴以为器，当其无，有器之用。凿户牖以为室，当其无，有室之用。故有之以为利，无之以为用。”不求于名利，重在履职尽责，无愧于人生。

奉行老子《道德经》的理念，恬淡无为，抑制欲望。领悟自然之道，扮演好社会角色，循自然之道而行，利国利民，做事准绳。揣摩自然法则，找准人生定位，履职尽责，利他为民，促进组织和谐发展，造福社会和同事。在履职尽责中修身，慈悲为怀，常存恻隐之心。在无为之念中悟道，人法地，无私奉献于万物生存。胸怀全局，先天下之忧而忧，后天下之乐而乐。放眼未来，甘做人梯，助人为乐，世代传承。

老子《道德经》，常读常新；自然之道，越悟越明；个人心性，越修越净。心净如水之时，人生无忧之日。“上善若水，水利万物而不争，处众人之所恶，故几于道。居善地，心善渊，与善人，言善信，政善治，事善能，动善时。夫唯不争，故无尤。”

一部《道德经》，学无止境。心存善念，慈悲为怀。领悟天道，积淀智慧。恪守人道，行善积德。起心动念，利他助人。

维持平衡

2019年1月17日

进入2019年，世界格局动荡不安，新旧矛盾交错叠加，经济运行乏力，消费欲望攀升。资源有限与欲望无尽的矛盾日益突出。旧有平衡难以为继，心理恐慌到处弥漫。

迎接新挑战，发掘文化自信。无论是老子《道德经》，还是《黄帝内经·素问》，通篇揭示一个道理：平衡。天地人和，有序运行。现实问题的根源是不平衡，国家治理以实现平衡，企业发展要注重平衡，个人成长要保持平衡。平衡是动态的，变化是永恒的，发展是有序的，资源是有限的。因势利导，营造平衡。

人体五脏六腑，保持阴阳平衡。五行相生相克，四季往复运行。阴中有阳，阳中有阴。中医治病调理气血，以达到阴阳平衡。人要顺应四时，法于阴阳，和于术数，饮食有节，起居有常，故形与神俱，而尽终其天年，度百岁乃去。健体强身，心静神宁。

人法地，地法天，天法道，道法自然。天不言自高，地不言自厚，天地生养万物。人法地，厚德载物。虚其心，实其腹。从实际出发，勿好高骛远。弱其志，强其骨。养精蓄锐，砥砺前行。不求虚名，多做实事。恬淡虚静，慎思笃行。

2019年我们的主要任务就是解决发展不平衡不充分的问题。不平衡是表象，需要剖析深层次的原因。欲望与现实不平衡，目标与能力不平衡，资源需求与有效供给不平衡，眼高手低的不平衡。凡此种种的不平衡，制约发展，影响稳定；

制约心态，影响健康；制约成长，影响进步。知己知彼，取长补短。固本强基，顺势而行。

个人保持心态平衡，家庭共享天伦。抑制欲望的冲动，实现自我追求和自身能力的平衡。员工保持心态平衡，履职尽责，做好自己，实现企业发展和个人进步的平衡。保持个人追求和企业目标的平衡，凝心聚力，共克时艰，迎接充满希望的黎明。

曲　折

2019 年 1 月 18 日

一幅额尔古纳湿地图令人神往，蜿蜒曲折的流水伸向远方，仿佛是圣洁的哈达在微风中舞动；充满动感的画面蕴含自然之道，上善若水，曲折前行。

事物的进化遵循着曲折前行的自然之道，人类的发展铭刻着曲折前行的历史轨迹。历史进程呈波浪式前进，社会形态以螺旋式上升。曲折乃自然之道，做事莫一厢情愿。

经济发展有周期，波浪式前进。社会进步有规律，螺旋式上升。新年伊始，谋篇布局要领悟自然之道，在曲折中前进，方向明确，矢志不渝。具体实施要遵循自然之道，百折不挠，毅然前行。

新年新征程。明确目标，矢志前行。遇到新问题，防止盲目乐观；克服新困难，避免畏难情绪。在解决问题中成长，前车之鉴，铭刻在心；忌华而不实，莫急躁冒进。不怕道坎坷，何惧路泥泞。沐浴风雨，领略彩虹。在克服困难中成熟，谋定而动，抓铁留痕；忌哗众取宠，勿拈轻怕重。披荆斩棘，不懈攀登。积跬步之功，至千里之行。

新年新思路。牢记曲折之道，不忘慎思笃行。遇挫折时淡然处之，坚定信心，寻求突围之路，走出艰难困境。有成绩时谨言慎行，忌骄傲自满，勿一意孤行。经验不可复制，事物都在变化之中。防患于未然，勿临渴而掘井。

新年新挑战。人生无坦途，在曲折中前进。事业无捷径，在曲折中攀登。成才无诀窍，在艰难中磨炼，在曲折中奋进。领悟自然之道，铭记曲折之理。不受一番冰霜苦，哪得梅花放清香。

展望未来，坚定信心。在曲折中成长，在艰难中奋进。天生我材必有用，长风破浪会有时。

在意风险

2019年1月21日

风险具有系统性，以系统思想分析风险具有的动态性，加强风险识别，严格风险界定，有效监控风险，筛查系统隐患。有效控制风险，及时排除隐患，确保系统安全可靠运行。安全生产如此，社会安全亦然。

中央党校举办“省部级主要领导干部坚持底线思维着力防范化解重大风险专题研讨班”，习近平总书记在开班仪式上发表重要讲话强调，深刻认识和准确把握外部环境的深刻变化和我国改革发展稳定面临的新情况新问题新挑战，坚持底线思维，增强忧患意识，提高防控能力，着力防范化解重大风险，保持经济建设持续发展和社会大局稳定，为决胜全面建成小康社会，夺取新时代中国特色社会主义伟大胜利，实现中华民族伟大复兴的中国梦提供坚强保障。习近平总书记就防范政治、意识形态、经济、科技、社会外部环境、党的建设等领域重大风险做出深刻分析，提出明确要求。

防范和控制风险，勿临渴而掘井，要防患于未然。防范和控制风险，勿口号式贯彻，要领会精髓，抓住要害。防范和控制风险，以实事求是的态度深刻解剖过去积累的隐性风险，识别风险源，界定风险性质，理性分析哪些风险容易演变成温水煮青蛙的可怕后果，深刻剖析哪些社会矛盾会被形式主义、报喜不报忧的作风所掩盖，准确判断哪些潜在风险源在不断积聚能量，一旦出现同频共振现象会造成灾难性后果。

归根到底，最大的风险是人的风险，阿谀逢迎、掩耳盗铃所累积的风险后患无穷。净化政治生态是识别危险源的前提，清除投机文化是防范风险的基本要求，实事求是是控制风险并防止升级扩大的晴雨表，畅所欲言是筛查风险源的可靠保证，官僚主义是风险失控的催化剂。

增强全民风险意识，落实风险控制责任，是有效防范风险的基础。推诿扯皮，欺上瞒下，是诱发重大风险的导火索。科学的态度和务实的作风是防范风险的必然要求。

唯道是从

2019年1月26日

今天新闻报道巴西淡水河谷的一座矿山发生尾矿坝溃坝事故，造成9人死亡，150多人失踪。这让我联想到几年前在山西运城发生的尾矿坝溃坝事故，造成200多人失踪。

作为矿业人，深知矿业安全之道。若恪守安全规程，及时查处整改隐患，事故不该发生。矿业是发掘自然资源，应遵循自然之道。唯利是图，破坏自然，势必招致报应，悲剧难避免。

几年前，西部某省某县在利益驱动下在其周围建了许多小水电站，每年效益几亿元人民币，县长沾沾自喜。然而，好景不长。由于建水电站对自然界的破坏，引发了地震、泥石流，造成了灾难性的后果。

同一个地球，同一片蓝天。我们应该敬畏自然，保护自然。天地人和，道法自然。我们应该有天地无私的胸怀，生养万物而不有，故能四季往复而长存。抑制私欲，不要无限攫取自然资源。在开发资源的同时，及时复垦土地，保护自然。不能竭泽而渔，不能肆意破坏自然。

敬畏自然之道，少私寡欲。矿业如此，人生亦然。无论做什么都离不开自然。万事有因果，不能肆意破坏自然。因果有报应，要敬畏自然之道。做人应守礼，做事应守道。天地万物，唯道是从。

静心悟道

2019年1月30日

学而不思则罔，思而不学则殆。学思悟行，无悔人生。积跬步之功，致千里之行。聚涓涓细流，成浩瀚江海。不登高山，不知天之高也；不临深溪，不知地之厚也；不闻先王之遗言，不知学问之大也。

天地人和，道法自然。思天地何以亘古长存？想四季何以往复无穷？天不言自高，地不言自厚，天地无私，养育万物，故天地长存。遵道守德，敬天爱人。

安而不忘危，存而不忘亡。勿急勿躁，急则失根，躁则失本。

人何以忧？忧钱之不足，虑财之不丰。欲壑难填，永无止境。如此忧虑，难以穷尽。常修无我之念，常怀利他之心。循道而行，其乐融融。常怀感恩之心，常存施舍之意。尊道贵德，心静神宁。常思己之不足，常存恻隐之心。退一步海阔天空，让三分风平浪静。

常言道：人无远虑，必有近忧。吾日三省吾身，悟道真知乎？行道有违乎？修德近道乎？心态平和，以正知正念行事，恪尽职守，无可忧之事，无无用之人。少私寡欲，循正觉正道前进，豁达包容，无泥泞之路，无险恶之境。心底无私天地宽，世上有路道德引。

思考以道指引，释放纠结之心。做人以德为魂，走出艰难之境。飘风不终朝，骤雨不终日。从事而道者同于道，德者同于德，失者同于失。同于德者，道亦德之；同于失者，道亦失之。尊道贵德，何忧之有？

知 善 知 恶

2019年2月25日

王阳明把其心学归纳为："无善无恶心之体，有善有恶心意动，知善知恶是良知，为善去恶是格物。"我们应该从知善知恶开始，悟自然之道，朝为善去恶方向前进，行天地正道。正心诚意修身，精益求精敬业。

王阳明悟道于心，行道于自然，成事于天地。王阳明的人生轨迹，是他领悟天道，奉行圣人之道的心路历程。王阳明恪守天之道，损有余而补不足，以少胜多平定宁王叛乱。

"天之道，犹张弓也？高者抑之，下者举之。有余者损之，不足者补之。故天之道，损有余而补不足。人之道则不然，损不足以奉有余。"

领悟《道德经》的章句，有以下启发：当我们比别人高时，把别人当人看，高者抑之。当我们比别人低时，把自己当人看，下者举之。这样做符合天道，损有余而补不足。

现实生活中，闻道者少，悟道者寡，行道者稀。人之欲则是损不足而奉有余，权钱交易，受贿者是损不足，行贿者则是奉有余。这是典型的逆天道，不是为善去恶，而是为恶去善，故不能善终。天网恢恢，疏而不漏。

前事不忘，后事之师。鉴古知今，天地人和，道法自然。做任何事，都应该知善知恶，不能见利忘义。身处高位，存恻隐之心，为善去恶，关心贫弱。

正心诚意修身，志存高远，尊天地之道，循圣人之道。修无我利他之念，洁净无善无恶之心。少私寡欲，抑制心意的冲动，防止唯利是图，避免铤而走险。心净则心静，不为欲望而搅动。秉持公正态度，知善知恶，敬畏良知。

公平是天道之核心。无我利他是实现公平的道德准绳。破坏公平，人类社会和谐的基础就坍塌。守礼义是维护公平的基本素养，知廉耻是保证公平的个人修养。唯有知善知恶，方可守礼义廉耻。唯有为善去恶，才能行忠恕孝悌。

知善知恶，个人修心的根本，社会和谐的基础。知善知恶是良知，这是做人的底线。和谐社会有赖于有良知的公民。诚信社会离不开有良知的领导。以上率下，匡正道德，重塑诚信。上行下效，知善知恶，不昧良知。

下苦功夫

2019年2月8日

台上三分钟，台下十年功。做任何事无捷径可走，静心悟道，潜心钻研，脚踏实地，百折不挠干，由表及里悟。下苦功夫，用笨办法。天道酬勤，勤能补拙。

技艺精湛的背后是刻苦练习，事业辉煌的基础是不懈努力。世上没有白吃的午餐，天上不会掉馅饼。若要不甘人后，用笨办法练，下苦功夫学。苍天不负有心人，功到自然成。若想出人头地，谦卑好学，不耻下问。一分耕耘，一分收获。

品行修养源于持之以恒的磨砺。宝剑锋从磨砺出，梅花香自苦寒来。正心诚意修身不辍，日复一日静心悟道；致知格物精进，年复一年潜心钻研。

知识素养孕育在辛勤耕耘之中，日积月累，聚沙成塔。处处留心皆学问，世事练达即文章。修身，积跬步之功，致千里之行；正心，聚涓涓细流，成浩瀚江海。为人诚信豁达，做事精益求精。

感悟无为而治

2019年2月10日

老子讲的无为而治并非不作为，而是自己主观上不刻意于名利地位的作为，但行好事，莫问前程。尽心尽力做事，常怀利他之心。正因为做事的动机在于利他无我，所以，有无为而无不为的收获，从而有引领组织、治理组织的作为，为众生做贡献。主观上为别人，客观上自己也受益。

无为而治的立足点在于利他，让众生有作为。因此，起心动念合于道，心中没有纠结，心绪没有波澜。以我为他人的心态做事，与他人不争名不争利，以自己的付出造福众生，以自己的品行感化众生。

无为而治的思想境界是天地之道。天地无私，滋养万物而不争，故天地长存。三才者天地人，人遵循天地之道，恪尽职守，少私寡欲，顺势而为。无我之念向善，常怀恻隐之心，心中纠结事日渐减少，品行修养日臻完善。

无为而治的修养非一蹴而就，需要持之以恒的修身，正心诚意，淡泊名利。举手之劳，乐于助人。放下心中的私欲，恬淡而宁静。做事为众生，不贪图虚名，不热衷私利。

无为而治并非无所事事，绝不守株待兔。无为而治是看淡财富占有，看轻物质享受，以自己的辛勤劳动造福社会，以自己的敬业忠诚改变现状，为人类社会的进步做贡献。非淡泊无以明志，非宁静无以致远。先天下之忧而忧，后天下之乐而乐。事能助人天地宽，人到无求品自高。

人 日 思

2019 年 2 月 11 日

人日，是每年农历正月初七，是古老的中国传统节日。传说女娲初创世，在造出了鸡狗猪羊牛马等动物后，于第七天造出了人，所以这一天是人类的生日。

人日，赋予历史内涵，耐人寻味。人不同于动物，在于其有思想。先人传给后世的是思想，遗子黄金宝，何如教一经。人日，思人之使命和价值，虑人之追求和担当。为天地立心，为生民立命，为往圣继绝学，为万世开太平。

人类文化的宝库，是先贤智慧的积淀，是思想灵魂的结晶。中华传统文化的精髓是忠孝，忠于国，孝于亲。父母在，不远游，游必有方。夫孝，德之本也，教之所由生也。夫孝，始于事亲，中于事君，终于立身。

追根溯源，人日，开启了人类历史的先河。先贤，奠定了文化传承的基础。人法地，地法天，天法道，道法自然。尊道贵德，人之本也；礼义廉耻，人之德也。正心诚意修身，致知格物精进。铁肩担道义，妙手著文章。

鉴古知今，任重道远。嗟乎！师道之不传也久矣，欲人之无惑也难矣！人日之思，不可不慎。人日之悟，不可不深。老子云："故失道而后德，失德而后仁，失仁而后义，失义而后礼。夫礼者，忠信之薄也，而乱之首也。”然而，视礼法为桎梏者，视礼仁义为刍狗，视道德为儿戏，失道缺德之甚，难于言状。呜呼，哀哉！

人日之悟，尊道贵德，匡世之本也。遵礼守法，治世之末也。治国安邦，悟道修德，少私寡欲，民之所欲也。治世安民，体恤贫弱，民之所盼也。民为邦本，本固邦宁。人日悟人生，道之所在，德之所从，人心所向也。是以万物尊道而贵德。

踏雪悟道

2019年2月15日

今天上午，在校园的广场上独自来回漫步，伴随着吱吱的踩雪声，脑海里浮现出红军爬雪山过草地的情景，地上本没有路，红军以大无畏的勇气踏出一条胜利之路。“更喜岷山千里雪，三军过后尽开颜。”踏雪悟道，贵在坚持。

2019年充满变数，要有危机意识，自警自省。做好自己，防患于未然。做事高标准，做人严要求。兢兢业业，精益求精。工作快半拍，掌握主动；学习更刻苦，静心悟道。

天道酬勤，勤能补拙。莫怕事艰难，脚踏实地做；不惧起点低，日积月累学。不畏世事复杂，坦诚包容。不惧业务艰难，真诚服务。不怕处境艰困，坚定心志。

要未雨绸缪，防患于未然。莫临渴掘井，防措手不及。善于透过现象看本质，不为虚幻所迷惑。脚踏实地打基础，做好迎接考验的准备。人无我有，人有我优。

忌好高骛远，防一曝十寒。降低预期，放低身段。把困难估计足，把措施考虑全，把问题研判细，把成因分析透。有备无患，主动应对。忌虚荣，防侥幸。

博采众长，完善自我。与人为善，合作共赢。心无旁骛，忌人云亦云。做事专心致志，防止心猿意马。做人诚实守信，力戒投机取巧。提振士气，凝聚人心。关心群众疾苦，了解百姓心声。同甘共苦，共克时艰。多一分体贴关怀，少一丝横眉冷目。多一分责任心，体恤贫弱。少一分盛气凌人，洁身自好。

市场低迷，人心可贵。竞争激烈，人言可畏。讷于言，敏于行。少总结经验，多思考问题。少夸赞成绩，多查找不足。少追赶时髦，多研究对策。力戒文山会海，倡导真抓实干。

踏雪悟道，道法自然。简单的事重复做，不简单；平凡的事认真做，不平凡。书读千遍，其意自见。踩雪千回，其道自现。

潜心悟道

2019年2月21日

老子《道德经》曰："天之道，利而不害；圣人之道，为而不争。"这就告诫我们，做人要尊道贵德，正心诚意。存恻隐之心，利他而不害；修无我之念，无为而不争。宽厚待人，豁达包容。有之以为利，滋生欲望；无之以为用，体现价值。

修身悟道，何以能利而不害？治事安邦，何以能为而不争？老子告诉其要诀："我有三宝，持而宝之。一曰慈，二曰俭，三曰不敢为天下先。"慈者心存善念，远祸近福；俭者寡欲养德，淡泊明志。不为天下先，上善若水，处众恶之地，聚涓涓细流，成浩瀚江海。

尊道贵德者，恪守三宝，故能成其事。逆道利己者，自我为上，必利欲熏心。铤而走险者，身陷囹圄，咎由自取。何其故？"今舍其慈，且勇；舍其俭，且广；舍其后，且先，则必死矣。"利在人先，事在人后，死之道矣。投机钻营者，似飞蛾扑火，自取灭亡。

慈爱是事业的基础，嗔恨、奢侈和贪婪乃人生之祸。启发善念，抑制奢欲。利在人后，事在人先，生之道也。仁德之人，不战而屈人之兵。仁德之将，激励士卒勇猛杀敌，所向披靡。"夫慈，以战则胜，以守则固，天将建之，如以慈垣之。"

勿以善小而不为，勿以恶小而为之。以先贤为榜样，正心诚意修身。慈悲为怀，戒除贪嗔痴。克制为戒，坚守勤慎清。清白做人，务实做事。不迁就小过，不容忍小错。恬淡宁静，守拙如初。

老子的孤寂之情

2019年2月22日

老子曰："吾言甚易知，甚易行。而人莫之能知也，莫之能行也。夫言有宗，事有君。夫唯无知也，是以不我知。知我者希，则我者贵。是以圣人被褐怀玉。”

老子之所以感叹，是因为大道唯简，无我利他。然而，众生欲望膨胀，心绪难以平静，诸事难以如愿。故天道易知而不知，天道易行而不行。唯有净心，方可少私寡欲。唯有静心，方可恬淡无为。人法地，就应该法大地的无私品行。滋养万物，不求回馈。

老子之所以感叹，因为大道有宗，不是凭空捏造，是宇宙的规律。因为诸事有君，不是随心所欲。金人三缄其口，告诫后人谨言慎行，尊道贵德。慈悲仁爱，呵护众生。

老子之所以感叹，天下人不以无知而耻，利欲至上，以自我为中心，不屑于闻道，不乐于悟道，更难以行道。正所谓百人闻道，十人悟道，一人行道。

老子之所以感叹，是人们热衷于满足于耳目之欲。“五色令人目盲，五音令人耳聋，五味令人口爽，驰骋畋猎，令人心发狂，难得之货令人行妨。”

老子之所以感叹，是因为忠言逆耳。人们爱听甜言蜜语。信言不美，美言不信。因此善者不多，言过其实者众。

两千多年后的今天，闻道者少，悟道者寡。物欲横流，行道者稀。返璞归真惑也，守拙如初难矣！

闻道者能悟道，方可寻言之宗，尊道贵德。悟道者能行道，方可尊事之君，敬天畏人。时过境迁，追名逐利躁也，恬淡宁静难矣！

刚柔相济

2019年2月24日

老子《道德经》曰：“人之生也柔弱，其死也坚强。万物草木之生也柔脆，其死也枯槁。故曰：坚强者死之徒也，柔弱者生之徒也。”

老子概括了天地自然之道的生死之门，揭示了天地人和的基本关系：以柔克刚，以弱胜强；哀兵必胜，骄兵必败。让耿直、刚毅者找到了事业艰困、人生曲折的根本原因。

耿直，既不符合自然生长之道，也不符合上之喜好。刚毅，既不具备柔弱之自然属性，也不满足上之心理预期。正可谓上以曲为美，吾以直为本，人生坎坷能怪谁呢？

人生短暂，如何才能不辱使命呢？既不能一味柔弱而逆来顺受，放弃原则；也不能执意刚直而树敌对立，遭受挫折。做人有原则，做事有底线。刚柔相济，和谐相处。既不能同流合污，也不能曲意逢迎。坚持原则性和灵活性的有机统一，在不失原则的前提下，注意办事方式，不能简单生硬；改进工作方法，不能一成不变。方式要妥帖，有利于解决问题；方法要妥当，不能激化矛盾。做人疾恶如仇，做事三思而行，以期动机和效果的有机统一。

人生多挑战，韬光养晦。引而不发，以退为进。因势利导，顺势而为。谋定而后动，悟透而后言。忌争论，戒争斗。合则两利，斗则两伤。换位思考，求同存异。

天道，以柔克刚。圣人之道，刚柔相济。敬天爱人，明德修身。

道 德 法

2019年2月28日

通览《道德经》一书，细悟老子思想，知天地之奥秘，晓天道之无私。闻道不难，悟道不易，行道维艰。天地无私，孕育万物，四季往复无穷。此乃人皆共知，然而，人则不然，言行道者众，真行道者寡。故灾害频发，悲剧频出。周而复始，哀鸿遍野，民不聊生。何故？利欲之害，贪婪之祸。

两千多年来，闻道者渐少，悟道者渐寡，行道者日稀。故天地间乱象丛生，人世间悲剧重演。老子若在天有灵，定会如此感慨："前不见古人，后不见来者，念天地之悠悠，独怆然而涕下。"

天地之道的核心是无私，无我利他。上善若水，水利万物而不争，处众人之所恶。不拒涓涓细流，故成浩瀚江海。不畏艰难，水滴石穿。

德之义在于近道，不显不彰。上德不德，是以有德。行善不为人见，积德唯有天知。图行德之名，哗众取宠者，实则无德。德之魂在于滋润心田，祛除杂念，少私寡欲。

法之本在于公平。王子犯法与庶民同罪。民为贵，社稷为重，君为轻。法之基在于教化，忌不教而诛。法之魂在于劝善，忌权大于法。法之魄在于去恶，禁胡作非为。

道德法浑然一体，社会和谐，国泰民安。修德近道，执法守德。秉公执法，弘扬道德，安居乐业。以权谋私，辱法毁德，远道近祸。依法治国，上下同心；常修无我之念，少私寡欲；滋养利他之心，善待众生。道德法相得益彰，真善美水乳交融，以慰老子在天之灵，造福天下苍生。（2019年2月28日清晨写于K264次列车上）

至诚之道

2019年3月5日

今天是毛主席题词“向雷锋同志学习”发表56周年纪念日。在雷锋身上闪耀着敬业忠诚的精神。向雷锋同志学习助人为乐的真诚，弘扬至诚之道，竭诚为人民服务。向雷锋同志学习爱憎分明的赤诚，忠于共产党，永做革命螺丝钉。

进入新时代，面对新挑战。匡正道德任重，重塑诚信道远。鉴古知今，和谐社会，贵在诚信。至诚之道，惊天地，泣鬼神。补诚信之短板，路漫漫其修远兮，吾辈需不懈努力。织诚信之网络，雾蒙蒙其难辨兮，吾辈需至诚至信。

《中庸》曰：“诚者，天之道也；诚之者，人之道也。诚者，不勉而中，不思而得，圣人也。诚之者，择善而固执之者也。博学之，审问之，慎思之，明辨之，笃行之。”

唯天下至诚，人尽其才，物尽其用。“自诚明，谓之性；自明诚，谓之教。诚则明矣，明则诚矣。”诚者，物之始终，不诚无物。是故君子诚之为贵。诚者，非自诚己而已也，所以成物也。

时代呼唤诚信，社会渴望诚信。诚信，国之基也，民之本也。诚信之路漫长，至诚之道艰难。唯有人人以诚信为本，社会才能和谐友善。换位思考，己所不欲，勿施于人。

匡正道德，重塑诚信。诚信，乃国之大计，事关民族兴衰，影响国家未来，不可不察。修诚信之德，筑诚信之路，奠诚信之基，兴诚信立业。

深思熟虑

2019年3月10日

世事纷繁，容易随大流。信息弥漫，忌人云亦云。亦真亦假难分辨，深思熟虑探究竟。言多语失，祸患难平。事多力乏，难以求精。做事莫从众，理性思考。做事莫浮躁，权衡利弊。明确目标，坚定志向，兢兢业业，任劳任怨。

天地茫茫，坚守善念。高天滚滚寒流急，守护善念。大地微微暖气吹，多做善事。心静若水，守善近道。“上善若水，水利万物而不争，处众人之所恶，故几于道。夫唯不争，故无尤。”

人生苦短，珍惜当下。莫纠结过去，莫忧愁未来。过好每一天，做好自己。静坐常思己过，知不足而精进。闲谈莫弄人非，知耻而痛改。为人子，恪守孝道；为人父，不负今生。天地人和，悟道守真。不为物欲所累，不为名利所诱。“金玉满堂，莫之能守；富贵而骄，自遗其咎。功成名遂身退，天之道。”

珍惜健康，恬淡宁静。垂钓神闲山川秀，云淡风轻碧水清。雾蒙道险荆棘生，一失足成千古恨。敬天畏人，谨言慎行。深思熟虑，做好自己。

信不足而不信

2019 年 3 月 13 日

信不足而不信的问题由来已久，有愈演愈烈之势。信不足而不信的根源在上，作为管理者应该反思，自己的言辞是否可信？下何以不信上的慷慨陈词？民为何不信官的信誓旦旦？

两千多年前，老子把管理者分为 4 个层次，统治者治理国家，最理想的状态是：人民只知道他的存在；其次，人民亲近、赞誉他；再次，人民畏惧他；最不好的是人民回过头来侮辱他。

任何组织都有管理下属的问题，不同的组织有不同的问题，但是，导致其走向衰败的根源是一致的，即信不足。信不足而不信，导致组织涣散、人心浮动，群众离心离德，领导专横跋扈，在下怒不敢言，侧目而视，侧足而立。阳奉阴违盛行，投机取巧成风。

在人际交往中，信不足而不信的苦恼日益增多。古语云：“言而无信，不知其可。”强调人应该恪守诚信，言必信，行必果。然而，现实生活中言而无信的事层出不穷，信任危机在蔓延。故有，“听其言、观其行”之说，一朝被蛇咬，十年怕井绳。信不足贻害无穷。

何以信不足？满溢也。满溢而妄语，妄语则失信。故不可自恃高明，需谨言语，莫夸海口，不虚张声势，不哗众取宠。实事求是，脚踏实地。信守诺言，一诺千金。

何以不信？诚不足也。诚不足而欺心，心不诚则意谎，意谎则言伪，言伪则善变，善变则不信。故恪守良知，诚信为本。言而有信，信而有据。正心诚意，去伪存善。净化心灵，忌言不由衷。

诚信，人之本也，国之基也。缺诚少信，人之患也，国之祸也。诚信教育，以上率下，上行下效。上梁不正下梁歪，父不诚子难信，君不诚民难信。

匡正道德，重塑诚信；路漫漫其修远兮，吾上下而求索。智不悖于道，抱朴守真；谋不害于德，守拙如初。绝急功近利之学，弃投机取巧之智。巧诈不如拙诚，奸猾不如守中。尊道贵德，返璞归真。“信不足焉，有不信焉。”

守中和

2019年3月14日

世事繁忙，人心浮躁。求急功近利之学，钻投机取巧之智。偏离道德方向，驶向自私法门。人间缺诚信，世上少和谐。

静观现状，把握准绳。尊道贵德，不忘感恩。多言数穷，不如守中。多欲惹祸，不若恬静。守中和之气，清心寡欲。守中和之道，与人为善。守中正之理，勿阿谀奉承。

忌满溢，尚虚空。水满则溢，人满则傲。满招损，谦受益。虚空是道之母。恍恍惚惚，天地混沌，蕴万物之精，藏天地之气。天不言自高，地不言自厚，孕育万物，四季往复无穷，故天地长生。

天道无亲，常与善人。做人守本分，勿急功近利。做事守规矩，勿投机取巧。踏实做事，清白做人。少私寡欲，利益众生。关爱众生，损有余而补不足，则近道矣。

天道酬勤，勤能补拙。智不悖于道，抱朴守真。谋不害于德，守拙如初。尊道，常修无我之念；贵德，常怀恻隐之心。

礼之用，和为贵。做人诚信为本，做事忍让为先。正心慈悲为怀，修身豁达包容。夫唯不争，天下莫能与之争。

恪守中庸之道，修炼中和之气，砥砺中正之德。敬天畏人，谨言慎行。处无为之事，行不言之教。

拷问良知

2019年3月16日

每年的“3·15”晚会，问题触目惊心，手段花样翻新，做法匪夷所思。闭目沉思，心绪复杂。随着高技术的发展，坑害百姓的事件技术含量在增加；为非作歹的当事人受教育程度在提高，犯罪手段更加隐蔽，防范难度不断增加。

受害者在拷问良知，谁之罪？当事人仍然逍遥法外，谁之过？今年“3·15”晚会反映的9大类问题，和往年相比，产品的质量问题已让位于高科技犯罪。当事人不乏高学历，产品不乏高技术。高学历者利用高技术产品，把善良无辜者作为捕猎对象，为所欲为。社会影响面不断扩大，危及普通人的正常生活。安全隐患，无处不在；金钱陷阱，防不胜防。

无辜者在拷问良知，谁之罪？利益链仍在延伸，谁之过？随着道德沦丧的蔓延，高科技被用于作恶的事件频发，甚至出现黑色产业链，形成带血的利益链，打着高科技的招牌招摇撞骗，披着双创的外衣为非作歹。

社会在呻吟中反思，如此泛滥谁之罪？如此猖獗谁之过？“不尚贤，使民不争。”老子强调厚德载物，抱朴守中。道德偏离良知，人性在雪崩。智慧驾驭着贪婪，灵魂在堕落。市场监督不到位，灾难无处不在。社会治理不彻底，祸患防不胜防。

善良者在无奈中沉思，人性何时复苏？罪恶何时被惩处？诛而不教，民不畏死。教而不诛，民不畏法。启蒙教化，伸张礼义廉耻四维。道德法三位一体，匡正道德，重塑诚信。智不悖于道，莫昧着良心赚钱。谋不害于德，不唯利是图坑人。

“知善知恶是良知，为善去恶是格物。”当务之急，在明明德。正心诚意修身，恪守道德法。致知格物精进，弘扬真善美。

正视懒惰

2019年3月18日

2019年的经济形势依然不乐观，就业压力不容忽视，职场的竞争会日趋激烈，无论是刚走出校门的求职者，还是工作不久的新手，都要有迎接挑战的心理准备。在勤奋工作中脱颖而出，莫因慵懒拖沓陷入迷茫。

人勤地生宝，人懒地生草。种地如此，工作亦然。一勤天下无难事，一懒世上皆挫折。走出温水煮青蛙的舒适，斩断懒惰的根源。树立无悔人生的目标，激发自立自强的动力。告别慵懒拖沓，成为自己不讨厌的人。

无论环境多么差，总有在逆境中崛起的企业。无论竞争多么激烈，总有成功的佼佼者。内因是变化的根据，外因是变化的条件，外因通过内因而起作用。当遇到困难时，多检点自身不足，少埋怨世道不公。比我们优秀的员工还加倍努力，我们习惯慵懒生活能如愿以偿吗？

天道酬勤，勤能补拙。天上不会掉馅饼，勿做白日梦。种瓜得瓜，种豆得豆。种下懒惰，收获失望。洒下汗水，收获喜悦。趁青春年少，砥砺品行，历练才干。肯于付出比别人更多的努力，珍惜眼前的一切，兢兢业业，任劳任怨。只要肯做牛，总会有田耕。

即使现在工作如愿，也不能高枕无忧。职场如逆水行舟，不进则退。人无我有，人有我优，才能基业长青。即使家境富裕，也不能满足于衣食无忧。人生的意义在于责任担当，不能沉迷于享受而自甘沉沦，甚至逐渐堕落。吾日三省吾身，我该做什么？我能做什么？如何做才不负此生？

光阴似箭，日月如梭。不在争分夺秒中奋进，就在慵懒忧虑中沉沦。时间是宝贵的财富，珍惜当下，做好自己。做有意义的事，过好每一天。上对得起父母的养育，下对得起自己的人生。不辱使命，做一个对自己负责的人，成为对家庭有贡献的人。做一个对社会有用的人，发掘自己的潜能。天道无亲，常与善人。心存善念，自强不息。洒下勤劳汗水，书写自强人生。

量力而行

2019年3月24日

做事不能冲动，量力而行。做事不可一蹴而就，要日积月累磨炼。能力不会一日飞跃，要持之以恒砥砺。能力一点一滴长进，知识一词一语积淀。勿急勿躁，稳妥行事。难事先做于易，在熟悉中掌握技巧，事半功倍。莽撞行事，事倍功半。借鉴先贤经验，量力而行不急躁，尽力而为不懈怠。

做人不能攀比，知己知彼。条条大道通罗马，不能步别人成功的后尘。成功取决于天时地利人和，扬长补短，冷静抉择。从实际出发，理性规划，统筹考虑目标和能力的匹配度，忌好高骛远。不模仿别人的思路，理性分析自己能干什么？自己该干什么？不能热衷于自己想干什么，目标和能力不匹配，欲速则不达。

做事目标不能定太高。超越现实能力和条件的允许，制定不切实际的宏伟目标，将会催生说假话的文化，容易滋生业绩泡沫。领导会飘飘然，盲人骑瞎马而不惧，半夜临深地而不知。人有多大胆地有多大产的教训沉痛，浮夸的隐忧会酿成恶果，丧失理性成长的机会，容易做夹生饭，无法以质取胜，难以精益求精。

做事有规律，不可走捷径，弯道超车会车毁人亡。做事有条件，不能一厢情愿。吾日三省吾身，我想干什么？我能干什么？我和竞争对手相比，有哪些优势？有哪些不足？唯有知己知彼，才能百战百胜。

无我利他

2019年3月25日

“这么大一个国家，责任非常重、工作非常艰巨。我将无我，不负人民。我愿意做到一个无我的状态，为中国的发展奉献自己。”这是习近平总书记对意大利众议长菲科问题的回答，赢得了国内外观众的广泛赞誉。

我将无我，不负人民。这是领袖对人民的承诺，也是履行使命的庄严宣誓，更是对全体人民的召唤。

面对当前外部环境的严峻挑战，抑制经济下行的任务艰巨，唯有在中国共产党的领导下，秉持无我利他的理念，全心全意为人民服务，才能战胜各种困难和挑战。

我将无我，不负人民。这是每个有使命感的人必须坚持的原则。在复杂多变的环境中，把集体的利益放在首位，工作才不会迷失方向，灵魂才不会被玷污，人生才不会沉沦，甚至堕落。

我将无我，不负人民。这是共产党人的本质特征。为人民谋福祉，权为民所用，利为民所谋，情为民所系。

我将无我，不负人民。这将作为新时期的进军号，召唤全体共产党人，肩负历史使命，披荆斩棘，勇往直前，为全面建成小康社会而攻坚克难。

我将无我，不负人民。这将作为有志者的座右铭。激励年轻一代敢于担当，为了祖国的繁荣富强，时刻牢记“振兴中华、抵御外侮”的使命，开辟新天地，创造新辉煌。

效　率

2019年3月27日

时间有限，事情繁杂。唯有提高办事效率，才能应对自如。做事效率高，事半功倍。反之，事倍功半。忙要忙到点子上，抓住要领，统揽全局，平稳推进。做事忌反复，忌心不在焉。做事要胸有成竹，兢兢业业。

效率源于专注。要坚守岗位，全神贯注。外界有诱惑，心动神疲。这山望着那山高，心猿意马。精神不专注，工作难精进。心中有怨言，工作难圆满。聚精会神，坚守岗位。下苦功夫，不舍昼夜。用笨办法，不辞劳苦。

效率有赖勤奋。业精于勤荒于嬉，行成于思毁于随。唯有勤奋，工作才能精进。唯有工作精进，效率才能提高。工作不出纰漏，办事少走弯路，效率自然会提高。

效率积淀于抓住重点。眉毛胡子一把抓，捡了芝麻丢了西瓜。凡事统筹兼顾，有序推进。工作有目标，任务全分解，岗位抓落实，过程有检查，检查有反馈，反馈有改进，效率在提高。抓住主要矛盾，问题就迎刃而解了。

效率的天敌是浮躁。心不能静，事不能专。敷衍了事，得过且过。办事要有标准，完成要有时限。不能迁就拖拉，不能容忍瑕疵。唯有专注，效率才能提高。唯有熟练，工作才不出纰漏。

效率召唤工匠精神。艺高人胆大，业精创奇迹。人生有限而事业无限，时间是金钱，效率是生命。有效利用有限的时间，以比别人快半拍的节奏工作。争分夺秒，敬业精进。

效率不会自然提高。功夫不负有心人，熟能生巧。下苦功夫，磨炼基本技能。庖丁解牛，游刃有余。用笨办法，砥砺浮躁品行。不企望走捷径，欲速则不达。提高工作效率，告别昏沉的加班。减少工作失误，提高办事效率。

效率决定成败。生产效率高，产品竞争力强。工作效率高，职场竞争力强。玉不琢，不成器。人不砥砺，难以成才。人不奋进，难有竞争优势。提高效率，似冰冻三尺，非一日之寒。砥砺品行，如铁杵磨针，非一蹴而就。持之以恒练，坚忍不拔学。天道酬勤，勤能补拙。

举一反三

2019年3月28日

学子从学校走向社会，往往对简单的事重复做会心生厌倦，总觉得应该做重要的事，以展示自己的才华。时间长了，工作失去热情。然而，现实遵循自然之道，做不了平凡，难以成就伟大。耐不了寂寞，难以一鸣惊人。

理想是单纯的，总想干大事。总以为能力超群，总觉得才华出众。现实是严酷的，高楼万丈平地起。打不好基础，难以筑牢事业大厦。眼高手低易出错，心猿意马难做好。

工作内容平凡，举一反三思考，在平凡中发现不平凡，找到乐趣，积淀智慧，积累经验。简单的事重复做，精益求精。枯燥的事耐心做，持之以恒。举一反三有感，触类旁通悟道。学习由浅入深，悟道由此及彼。

闻道有先后，术业有专攻。制约年轻人健康成长的是心态问题，不是机会问题。机会垂青有准备的头脑。业精于勤，行成于思。自以为是者不踏实，能力难提高。投机取巧者不扎实，知识难长进。

宝剑锋从磨砺出，梅花香自苦寒来。影响年轻人进步的是眼高手低。马云曾告诫年轻人，最大的问题是能力问题。怀才不遇者扪心自问，自己能干什么？自己该干什么？对眼下的岗位要求胜任吗？

消极思维是阻碍年轻人进步的天敌。遇事不能理性思考，埋怨环境无济于事。诚然，有些人不是靠能力升迁，靠的是各种资源。但是，这样的人能服众吗？能长久立身吗？有志于成才者，必须靠真才实学，敢于担当重任，以品行赢得信任，以能力赢得赞誉。

不要埋怨命运不济，匍匐下身子，付出比别人更多的努力。简单的事重复做，不出差错。举一反三，精益求精。苦恼改变不了现状，只能加重消沉。行动可以改变命运，枯燥的事耐心做，触类旁通，领悟精髓。天道酬勤，勤能补拙。唯有不辞劳苦，举一反三做，才可以出类拔萃。

传　承

2019年4月5日

今天是清明节，是祭祀先人的节日。祭祀，在于缅怀先人，不忘感恩；缅怀，在于激励后人，传承家风。传承，在于以身作则，启迪子孙。祭祀是正心修身的道场，净化心灵，传承家风。

中华文明源远流长，贵在传承。慎终追远，不忘祖宗。清明祭祀，贵在真诚。忠孝人生，传承家风。立德修身，正心忠诚。忠恕孝悌，勤俭精进。传承家风，身体力行。知行合一，慎思笃行。礼仪廉耻，做人准绳。

清明祭祀不忘寒食节，寒食节铭记介子推的死谏忠贞。“割肉奉君尽丹心，但愿主公常清明。柳下做鬼终不见，强似伴君作谏臣。倘若主公心有我，忆我之时常自省。臣在九泉心无愧，勤政清明复清明。”

祭祀传承忠孝文化。为臣忠于国，为人孝于家。做人牢记使命，为天地立心，为生民立命，为往圣继绝学，为万世开太平。做事敬业忠诚。抑恶扬善，弘扬正气。和睦邻里，示范子孙。

鉴之以往，思之来事。正心诚意修身，致知格物精进。文化在传承中延续，礼仪在实践中升华。与时俱进，推陈出新。坚定文化自信，丰富文化内涵。正人先正己，修身先修心。胸怀慈悲意，无我利众生。

了　烦

2019年4月8日

宇宙浩瀚，地球渺小。天地无垠，世事无常。竞争激烈，烦躁弥漫。世事繁杂，力不从心易烦；人心叵测，难以防范易烦；天地无常，难以预测易烦；出身贫寒，处境艰难易烦；环境恶劣，生存艰难易烦。何以了烦？悉学《了凡四训》，静悟了烦之道。天地人和，道法自然。

掌握立命之学，开启智慧大门。秉持“命由我作、福自己求”的理念，向犹太人学习生存之道，主宰人生命运。以色列国土面积不及北京，年降雨量不足50毫升，但其滴灌技术、海水淡化技术世界领先；科学技术发达，诺贝尔奖得主众多。唯有摆脱宿命论的桎梏，才能积功累德，才能自求福报。

虔诚改过，绝不重蹈覆辙。人无完人，孰能无过。知过则改，则近道矣。天道酬勤，勤能补拙。不为出身卑微懊恼，发奋图强。知耻而后勇，知不足而精进。见贤思齐，取人之长，补己之短。立定决心，勇于改过。改过自新，学会包容。积德行善，庇荫子孙。

恪守积善，常存恻隐之心。敬天畏人，永存善心。命由心造，抑制邪念，戒除妄语。极善之人，福德随其行善而日益增长，其命运不是定数。极恶之人，其原本可能有的福德反而随着他的作恶而日趋折损，其命运也不是定数。得意莫忘形，多行不义必自毙。失意莫消沉，留得青山在，不怕没柴烧。

坚守谦德，正心诚意修身。天道无亲，常与善人。满招损，谦受益。“抬头三尺，决有神明，趋吉避凶，断然由我。”《易经》曰：“天道亏盈而益谦，地道变盈而流谦，鬼神害盈而福谦，人道恶盈而好谦。”恪守谦德，有求必应。反之亦然，吾日三省吾身。“一切福田，不离方寸，从心而觅，感无不通。”

天人合一，道法自然。我们只要谦卑为怀，敬畏天地，效法自然，修身养性，就能够“与天地合其德，与日月合其明，与四时合其序，与鬼神合其吉凶”，从而达到“天人合一”的境界。坚信谦德之效，笃行谦恭之举，常修诚信之德。

悟透《了凡四训》，消除烦躁之忧。人一生的甘苦顺逆，怨天尤人是徒劳无益的，要躬身反省，是否自己造作不善，是否自己缺少谦德，是否自己文过饰非，是否自己积极进取。

春寒之悟

2019年4月29日

悟道于天地，领悟其自然。是春不觉春，乍暖还寒。是道不觉道，乍悟还迷。春回大地寒渐退，道满人间暖自来。

天地人和，道法自然。春寒虽刺骨，嫩芽暗处生。人间虽有苦，常遇恻隐心。莫言春寒深，垂柳嫩芽生。真可谓“离离原上草，一岁一枯荣。野火烧不尽，春风吹又生。”不经受春寒，难沐浴春风。不经历迷茫，难悟透真谛。

没有春寒的逆袭，难以领悟自然。没有人间的悲欢，难以顿悟因果。当你春风得意时，切记会有倒春寒。当你沐浴春风时，不忘会有雨雪霜。唯有坦然面对现实，才能领悟自然。人有悲欢离合，月有阴晴圆缺。

春寒警示我们，多一分防范，就少一分寒意。凡事预则立，不预则废。抱最好的希望，做最坏的准备。人生多风雨，不会一帆风顺。世事多磨难，不能一蹴而就。多一分警觉，少一分侥幸。多一分历练，少一分虚幻。唯有不畏严寒，才能迎来明媚春光。唯有不惧苦难，才能涅槃重生。

春寒是天地之象，是自然对人类活动的反馈。唯有遵循自然规律，才能领悟春寒之意。唯有做好人类之事，才能驾驭人生之舟。

有备无患

2019年5月19日

近日，美国为了封杀华为，动用了国家进入紧急状态的特殊手段，举世惊愕不已，都为华为的正常经营捏了一把汗。

当人们为超级大国霸凌一个中国企业而义愤填膺时，华为子公司海思的总经理何庭波致员工的一封信，引发了国人的深度思考，对“有备无患”一词有了刻骨铭心的记忆。要未雨而绸缪，勿临渴而掘井。

2004年当华为在美国的经营遇到干扰时，华为决定成立海思子公司，潜心钻研，自力更生开发芯片，以备危急时用，默默地开发“备胎”。2012年，任正非在公司大会上讲，我们花几百亿美元研发“备胎”，即使用不上，也比受制于人时损失数千亿美元要好。任正非的远见卓识和忧患意识令人钦佩。

当美国挥舞大棒扼杀华为之时，华为海思子公司的“备胎”一夜之间转正，有效应对了美国的突然袭击。这件事告诫善良的中国人，要未雨而绸缪，勿临渴而掘井。要有忧患意识，勿心存侥幸。要居安思危，防患于未然。要居危思变，临危而不乱。

国虽大，好战必亡。天下虽安，忘战必危。美国对中国的贸易战，是司马昭之心路人皆知，善良的同胞们应该丢掉幻想。

与时俱进

2019年5月21日

知识更新，眼花缭乱。社会变化，日新月异。置身其中需更新知识，终身学习。谦卑放下，不耻下问。争分夺秒，与时俱进。理性思考，正视变化。积极应对，顺应变化。潜心付出，适应变化。迎接挑战，趋利避害。

面对变化，埋怨无济于事。面对失败，诅咒无力自救。面对逆境，逃避无法生存。摔倒了站起来，揩干血迹继续前行。受骗了擦亮眼睛，放弃幻想自力更生。遇到困难主动应对，改变现状立足自身。

面对挑战，考验自信。面对分化，考验灵魂。面对诱惑，考验本能。面对深夜的黑暗莫恐惧，坚信会出现希望的黎明。人法地，地法天，天法道，道法自然。天道无亲，常与善人。天道酬勤，勤能补拙。

面对冲击，思维更新。面对竞争，格局提升。培养哲学思考能力，防止亦步亦趋爬行。理性分析现状，深入了解国情。理性应对冲击，冷静解决问题。不怕起点低，就怕不知底。知耻而后勇，知不足而精进。凝心聚力，众志成城。

汲取传统文化营养，勿妄自菲薄，重拾民族自信。回眸舶来进退得失，勿怨恨丛生，不忘自力更生。以不懈的努力应对挑战，凝心聚力，注入民族自信。以坚忍不拔的意志，卧薪尝胆，传承中华文化的基因。以持之以恒的学习，务实创新，迎接中华民族的伟大复兴。

华为的启迪

2019年5月23日

近日，任正非答记者问的内容广为流传，牵动着每个关心华为命运人的心。洋洋洒洒两万余字，回答了记者的四十多个问题。华为不引入社会资本的原因是为理想而奋斗，不是为金钱而奋斗。

任正非的这句话道出了华为发展成长的真谛。华为面对发展过程中的各种困难和挑战，能够忍辱负重，渡过一个又一个难关，开辟一个又一个国外市场，其秘诀就是为理想而奋斗。

有志者，事竟成，破釜沉舟，百二秦关终属楚；苦心人，天不负，卧薪尝胆，三千越甲可吞吴。面对美国的追杀和剿灭，华为能理智冷静应对，没有煽动民粹。他们的头脑很清醒，唯有把自己的事情做好，才能立于不败之地。华为能有今天的成就，不忘感恩合作者，这是难能可贵的谦卑。华为在成绩面前没有沾沾自喜，知道短板和不足。华为在美国的围剿面前没有退缩，因为有理想的信念在支承。华为的一切举措和行动，就是实现造福人类和社会的理想。

读完任正非答记者问全文，我受到很大启迪。企业不一定都是以效益为理想，在赚取利润的同时，不忘初心，为理想而奋斗。人各有志，成败全在自己。正所谓“立志而圣则圣矣，立志而贤则贤矣。”

在未来的岁月里，竞争更加激烈，我们应该以华为为榜样，为理想而奋斗。“青春虚度无所成，白首衔悲亦何及。”民族工业的发展遇到前所未有的挑战。未来的道路更加坎坷，未来的形势更加严峻。只要精神不滑坡，办法总比困难多。“道阻且长，行则将至。”

唤醒文化基因

2019年5月28日

看了太原十二中语文老师赵旭的演讲视频，心灵深处引起了强烈共鸣。师者，传道授业解惑，唤醒文化基因，滋润民族文化的土壤，传承中华文化的灵魂。曾几何时，教学为了高考分数和升学率，而不是传道授业解惑，更不是教书育人。教学围着应试转，学生围着答题转；答题寻规律，押题凭经验。如此教学，知识让位于技巧，文化游离于课堂。教书不育人，有知识没文化。

英语培训师董仲蠡在课堂兴致勃勃讲英语翻译技巧时，遭到女生当场质疑：“你讲这玩意儿有啥用？能提分吗？”老师无言以对。呜呼，哀哉！这是在传道授业！

令人欣喜的是高考改革初见端倪，国学引起重视，文化重回课堂。风雅颂、赋比兴不再是填空的要点，变成了学子吮吸诗歌养分的原野。诗词大会渲染了文化的魅力，全民参与唤醒了文化基因。

唤醒文化基因，核心在教育，尊师重教是前提；基础在家庭，在家长的耳濡目染；关键在学校，在教师的言传身教；保障在社会，弘扬优秀传统文化。国家盛衰，匹夫有责。有“为天地立心，为生民立命”的使命感，有“为往圣继绝学，为万世开太平”的责任意识。尊师重教，蔚然成风。

文化基因是融入血液的乡愁。游子魂牵梦绕的是家乡泥土的清香和夕阳西下的袅袅炊烟，白岩松的“长大、回家”唤醒草原儿女的乡愁，饱含草原文化的基因。不管走多远，无论在干啥，回眸出发地热血沸腾，坚定了披荆斩棘的信心，激发了驾驭人生的热情。风雨人生，叶落归根。

唤醒文化基因，坚定文化自信。中华民族历经磨难而不屈不挠，底蕴在于担当使命的意志。人生自古谁无死，留取丹心照汗青。根基在于浴血奋战的精神。头可断，血可流，人生信仰不可丢。情怀在于深深的爱国心，王师北定中原日，家祭无忘告乃翁。

唤醒文化基因，坚定民族自信。丰富文化内涵，不忘吐故纳新。铭记文化传承，把握文脉基因。艰苦奋斗，自力更生。借鉴世界文明，兼收并蓄，推陈出新，中华民族屹立于世界民族之林。海内存知己，天涯若比邻。

唤醒文化基因，任重道远。弘扬优秀文化，激浊扬清。道阻且长，行则将至。莫畏难，积跬步之功。不怕苦，聚涓涓细流。百花齐放，百家争鸣。

兼容并包

2019年6月3日

霸权大国，倒行逆施，张牙舞爪，欺世霸凌。全球贸易保护主义日渐升温，互设壁垒，刀光剑影。山雨欲来风满楼，树欲静而风不止。丢掉幻想，振作精神。

回眸人类社会进步的轨迹，文明互鉴，开放包容。博采众长，合作共赢。唯有以积极的心态看世界，多一些赞美，多一分赏识；才能以自信的心态看自己，多一分耕耘，多一分肯定。

不论多强大，好战必亡。不管多先进，傲慢必崩。国家不分大小，要互相尊重。文化有差异，学会尊重。敬人者，人恒敬之。文化需交流，坦诚沟通。换位思考，理解苦衷。文化，在传承中彰显文明；文明，在互鉴中熠熠生辉。文化璀璨，文明永恒。天地之大，学会包容。唯有兼收并蓄，才能在竞争中生存；唯有文明互鉴，才能在合作中共赢。

有比较才能鉴别，有竞争才见短板。正视差距，奋起直追。激发破釜沉舟之势，坚定卧薪尝胆之志。不怕一时处于落后，就怕沾沾自喜不知落后。

知耻而后勇，知不足而精进。三人行，必有吾师焉，择其善者而从之，其不善者而改之。国际交往，必有吾可学者焉，兼收并蓄，博采众长。

面对挑战，我自岿然不动。在文明互鉴中学会尊重，在围追堵截中学会生存，在卧薪尝胆中学会竞争。人无我有，人有我优。不忘初心，担当使命。找准差距，抓铁留痕。弥补短板，踏石留印。

锤炼韧劲

2019年6月8日

2019年是极其不平凡的一年，国际局势动荡，大国霸权横行；经济运行乏力，关税壁垒丛生。脱贫攻坚任重，防范风险雾浓。内生动力不足，外忧四处冰封。企业不容乐观，个人心急如焚。

进入五月，端午节掀开五毒日，高考事搅动家长心。面对不平凡的五月，勿急勿躁，需要理性因应。生活中难事多，需要韧性。工作中难题多，需要韧劲。愈挫愈勇，百折不挠。人生不如意事十之八九，唯有锤炼韧劲，方能走出低谷，迎来曙光。

大环境暂无起色，需要在逆境中坚挺，考验内生的韧恒。大格局难以改变，需要在夹缝中生存，锤炼拼搏的韧劲。大市场难以恢复，需要在开拓中创新，检验突围的功能。大变局难以说清，防患于未然，自卫的警钟长鸣。

山雨欲来风满楼，波涛汹涌暗礁频。运筹帷幄多险阻，前程布满阴云。挑战此起彼伏，难以速战速胜。坚定心志，磨炼韧恒。决胜千里多坎坷，道路遍地泥泞。前行步履维艰，防止摔倒掉入陷阱。卧薪尝胆，砥砺韧劲。

己亥不平凡，五月多风雨。霸凌行为随时有，硝烟四起雾蒙蒙。这注定是一个多事之年。居安思危，临危不乱；居危思变，锤炼韧劲。抱最好的希望，做最坏的打算。有备无患，处变不惊。

适　应

2019年6月25日

进入夏天高温期，需要适应。适应天气闷热，静心工作。进入市场疲软期，需要适应。适应激烈竞争，静心做事。进入国际非理性角逐期，需要适应。适应越谈越难，淡定增强信心。适者生存，东山再起。学会蛰伏，积蓄力量。

在困难面前寻机遇，锲而不舍。把自己的事做好，守道修德，积跬步之功，至千里之行。在挑战面前找突破，坚忍不拔。把自己的业务做精。人无我有，人有我优。聚涓涓细流，成浩瀚江海。

适应国际非理性竞争。以眼还眼，不怕大国霸凌；以牙还牙，重拳回击，保护自身。丢掉幻想，准备斗争。慧眼识圈套，谨防掉陷阱。保卫领土主权，捍卫正义公平。韬光养晦补短板，如履薄冰堵漏洞。卧薪尝胆志不渝，防微杜渐避陷阱。

适应竞争，敢于拼搏。不要把希望寄托在别人身上，打铁必须自身硬。不要哗众取宠自欺欺人，冷静面对差距，认真弥补短板，虚心学习，奋起直追。抑制投机取巧的陋习，培养百折不挠的意志。

适应艰难，学会生存。营造人尽其才的氛围，铲除依附权贵的土壤。净化社会生态，洗涤世俗污垢。弘扬传统美德，塑造诚信文化。求真务实，刹住造假之风。匡正道德，重塑诚信。唯有生存，才能发展。不怕天气闷热，挥汗如雨，积极进取。不怕竞争无情，尊道贵德，恪守诚信。不怕大国霸凌，人若犯我，我必犯人。为人民谋幸福，汇聚中华民族的智慧。为民族谋复兴，筑牢御敌的钢铁长城。

持久的经济战
——读《美国陷阱》引发的思考
2019年7月4日

在美国独立日之际，我刚好读完《美国陷阱》一书，对作者弗雷德里克·皮耶鲁齐的不幸遭遇深表同情，对美国倡导的所谓“普世价值”深表怀疑。赤裸裸的强盗逻辑令人发指，道貌岸然的肮脏交易让人作呕，无视人权的行径罄竹难书，滥用司法武器的敲诈肆无忌惮。

正如密特朗在总统任期快结束时，曾对乔治-马克·本阿姆说的一段具有前瞻性的话：“法国还浑然不知——但我们已经与美国开战了，是的，这是一场持久的、至关重要的战争，一场经济战，一场表面上没有伤亡，却生死攸关的战争。”

身心受到严重摧残的作者在书的尾声中呐喊：“我们不能上当受骗。不管谁当美国总统，无论他是民主党人还是共和党人，华盛顿都会维护少数工业巨头的利益……”

法国经济情报院院长阿兰·朱耶在后记中的评论入木三分：“面对这样一套倚仗军事实力、司法武器和信息技术的帝国主义逻辑，其他国家没有反抗的余地：要么屈服，要么合作，要么消失。面对美国的这种行径，我们必须放弃幻想，着眼现实。对此，法国政府和欧洲其他国家的政府居然毫无反抗手段，这正常吗？难道我们已经变得如此弱小？忍辱负重、退缩不前难道是我们的唯一出路。”

他山之石，可以攻玉。回顾去年以来美国滥用司法武器、粗暴践踏人权、围剿打压中国企业、出尔反尔讹诈的丑恶行径，和《美国陷阱》中所描述的卑劣伎俩如出一辙。欲加之罪何患无辞，指鹿为马，到处霸凌，敲诈勒索，无所不用其极。善良的人们应该丢掉幻想，准备战斗，打一场经济持久战。

勿 忘 国 耻
2019年7月7日

82年前的卢沟桥事变，倭寇铁蹄践踏京城。是可忍，孰不可忍？岁月流逝，不能冲淡国耻；安不忘危，倭寇亡我之心不死。不忘国耻，对敌人不能大发善心。做好自己，筑起抵御外侵的钢铁长城。

晚清的屈辱，教训沉痛。闭关锁国，夜郎自大。三元里抗英，不知国难即将降临。京城沦陷，方知清朝丧尽民心。一盘散沙，麻木不仁。离心离德，国难深重。

民国军阀割据，民不聊生。“九一八”事变，不抵抗令人痛心。国民党攘外安内，致使东北沉沦。民族败类，处处钻营。丧尽人格国格，山河破碎哀鸣。倭寇蓄谋已久，铁蹄踏破宛平城大门。国破冤魂遍地，不抵抗南京遭屠城。烧杀掠抢，侮辱奸淫。血流成河，30 万同胞丧生。国耻蒙羞，国难深重；冤魂蒙羞，何时能雪洗正名？

14 年的浴血奋战，抗日持久战的代价沉重。82 年的岁月流逝，冲淡了民族灾难的记忆。70 年的两岸分治，无法治愈民族苦难的伤痕。大国霸凌的怂恿，加深民族隔阂的裂痕。

天下虽安，忘战必危。大国围剿，血雨腥风。做好自己，坚定自信。卧薪尝胆，众志成城。忘记过去意味着背叛，勿忘国耻，警钟长鸣。

适应时令

2019 年 7 月 22 日

时值中伏，适应时令，谨记禁忌。听智者言，少吃亏；向贤者学，少犯错。年少任性，忌空调直吹。身强体壮，忌吃冷饮。病从口入，祸从口出。谨言慎行，防患于未然。

暑天炎热，身体不适，需自我调理。工作繁杂，应接不暇，要自我调理。疏通气血，身体自适应。疏通心气，工作自适应。在调理中适应，在适应中进步。

天人合一，道法自然。顺应四时，耦合天地。黎明即起勤耕耘，即昏便息少熬夜。天热易渴忌寒凉，烦躁易怒忌多言。

适应时令，调理心境。天热易烦练心静，阴雨易恼修心净。心静自然凉，阴雨莫彷徨。天有春夏秋冬，人有喜怒哀乐。月有明晴圆缺，人有悲欢离合。

适应时令，顺应环境。酷暑难耐易烦，磨炼忍耐力。阴雨绵绵抑郁，磨炼包容心。天地人和，道法自然。包容酷暑，阳光照耀大地。包容阴雨，雨露滋润万物。

信　　念

2019年8月2日

做任何事都要有信念。只要有使命担当精神，就可以由小到大，由弱到强。解放军的成长史是一面镜子，以其为镜可以正心志，明使命。解放军92年的成长发展史诠释了信念的意义与价值，是解放军成长与发展的动力源泉。崇高的理想和坚定的信念使其变得坚不可摧，势不可挡。

南昌起义的信念在于救亡图存，向反动派打响抗争的第一枪。星星之火几经熄灭之考验，从井冈山到瑞金，在围剿中求生存。历经磨难初心不改，星星之火，可以燎原。长征浴血奋战的信念在于唤醒民众，解放劳苦大众。形势险恶，在围追堵截中迂回；斗争残酷，在浴血奋战中前进。血染湘江，初心不改。巧渡乌江，牢记使命。飞夺泸定桥，惊天地；强渡大渡河，泣鬼神。抗日战争的信念在于消灭倭寇，雪洗耻辱。“九一八”惨案，引狼入室。卢沟桥事变，山河沦陷。攘外不抵抗，南京屠城。不屈不挠的中华民族，坚定不移的革命信念，一致抗日，浴血奋战。14年艰苦卓绝的抗日战争，写下了可歌可泣的历史史诗。军民团结如一人，试看天下谁能敌。

新时代的任务艰巨，新征程的使命光荣。抵御列强、决胜小康的信念在于为人民谋幸福、为民族谋复兴。92年的经验告诉我们，唯有信念坚定，才能战胜前进路上的一切困难。唯有关心群众的切身利益，才能不忘初心。

传　　承

2019年8月3日

传承，顾名思义，承前启后，继往开来，弘扬精髓，发扬光大。文化和家风在耳濡目染中传承，作为社会和家庭的一员，肩负使命，做好自己，弘扬文化，传承家风。

家庭是社会的细胞，宗族是血缘的载体。家族在文化和家风传承中有举足轻重的作用。尊老爱幼，关心孤寡，和睦邻里，和谐相处。家和万事兴，寒门生贵子，白屋出公卿。

传承文化，慎思笃行。弘扬民族美德，常修仁义礼智信。传承做人灵魂，常思温良恭俭让。尊道贵德，正心诚意修身，忌奸猾邪佞。诚信为本，致知格物精进，忌虚言妄语。

传承家风，以身作则。淡泊以明志，宁静以致远。志当存高远，趣应避邪庸。忠孝人生，慎终追远。勤俭持家，耕读继世。勤劳致富，坦荡为人。黎明即起，切忌慵懒。

国家存亡，匹夫有责。家族盛衰，责无旁贷。传承文化，生当作人杰，死亦为鬼雄。忌苟且偷安，防奢靡堕落。传承家风，做人守本分，做事敢担当。忠恕孝悌，身体力行。

积　　累

2019年8月4日

宇宙浩瀚，大地无穷。天道奥妙，认知艰难。认知宇宙，适应自然。领悟天道，指引人生。积淀点滴认知，积累人生智慧。天人合一，道法自然。顺势而为，乘势而行。

身居天地间，接触大自然。从刀耕火种之知，到茹毛饮血之识。日积月累，认知升华。日有所思，夜有所悟，凝练为语言，升华为智慧。聚涓涓细流之认知，成指导人生之灯塔。

认知自然，从一点一滴开始；适应环境，从一触一碰启迪。积淀智慧，非一日之功，修炼品行，非一日之寒。人生之旅，非一蹴而就。路漫漫其修远兮，吾将上下而求索。

学思悟行不辍，积累知识不止。顺应四季轮回之序，领悟昼夜更替之理。珍惜正心修身之机，领悟得失成败之理。慎思笃行，砥砺品行。忠恕孝悌，敬天畏人。

积累知识，乃长期点滴之功，非一曝十寒之行。积淀智慧，乃心智砥砺之迹，非一蹴而就之功。修炼无止境，在磨难中领悟虚空。慈悲无怨恨，在包容中享受今生。

钻　研

2019年8月5日

认识世界是为了适应环境，掌握知识是为了主宰命运。干一行，爱一行。业精于勤，刻苦钻研。行成于思，集思广益。做事知其然，更要知其所以然。做人懂礼义，更要守诚信。

钻研要循序渐进，水滴石穿。钻研要借鉴经验，他山之石，可以攻玉。钻研不怕苦，遇挫折时不气馁。钻研要静心，遇诱惑时不动摇。钻研要目标明确，思路清晰，行动务实，工作扎实。

玉不琢，不成器。人不学，不知义。学习须趁早，钻研要发奋。少壮不努力，老大徒伤悲。少而好学，如日出之阳；壮而好学，如日中之光；老而好学，如秉烛之明。

闻道有先后，术业有专攻。三人行必有我师。择其善者而从之，其不善者而改之。专攻术业，敏而好学，不耻下问；有头悬梁锥刺股之志，无哗众取宠之意；戒浮躁，贵有恒。

贴近现实

2019年8月28日

人人都有理想，但并非人人都能如愿。自强不息，知行合一。凡事要知其所以然，不能一知半解。人非圣贤，孰能无惑。敏而好学，不耻下问。贴近现实，领悟道理。日积月累，提升技能。人无我有，人有我优。追求理想，不能好高骛远，要脚踏实地。超越别人，不能一厢情愿，要知己知彼。志存高远在修身，贴近现实在虚心。三人行，必有吾师焉，择其善者而从之，其不善者而改之。

贴近现实，需放下架子；向有经验的人虚心学习，向有知识的人认真请教。闻道有先后，术业有专攻。道之所存，师之所存焉。甘当小学生，悟道贵在恒。贴近现实，需要了解别人；知己知彼，才能百战百胜。个人追求，不能超越现实可能，不能超越自身能力所及；贴近现实，目标适中。战胜对手，不能忽视环境的约束，不能低估对手的能力。贴近现实，要凝心聚力，忌心猿意马。不怕起点低，就怕一曝十寒。有志者事竟成，破釜沉舟，百二秦关终属楚；苦心人天不负，卧薪尝胆，三千越甲可吞吴。贴近现实，要实事求是；忌哗众取宠，勿盲目冒进。运筹于帷幄之中，知己知彼，精心谋划。决胜于千里之外，攻坚克难，一鼓作气。

天地人和，道法自然。现实是最好的老师，勿怨天尤人，要静心反思：目标切合实际乎？个人能力胜任乎？行为合法合规乎？贴近现实，领悟自然之道，积跬步之功；积淀智慧，把握人生机遇，聚涓涓细流。

春华秋实

2019年9月1日

春生夏长，秋收冬藏。金色的秋天展示春夏的成果。珍惜过去的付出，做好当下的事情。道法自然，天道酬勤。不受一番冰霜苦，哪得梅花放清香。

种豆得豆，种瓜得瓜。没有辛勤付出，哪有丰硕回报。种地如此，耕耘人生亦然。人误地一时，地误人一年。人误书一时，书误人一生。莫怨机遇少，常思过患多。

读书须趁早，莫等闲白了少年头，空悲切。少而好学，如日出之阳；壮而好学，如日中之光；老而好学，如秉烛之明。不负春光，辛勤耕耘。挥洒汗水，不辱使命。敢于担当，书写人生。

天上不会掉馅饼，白日莫做黄粱梦。一分耕耘，一分收获。莫怨人生苦，苦尽甘自来。莫愁寂寞长，心净无忧伤。淡泊以明志，头悬梁，锥刺股。宁静以致远，积跬步之功，聚涓涓细流。

世事无常，不惧挫伤。天地有常，常与善人。辛勤耕耘不怕苦，仁义慈悲源流长。辛勤播下仁慈的种子，挥汗浇灌希望的未来。与人为善，不忘感恩。春华秋实，因果不虚。尊道贵德，敬天畏人。

春华秋实有因缘，做好自己，莫问前程。清心寡欲多行善事，卧薪尝胆砥砺品行。珍惜金秋时光，不弃芝麻，不忘西瓜。珍惜人生机遇，不嫌位卑，莫怕事难。

秋 之 悟

2019年9月2日

人生一世，草木一秋。春华秋实，靠辛勤耕耘。天地人和，道法自然。秋风扫落叶，叶落终究归根。秋的美景转化成果实，人的汗水凝结为智慧。唯有付出，才有收获。珍惜秋收之果，做好冬藏之事。天道酬勤，乐在其中。

秋承前启后，接力春夏，奔向冬藏。金秋耀眼，只回报勤劳者的付出，无所事事者依旧彷徨。秋风凄凉，专敲打懒惰者的心房，喜获硕果者冬日安康。春生夏长，秋收冬藏。拼搏人生，不怕忧伤。

秋因人而异，勤俭者欢欣，慵懒者忧伤。同是秋天，心境不同，感悟就不同。同是人生，付出不同，收获就不同。唯有春夏辛勤付出，金秋才有收获的喜悦。唯有青春拼搏进取，晚年才有幸福向往。

命运掌握在自己手中。不负春光者，挥汗定乾坤，劈波志飞扬，尽情享受秋高气爽。虚度时光者，手中无粮，四处游荡，充满秋风扫落叶的恐慌。无我利他者，慈悲仁爱，和谐吉祥，到处都有秋波之光。

宜陵之行

2019年9月7日

告别宜陵（宜昌），踏上返京的旅程。此行的见闻，一幕幕浮现在眼前；脑海的记忆，随着思绪在涌动，穿越时空……

宜昌古名宜陵。“水至此而宜，山至此而陵。”宜陵由此得名。长江从此向上，依次进入西陵峡、巫峡、瞿塘峡，水流湍急，山势陡峭。自古之天堑，如今变通途。

炎黄子孙，传承华夏文明。农耕文化，刀耕火种，源远根深。追溯炎黄之迹，感恩神农先人。神农尝百草，恩德泽后人。祭祀人文始祖，告慰先贤英灵。

走近神农架，敬仰油然而生。驻足神农小屋，不忘炎帝之功。人人有居所，免受风吹雨淋。神农谷蒙着神秘的面纱，平时薄雾缭绕，偶尔露出真容。站在华中屋脊神农顶眺望，楚国大地人杰地灵，仿佛听到古战场的厮杀声，炎黄开疆拓土，共筑华夏文明。

神农架大九湖湿地公园，承载着炎帝熬制中药、医治百姓的美好传说。当年，炎帝熬制中药的九口大锅，感动天地，化为九个大湖，点缀人间。云间湿地，天上九湖。蓝天白云，绿草如茵。大九湖素有“高山盆地”和“天然草场”之美称。自然风光旖旎，如诗如画，美轮美奂，仿佛人间仙境。

长江三峡，有丰富的历史记忆；秭归故里，承载了故人对屈原的思念，忧国不畏死，忠谏激励后人；乡溪河畔，寄予了故人对王昭君的期盼，和睦相处，民族团结……

触摸历史积淀，三国故事耐人寻味。历史变迁，记忆永恒；三国争雄，智慧的较量，战力的比拼。关羽败走麦城，孙权火烧连营。诸葛亮出师未捷身先死。巴山蜀水凄凉地，刘备病死白帝城。人心向背，魏蜀吴归晋。

长江三峡，有文化信仰的传承，忠肝义胆，浴血献身。深入三峡人家，体验民俗文化，品尝当地美食，深切感受到巴楚文化水乳交融，世代传承。

观三峡水利枢纽，感受到了时代的脉动。毛主席的诗情画意，描绘出宏伟蓝图；中华儿女攻坚克难，把宏伟蓝图变成历史丰碑，彪炳史册。“切断巫山云雨，高峡出平湖。神女应无恙，当今世界殊。”

政通人和，国泰民安。三峡库区的移民，统筹兼顾。整体搬迁，民生为先；工程浩大，精心实施；点插式移民，体察民情；设身处地，温暖人心。三峡工程，乃惠民工程，民心所向，舍小家为大家，告别故土，安居乐业。

巴楚大地，人杰地灵。宜陵之行，刻骨铭心。景色秀美，环境宜人。社会和谐，经济繁荣。

尊师重教

2019年9月10日

教师节象征着尊师重教，在此，向天下的教师致以崇高的敬意！尊师重教是民族的灵魂，形成尊师重教的氛围尚需时日。尊师重教应有仪式感，但是，更重要的是灵魂深处的尊师重教。

“古之学者必有师。师者，传道授业解惑也。人非生而知之者，孰能无惑？惑而不从师，其为惑也，终不解矣。”

师者，学为人师，有理想信念，有道德情操，有扎实知识，有仁爱之心。师者，行为世范，为党育人，为国育才，以德施教，立德树人，刻苦钻研，教学相长，尊重宽容，严爱相济。

尊师，是全社会的大事，事关国家人才成长，影响个人品行修养，不可不察。不尊师的民族不会有未来，不尊师的个人不会有希望。尊师，不是挂在嘴上，不是贴在墙上，而是落实在行动上。取信于民，尊师于事。

重教，反映社会价值取向，影响国家竞争能力。重教，不在说什么，重在做什么？公平竞争，择优录取，是重教的试金石。劣币淘汰良币，任人唯亲，是瓦解重教基础的蛀虫。

尊师重教，影响青少年的价值观，左右年轻人的人生观。追星成风，娱乐着迷，断送人生前程，葬送青年未来。尊师重教，影响国家的创新能力，左右社会的发展后劲，事关国家存亡和民族振兴，国之大事，不可不察。

团 圆 悟

2019年9月13日

“月有阴晴圆缺，人有悲欢离合，此事古难全。”珍惜中秋团圆，静对人间别离。世事无常，顺其自然。做好自己，常怀利他之心，常修无我之意。

国家强盛是团圆的基石。“国破山河在，城春草木深。感时花溅泪，恨别鸟惊心。”战争导致民不聊生，家破人亡。因此，我们应该珍惜和平，感恩国家的强盛，感谢守卫边防的战士。国家盛衰，匹夫有责。做好自己，仰不愧于天，俯不怍于地。

作为普通人，履职尽责，做好自己，让国家日益强盛，增强团圆基石，稳固江山社稷。尽一己之力，为国家发展贡献力量，为国家和平履职尽责，为国家繁荣添砖加瓦，为国家团圆呕心沥血。

忠孝仁爱是家庭团圆的保证。家庭和睦是团圆的基础。懒惰和自私是家庭和睦的天敌。修身养性，克服懒惰。正心诚意，抑制私心。恪守忠孝之道，则家庭和睦。常怀仁爱之心，则事业昌盛。家和睦，奠定团圆之基；业昌盛，拓展团圆之路。

家庭是社会的细胞。唯有家庭和睦，社会才能稳定。唯有安居乐业，社会的凝聚力才能增强。团圆促进和谐，和谐营造稳定，稳定促进发展。团圆乃国之大事，促进和谐，推动发展，保持稳定。

享受团圆之乐，静悟人生之责。对家庭负责是和谐的基石，无我利他是家庭团圆的保证。人非圣贤，孰能无过？坦诚交流，豁达包容。常修戒定慧，熄灭无明火。常怀恻隐之心，共筑团圆之基石。

大学教育的思考

2019年9月17日

围绕国家“创新、协调、绿色、开放、共享”新发展理念，思考大学办学的宗旨和教育特点，大学教育应该抓住教学、科研、学生成长、教师队伍建设和后勤保障五个方面，统筹推进，协调发展。

这五者互为表里，相互促进，不可偏废。教学有特色，专业有特长，体现学校的办学特点；科研有前瞻，项目攻关有成果，推广应用有成效，体现学校的整体优势；学生品学兼优，自强不息，知行合一，体现蓬勃向上的精神风貌；教师学为人师，行为世范，体现齐家治国平天下的道德情操；后勤保障有余，安居乐业有为，体现和谐安康的敬业精神。

党的领导，围绕学校五位一体的建设，整体推进，有序实施，因材施教，对症下药。教书育人，塑造灵魂。言传身教，传道授业解惑。启蒙悟道，博采众长。净化心灵，净化环境。

抓住教学的关键环节，教学相长，提高教学质量，巩固教学效果，培养自强不息、知行合一、用户满意的有用人才。

抓住科研的薄弱环节，固本强基。科研促进创新发展，培养引领前沿、拓展应用、报效祖国的创新型人才。

抓住学生成长的规律，因势利导，循序渐进；培养独立思考、有思想、有理想、能担当的耕读继世人才。

抓住教师队伍建设的灵魂，教书育人，为人师表；学为人师，行为世范；培养塑造人类灵魂的工程师和雕塑家。

抓住后勤保障的基础，巩固办学成果，消除后顾之忧，追求安居乐业，营造和谐共处的氛围和丰衣足食的乐园。

国家之间的竞争是人才的竞争。大学教育，关系国家创新发展能力，影响民族振兴的实力。大学教育，影响国民素质的提高，左右国家的核心竞争能力。大学教育，国之大事，不可不察。

成功密码

2019年9月20日

新中国70年发展进步的内在逻辑是：中国道路是成功密码，科学理论是行动指南，改革开放是关键一招，人民群众是力量源泉，党的领导是根本保证。

新中国70年取得如此辉煌成就，不是偶然的。在过去100多年的艰难曲折探寻中，志士仁人抛头颅洒热血，终于找到了中国的发展道路。1840~1949年，中华民族在黑暗深渊中探索了100多年，中国人民在英勇的抗争中奋斗了100多年。在中国共产党的领导下，中国人民推翻了帝国主义、封建主义、官僚资本主义"三座大山"的压迫，赢得民族独立和人民解放，彻底扭转了中华民族近代以来不断衰乱的命运，迎来了中华民族持续走向繁荣富强的光明前景。

中国特色社会主义道路是在马克思主义科学社会主义理论指引下不断探索找到的，是马克思主义基本原理同中国具体实际和时代特征相结合的成果；在中国特色社会主义思想的指引下，中国革命、建设和改革才取得一次次胜利，伟大事业不断推向前进。

改革开放给党和国家发展注入新的活力，给事业前进增添强大动力，党和人民的事业在不断深化改革中波浪式向前推进。

人民是历史的真正创造者，是共和国的坚实根基，是我们党执政的坚强后盾。人民群众的实践和智慧，推动革命和建设不断向前发展，并取得重大胜利。

中国共产党的领导，是中国繁荣昌盛的根本保证，是中华民族伟大复兴的航船，中国人民安居乐业的灯塔。没有共产党就没有新中国；没有共产党就没有新中国70年的辉煌成就。

深　　秋

2019年9月26日

深秋，晴空万里，天高云淡，校园里的树叶渐渐变了，一天一个样，树林呈现五彩斑斓的景色，点缀着校园，装饰着秋天……

天地万物遵循自然规律，无怨无悔地生长着，变化着，周而复始，野火烧不尽，春风吹又生。树木，春天吐出嫩芽，夏天枝繁叶茂，秋天叶渐黄，随风飘零，叶落归根……

树木道法自然，树叶一岁一枯荣。树木总是周而复始地吐出嫩芽，枝繁叶茂地生长；秋天，树叶的颜色渐变，叶枯凋零，随风而去。

树木，无论是点缀在大道旁，还是生长在偏僻的地方，无论是点缀着院落，还是坚守在原野，它总是默默地生长着，变化着颜色，美化着山河大地，无一丝怨言，无一毫嫉恨，无一点惆怅，无一滴炫耀……

望着窗外渐渐变黄的树叶，领悟天地人和，道法自然。人又何尝不是这样呢？童年天真烂漫，青年风华正茂，壮年驰骋疆场，暮年悠然于天地之间，陶醉于自然之中。

然而，人不同于树木，对这种自然变化似乎有点不适应。从叱咤风云到安享晚年，有几丝失落，有几毫牵挂。正因为如此，则添了几分闲愁，多了几丝苦恼，多了几分哀叹！

人生一世，草木一秋。无须自恋，无须哀叹！在生命周期的每个节点做好自己，顺其自然；像树木一样，春天吐出嫩芽，夏天枝繁叶茂，秋天五彩斑斓，装点人间，叶落归根，无怨无悔。

升　旗

2019 年 9 月 30 日

每当听到雄壮的国歌旋律，看到冉冉升起的五星红旗，心潮澎湃，热血沸腾……

升旗，是庄严的宣誓。1949 年 10 月 1 日，五星红旗在天安门城楼升起，高高飘扬。毛主席向全世界庄严宣告：“中华人民共和国成立了，中国人民从此站起来了！”

升旗，是神圣的召唤。1999 年 10 月 1 日，我在首钢秘鲁铁矿，组织中秘双方管理人员参加升旗仪式，庄严的旋律是神圣的召唤：“我们万众一心，冒着敌人的炮火前进！”右手抚在胸前，心中注入了拯救秘铁于艰难之中的活力，胸中燃起了报效祖国的激情，坚定了战胜困难的信心。

升旗，是无形的激励。运动健儿在国际赛场拼搏，为的是升起五星红旗。为国争光的动力源于升旗的一刹那。人生能有几回搏？平时刻苦训练，比赛竭尽全力，就是期盼升旗仪式上听到激昂的国歌旋律，心中吹响奋进的号角，把我们的血肉筑成新的长城。

升旗的瞬间，穿越时空，仿佛听到战士冲锋的号角，仿佛看到阵地上升起了红旗，冲锋陷阵的子弟兵欢呼，我们胜利了。升旗的片刻，激情在涌动，热血在沸腾，为国争光视死如归，奉献青春义无反顾。

升旗瞬间有一种使命感。为了边陲的五星红旗高高飘扬，做好自己，保卫祖国。为了民族复兴，心中升起五星红旗。坚定信念。中华民族屹立于世界之林，引领世界潮流，构建人类命运共同体。坚守岗位。居安思危，居危思变，临危不乱，誓死捍卫祖国的大好河山。

信任与履职

2019年10月3日

俗语云："士为知己者死，女为悦己者容。"说的就是信任的力量。某事能否做好，取决于当事人能否感觉到足够的信任。信任与履职之间存在微妙关系。

国庆受阅方阵将士们的精彩动作和精神风貌，反映了他们受到组织高度信任所激发出的活力，所展示的内心世界和精神风貌。当他们经过天门城楼时，情不自禁，热泪盈眶。这就是信任的力量。

在日常工作中，领导如果能对下属有足够的信任，这个部门的工作就做得好，下属的工作热情就高，潜能发挥得就充分，深入基层就能听到下属的心声。反之，你对下属不信任，下属的工作就不会积极，事事等领导下指导棋，工作处处被动，任务难免拖延。

信任不是停留在口头上，信任发自内心，让下属有切身感受，在行动中有具体感悟。信任是心灵的契合，此时无声胜有声，一个眼神，一个轻抚，让下属的心里感到暖意，甚至会热血沸腾。唯有对下属充分信任，工作才能干得出类拔萃。

信任不是一蹴而就的尝试，需要在工作中慢慢积淀。信任不是表现在一次演讲中，而是体现在具体行动上，感知在心灵深处。信任是一种无形的力量，攻无不克，战无不胜。信任是履职尽责的起码要求，没有充分的信任，下属难以履职尽责。信任是对履职的无声承诺，履职是对信任的慷慨回报。

融　合

2019 年 10 月 4 日

新中国成立 70 年取得的辉煌成就，源于 56 个民族在中国共产党领导下融合为建设社会主义的巨大力量，心往一处想，劲往一处使，这是中国特色社会主义的成功密码。

融合在于民族大团结，取长补短，互相尊重。各民族彼此理解，互相包容。各民族彼此谅解，荣辱与共。一方有难，八方支援。凝心聚力，共同建设美好的明天。接力新长征，续写新辉煌。

融合体现了国家的发展战略。统筹兼顾，协调发展，因地制宜，一切从实际出发，精准扶贫。围绕“创新、协调、绿色、开放、共享”的发展理念，各地区各部门做好自己的事情，汇聚成社会主义建设洪流，为新时期的脱贫攻坚注入新的活力。

融合是和谐社会的基因。尊重不同民族的习俗，借鉴不同文化的优点，丰富和发展中国传统文化。坚持“百花齐放、百家争鸣”的文艺方针，在中国特色社会主义思想指引下，繁荣传统文化。坚定文化自信，弘扬中华民族的优良传统，与时俱进，继往开来。

融合是推动人类命运共同体建设的内在力量。社会和谐促进民族融合，民族融合推动社会进步。56 个民族像石榴籽一样紧紧抱在一起，形成坚不可摧的民族凝聚力，共同应对新时期的挑战，共同开创新时代的事业。积跬步之功，至千里之行。聚涓涓细流，成浩瀚江海。借鉴人类文明，融合进步力量，构建人类命运共同体。

沉　淀

2019 年 10 月 6 日

金秋十月，五彩缤纷。天上人间，充满欢乐。相聚欢歌笑语，言谈激情洋溢。凡事皆有度，适可而止。万物皆有数，道法自然。喜极而泣，乐极生悲。文武之道，一张一弛。思想活跃需沉淀，情绪高亢需沉静。

人间因利诱多而浮躁，天下因世事多而烦躁，生活因苦恼多而狂躁。遇事要思考，人生需积淀。走出浮躁，积淀智慧。生活要知足，安居乐业。摆脱烦躁，理性思考。处世要谦恭，诚信豁达。谨防狂躁，冷静自律。沉淀思想，未雨绸缪。积淀智慧，决胜千里。

沉淀思想，客观看待事物，勿偏激。一叶障目，不见泰山。积淀智慧，理性处理问题，勿冲动。一言既出，驷马难追。控制情绪，冷静化解矛盾，勿任性。一招不慎，满盘皆输。抑制欲望，理智对待名利，勿贪婪。一失足成千古恨。

沉淀知识，深化认知。去粗取精，去伪存真。忌一知半解而夸夸其谈，要深钻细研而水滴石穿。忌哗众取宠而自鸣得意，要脚踏实地而水到渠成。忌刚愎自用而一意孤行，要海纳百川而豁达包容。忌心浮气躁而好为人师，吾日三省吾身，择善而从。

沉淀情绪，冷静判断。人贵有自知之明，静坐常思己过，闲谈莫弄人非。悟成败之道，寻得失之理。控制情绪，理性应对。事遵循自然之道，忌盲人骑瞎马而不知，勿半夜临深地而不觉。鉴古而知今，谨言而慎行，勿重蹈覆辙。沉淀情绪，不敷衍；沉淀思想，不浮躁；沉淀智慧，莫浮夸。

顺应变化

2019年10月8日

天地运行，阴阳平衡。四季往复，周而复始。寒露到，天渐凉，不忘及时加衣裳。天下乱象，市场多变，牢记及时捕捉信息。唯有自我完善，才能适应变化。唯有积极主动，才能提高应对能力。物竞天择，适者生存。敏而好学，提高分辨是非能力。

天地万物都在变化，没有万能灵丹妙药适应一切变化。只有在适应变化中探索，才能在顺应变化中发展。一切怨天尤人的言行都无济于事，一切逆潮流而动的举动都难以如愿，呼天天不灵，叫地地不应，终将以失败告终。

人，不能沉浸在过去的光环之中，不能陶醉在过去的赞扬声中。唯有知己知彼，顺应变化，才能立于不败之地。命运掌握在自己手中，幸福都是奋斗出来的。生活的道路就在脚下，踏平坎坷，迎来事业的黎明。

知天知地，方可安居乐业。知己知彼，才能百战不殆。人法地，地法天，天法道，道法自然。顺应变化，首先，要知晓变化及其本质特征；其次，判断其发展趋势；再次，运筹于帷幄之中，制定适应变化的方案；最后，采取顺应变化的举措。切忌背道而驰，要未雨而绸缪，勿临渴而掘井。

积淀知识，增强分辨是非的能力。积累经验，提高应对突发事件的能力。明辨是非是顺应变化的前提。随机应变是捕捉机会的关键。潜心钻研，可以提高明辨是非的敏感性，可以增强判断曲直的能力。及时沉思和总结，以发现规律，找出变化趋势，因势利导而事半功倍。

知识与经验是人成熟不可或缺的两个重要方面。没有知识积淀容易鲁莽行事，没有经验积累容易轻信上当。虚心好学，不耻下问，聚知识的涓涓细流，成学问的浩瀚江海。深入思考，鉴之以往，积累点滴智慧，拓展未来事业。

何以长久

2019 年 10 月 9 日

有些人事业昙花一现，有的人事业经久不衰。欲成大事者，达其道，明其理；否则，欲速则不达。古往今来，做事先做人，做人守本分。谁若如此，事业一定兴隆。反之，机关算尽，误了前程。前事不忘，后事之师，鉴古知今，诚信做人。

天行健，君子以自强不息。地势坤，君子以厚德载物。做人，追求“立德、立言、立功”的境界，正心诚意修身，致知格物精进；做人，勿急功近利而曲意逢迎，勿投其所好而出卖灵魂。

德不配位，必有灾殃。积德虽无人见，行善自有天知；人为善，福虽未至，祸已远离；人为恶，祸虽未至，福已远离。天地有常，因果不虚。做人有道，道法自然。

种瓜得瓜，种豆得豆。没有无缘无故的机缘，机遇垂青有准备的头脑。莫怨世道不公，经常检点自身：“为人谋而不忠乎？与朋友交而不信乎？传不习乎？”

静坐常思己过，闲谈莫弄人非。常怀利他之心，事业就顺畅，人缘关系就好，办事就顺遂；常修无我之念，心中怨恨就少，心中纠结就少，心情自然舒畅。非淡泊无以明志，非宁静无以致远。

人生是一次接力，接好棒，跑好今生这一棒。但行好事，莫问前程。业精于勤，行成于思。积跬步之功，至千里之行。聚涓涓细流，成浩瀚江海。

平衡之悟

2019年10月10日

天地五行，阴阳平衡。相生相克，互相制约，互相促进。平衡是天地之道，保持平衡是健康之道。人体健康得益于天地人和，相对处于自然平衡。内伤七情，外感六因，打破人体平衡就会生病。身心不平衡，气血不通。心态不平衡，诸病皆来。养身之道，贵在平衡。

养身贵在养心，身心平衡难在心理平衡。人有七情六欲，难以称心如意。欲望无穷，得陇望蜀。稍有失落，怒火中烧。为了满足一己私欲，便会铤而走险，不择手段，甚至，会玩火自焚。唯有心静，才能坦然面对得失，顺其自然。唯有心理平衡，不会陷入嗔恨之中。

人们习惯于医病，忽视了医心。心病难医该早医，关注亚健康状况。养生重在预防，心理疏导，调理情志。治病重在治未病，把消极心态平息于萌芽之中。保持心理平衡是身心健康的关键。要想心理平衡，必须看淡得失，一切顺其自然。

医心贵在修身，医病贵在养性。修身要正心诚意，养性须恬淡包容。换位思考是医心良药，慎思笃行是养性妙方。心病尚需心药医，解铃还须系铃人。放下嗔恨，言归于好，可医治心病裂痕。看淡得失，不再纠结，可走出心病苦海。

世事无常，变幻莫测，修心无止境。人生短暂，珍惜今天，修心莫迟疑。“鸟在笼中，恨关羽不能张飞，人活世上，要八戒更需悟空。”人可青史留名，不能带走家财万贯。遗子黄金宝，何如教一经。慈悲为怀，智慧做人。天地人和，身心怡然。心态平衡，幸福安康。

境界

2019年10月15日

鉴往知今，中国共产党从一大的13位代表到第一个中华苏维埃共和国成立，从第5次反围剿失败到中华人民共和国成立，从3年恢复国民经济到“两弹一星”的上天，彰显了信仰的力量。相反，国民党从南京被屠城到宜昌失守，从三大战役失败到退守台湾，从反攻大陆失败到被民进党追杀，暴露了内部的隐忧。

古往今来，得民心者得天下，失民心者失天下。一个政党的信仰坐标如果偏离了民心，境界就会扭曲走样，格局就会变形缩小，事业就会功亏一篑。反之，一个政党信仰坐标围绕民心，境界就高，格局就大，事业就会成功。星星之火，终于成燎原之势，摧枯拉朽，凤凰涅槃。

信仰决定境界，境界描绘格局，格局决定成败。政党如此，个人亦然。邓稼先追求父亲叮嘱的“三不朽”，成为中国的原子弹奠基者，功勋卓著，名垂青史。若追求名利地位，金钱至上，势必唯利是图，投机钻营，迟早会走到人民的反面而被历史唾弃。

作为普通人，无论你的事业顺利与否，都该明确信仰坐标，校正人生方向和追求。中国古代有“正心诚意修身，齐家治国平天下”的信仰坐标，以规范人生行为，指引人生事业。知识分子的境界是“为天地立心，为生民立命，为往圣继绝学，为万世开太平”，其格局是“达则兼济天下，穷则独善其身”。

过去40年的开放，东西方文化交融，不同价值观渗透，拜金主义盛行，出现了信仰危机。有些人陷入了彷徨，忘记了初心，调整了信仰坐标，热衷于弯道超车而不择手段，得意于权钱交易而大肆挥霍。从此，境界扭曲了，格局缩小了，陷入囹圄世界，一失足成千古恨。

列宁说过：“忘记过去，意味着背叛。”人生短暂，若想事业成功，校准信仰的坐标，保持志存高远的境界，常修无我利他的格局。慈悲为怀，淡泊以明志。积淀智慧，宁静以致远。在“立德、立言、立功”的道路上前行，积跬步之功。但行好事，莫问前程。

难忘的日子

2019年10月15日

1964年10月16日下午3时，中国的第一颗原子弹爆炸成功，举国欢腾，举世瞩目。这一天的到来是如此艰难，我们常人是难以想象的。

在第一颗原子弹爆炸成功55周年之际，电视连续剧《五星红旗迎风飘扬》为我们还原了这一天到来的历史轨迹。

这一天的到来是如此艰难。不仅因为我们是白手起家，而且还受到苏联撕毁合同的致命打击。中苏关系恶化，1959年6月苏联宣布撤走所有专家，中苏合作开发原子弹的工作停止，合作计划被扼杀在萌芽之中。从此，中国提出了“596工程”计划，自强不息，以雪耻辱，以扬国威，以振国魂。

这一天的到来是如此艰难。不仅因为原子弹理论模型建立的艰难，还因为各项实验的曲折。既缺科研基础，又缺物质基础。既缺经济基础，又缺实验设施。既缺核资源，又缺核原料。一切工作都要从零开始，工作举步维艰。

这一天的到来是如此艰难。不仅美蒋不惜一切代价破坏我们的核设施，而且美苏签订协议，试图扼杀中国的核试验。美蒋的高空侦察机多次深入我国核试验基地，侦察原子弹研制的进展现状，美蒋利用欧洲间谍以专家身份窥探原子弹的核心机密。中国人民以难以置信的手段几次摧毁美蒋的尖端侦察机，长了人民的志气，灭了敌人的气焰，使蒋介石的“虎啸”“龙腾”计划落空。

天下并不太平，树欲静而风不止。国家兴亡，匹夫有责。忘记过去容易，记住艰难更难。在庆祝新中国成立70周年辉煌成就的日子里，不能忘记今天的成就来之不易，不能忘记为此奋斗甚至献出生命的科学家和科研工作者，不能忘记在新长征接力中的历史使命。为中国人民谋幸福任重道远，要脚踏实地，积跬步之功，至千里之行。为中华民族谋复兴风狂雨骤，要凝心聚力，聚涓涓细流，成浩瀚江海。

难忘的日子唤醒了难忘的记忆，坚强的民族孕育了坚强的儿女。历经磨难初心不改，为构建人类命运共同体劈波斩浪，为振兴中华民族乘胜前进！

融会贯通

2019年10月24日

今年开展的“不忘初心、牢记使命”主题教育活动，让共产党员重温历史，增强危机感和使命感。最近播放的《延安颂》《东方》《五星红旗迎风飘扬》《换了人间》4部电视连续剧，告诉我们今天的幸福来之不易，无数先烈为此奉献了生命，他们的高尚品格是中国人民的楷模。

我们不能忘记过去，更不能忘记英雄，他们是我们学习的榜样；我们不能忘记初心，更不能忘记先锋，他们是中华民族的脊梁。开展主题教育，重温历史是最好的辅导，面对现实是最响的警钟。重温历史与面对现实要融会贯通。

开展主题教育，学习重要讲话与重温历史要融会贯通。理论与实际结合，历史与现实交融，才能准确理解“创新、协调、绿色、开放、共享”发展战略，增强使命感。“为中国人民谋幸福、为中华民族谋复兴”任重道远，需要14亿中国人凝心聚力，共克时艰。

如何走出周期率？以取得新时代伟大斗争的胜利。如何保证执行能力不断提升？以应对风云变幻的世界局势。如何保证革命队伍的纯洁性？保证权力牢牢掌握在人民手中，防止“和平演变”的阴谋得逞。

这是摆在我们面前的严峻课题，需要冷静思考，审慎应对，不能有半点马虎，更不能掉以轻心；否则，新时期的伟大斗争会功亏一篑，甚至前功尽弃。开展主题教育活动，增加忧患意识，自信与自律融会贯通。

通过主题教育活动，结合自己的本职工作，增强危机感和责任意识，准确理解历史使命，时刻不忘自己的初心。

领悟老子言

2019年10月25日

老子给孔子的临别赠言耐人寻味，既道出了自己的观点，又不是言辞犀利。这可谓多言数穷，不如守中。

老子曰：“吾闻富贵者送人以财，仁人者送人以言。吾不能富贵，窃仁人之号，送子以言。‘聪明深察而近于死者，好议人者也。博闻广大危其身者，发人之恶者也。为人子者毋以有己，为人臣者毋以有己。”

短短3句话，明确表达了老子处弱、无为的主张。聪明深察勿议人，静坐常思己过，闲谈莫弄人非；博闻广大莫揭人之恶，见贤思齐，见不贤而反思；想当忠臣孝子，常修无我之念，常怀利他之心。这就是老子的忠告，多言数穷，不如守中。

老子之所以这样提示孔子，与其对社会的深层认知有关。孔子主张如何做社会才能有秩序，提倡仁义礼智信，期盼温良恭俭让。老子则入木三分地指出，问题在于政治生态恶化，污染源不断扩散，应该正本清源。

老子曰：“大道废，有仁义；智慧出，有大伪；六亲不和，有慈孝；国家昏乱，有忠臣。”他认为应该从源头上找答案：“绝圣弃智，民利百倍。绝仁弃义，民复孝慈。绝巧弃利，盗贼无有。”这就是返璞归真的思路，从根本上杜绝奸巧投机。

孔子提倡仁义礼智信，以道德仁义掩盖了社会问题的实质和根源。正如老百姓所言，社会提倡什么，就缺什么；之所以缺，不是简单的供求矛盾，有其人性深层次的原因：贪欲。欲壑难填，灾难无穷。

天地人和，道法自然。逆向思维，即可发现问题的根源。“失道而后德，失德而后仁，失仁而后义，失义而后礼。”这和孔子克己复礼的主张有异曲同工之妙，抱朴守真，回归自然。

果断执行

2019年11月12日

任何组织，执行力和执行效率是生命线。作为建设公司，果断执行是项目盈利的根本保证。再好的项目，如果项目在实施过程中拖延，就会突破成本，延误时间而延长工期；迫于业主赶工期，势必有安全和质量隐患。

在实施项目时，再好的方案，不能按节点进度实施，预期的利润都会付之东流。实施方案要果断执行，忌瞻前顾后。再好的方案，执行拖延都会功亏一篑。拖延是成功的大敌，果断执行是成功的先导。

实施项目是一个系统工程，决策过程亦然。决策前应理性思考，决策时要缜密论证，执行时要雷厉风行。没有理性的思考，决策的基础不扎实，有盲点，有漏洞；没有缜密的论证，决策的方案不严密，有偏好，有误区；没有果断的执行，行动慢半拍就失去主动。若是观望，形势会出现逆转；若是拖延，项目就会陷入绝境。

果断执行是个人素养，是在长期磨砺中养成的习惯，是职场取胜的法宝。谁有果断执行的作风，谁就能培养出雷厉风行的团队，谁就可以倡导形成敢于担当的企业文化。

好多项目的失败不是方案不好，而是由于执行过程的拖拉，无法保证节点进度，难以控制项目成本，势必突破投资预算，项目建成之日，就是运营亏损之时。

项目管理的要素众多，但基本围绕投资、质量、安全和进度在推进。如果没有果断执行，任何的拖拉都会拖延进度；拖延进度会埋下赶工期的隐患；迫于赶工期的压力，组织突击施工又会出现安全和质量问题，从而影响进度，突破投资和工期。这是业主最大的忌讳，也是项目部亏损的死穴。一个合格的项目经理必须具有果断执行能力。

谋定而后动

2019 年 11 月 15 日

天下多风雨，人生多隐忧，职场多变幻，压力自然生。未雨而绸缪，举轻若重；谋定而后动，应对自如。忍辱而负重，卧薪尝胆。人争一口气，佛争一炉香。自强不息，知行合一。

岁月多坎坷，道路多曲折，仕途多迷雾，纠结自然生。正心诚意修身，正人先正己。致知格物精进，做事敢担当。非淡泊无以明志，清心寡欲。非宁静无以致远，抱朴守真。

人生多风雨，逆境多磨难，事业多曲折，畏惧自然生。非恒久无以成功，水滴石穿，砥砺心志不辍。非磨难无以成才，矢志不渝，积跬步之功不止。非勤学无以致知，夜以继日，聚涓涓细流不停。

凡事预则立，不预则废。谋定而后动，挡得住诱惑，耐得住寂寞，义无反顾，勇往直前。深思而熟虑，知己知彼，不打无准备之仗，扬长避短，占据主动。

谋定而后动，要有定力，无急功近利之心，有运筹帷幄之道。谋定而后动，要有耐力，无仓促应对之虞，有卧薪尝胆之志。谋定而后动，要有实力，无哗众取宠之嫌，有踏石留印之功。道阻且长，行则将至。

全神贯注

2019 年 11 月 17 日

最近，看乒乓球比赛，对专注的理解更深了。无论你多优秀，如果不专注于比赛，就会被对手逆转。无论你领先多少，稍有松懈就会崩盘。体育比赛赢在专注，人球合一，浑然一体，全神贯注于每个球，一丝不苟对待每个细节，一分一分咬，一拍一拍坚持。只要精神不垮，一切皆有可能。这就是竞技体育的魅力，赢在专注。

体育比赛如此，人间其他事情亦然。不论天资多么聪颖，不专注难以成大事，不专心难以成大家。无论做什么，都要专注；无论学什么，都要专心。心无旁骛，一丝不苟。持之以恒，水滴石穿。

人生如逆水行舟，不进则退。无论多难，都不能畏惧；无论多苦，都不能退缩。专注于难题，可以走出山重水复疑无路的困惑，就能迎来柳暗花明又一村的胜景。专注于困难，就会发现解决困难的途径，天无绝人之路；就能找到解决困难的办法，世上无难事，只要肯登攀。

人都有理想，都在憧憬未来。谁能专注于理想，一丝不苟学，脚踏实地做；谁就有望登上巅峰，会当凌绝顶，一览众山小。反之，理想宏伟而朝秦暮楚，天资聪颖而心猿意马，很难如愿以偿，总会与成功擦肩而过。

天赋有差异，自己无法改变。做事能专注，可以改变命运。出生有贵贱，自己无法改变。敬业惊天地，可以创造辉煌。岗位有高低，适应才能称职。努力无止境，付出定有回报。专注于自己能改变的事，人生无憾。欣然接受自己不能改变的一切，人生无忧。

眼　界

2019年11月18日

信息化技术日新月异，商业模式花样翻新，虚拟货币出现，区块链成为热搜。大数据的神奇，云计算的玄妙，让人眼花缭乱。面对变化，深切感受到知识贫乏，眼界不够开阔，有落伍的感觉。

活到老学到老，路漫漫其修远兮，吾将上下而求索。适应新发展，了解新变化，学习新知识，应对新挑战。在21世纪初，只满足于了解数字经济的概念；今天，真实感受到数字经济的潜力；如果再不与时俱进学，就会沦为新时代的文盲，有一种与世隔绝的感觉，仿佛是刘姥姥进了大观园。

信息化技术催生的人工智能正在改变世界，在潜移默化中改变了我们的生活。机器人正在向人的岗位进军，未来就业面临新的挑战。这一切要求我们学习新知识，开阔眼界以适应变化了的生活环境。

随着人工智能的升级换代，人们会面临新的挑战。人工智能便捷高效的作业，使传统的劳动密集型行业竞争更加激烈，机器人与人争岗位的日子越来越近。社会就业与便捷高效之间会出现矛盾，甚至会诱发社会问题。

科学发展推动社会进步，客观上要求我们提高科学素养，适应变化了的环境，主动融入社会，增长知识，开阔眼界。要未雨绸缪，勿临渴掘井。

眼界影响境界，境界影响格局。唯有勤奋学习，知行合一，才能拓宽眼界。唯有正心诚意修炼，才能升华人生境界。

资　　源

2019年11月20日

在大学学习采矿专业，对自然资源情有独钟，深知资源的形成过程漫长；人类应该珍惜它，爱护它。自然资源具有稀缺性，诸如我国的稀土资源，应该有效利用，合理开发，保证国家的资源安全。开发自然资源应该循序渐进，保护生态环境，达到天地人和、和谐发展的状态；切忌乱采乱挖，急功近利，破坏资源，破坏环境。

从事企业管理后，对资源有了进一步的认识。社会资源是另一种特殊资源，也需要时间的积淀才能形成。因此，我们应该珍惜稀缺的社会资源，用心呵护，聚点滴社会资源成人生的宝藏。

自然资源的形成是经历了漫长的地壳和岩浆运动，高温热液富集，最终富集为可工业开采的有价值资源；有的再经历长期海相沉积和风化变质过程。自然资源是大自然对人类的恩赐。开发自然资源应遵循自然规律，要保护性开发，不能杀鸡取卵。

社会资源的形成也需时日。社会资源具有传承性，不同生活背景的人，一出生对社会资源的占有是不均衡的。因此，不同的人利用社会资源的机会不同，有的人资源丰沛，人脉广；有的人资源稀缺，路子窄。社会资源是稀缺的，不可能人人平等占有。社会资源有时是转化的，需要悉心呵护，有效利用。自己的社会资源需要自己开发。

要想改变自己的命运，除了努力工作学习外，还要及时检点在自己努力的过程中，是否积淀了社会资源，是否拓宽了人脉。社会资源的开发比努力学习工作更难，要取信于人，形成良好的口碑，赢得别人的尊重和信赖。诚信是积累社会资源的基础，言而无信，不知其可。社会资源稀缺，用心呵护；滴水之恩当涌泉相报。社会资源稀缺，悉心开发；常怀利他之心，常修无我之念。社会资源稀缺，以心换心；救人以危难之时，修身于奋进之中。

考　验

2019 年 12 月 1 日

今年冬天的第一场雪飘飘洒洒，净化了空气。千里冰封，万里雪飘，好一派北国风光。然而，雪天路滑，出行面临巨大考验。雪后道路结冰，出行艰难，对驾驶员是严峻考验。严冬对人们的起居出行是严峻考验，可怜身上衣正单，心忧炭贱愿天寒。

国际环境的严冬胜过自然严冬，更加残酷。美国乱港暴行弥漫，处处都有美国干预中国内政的粗暴野蛮行径。是可忍，孰不可忍？这是对 14 亿中国人的严峻考验。国际环境严冬的持续时间会更长，威胁更大，考验更严酷，我们应有充分的心理准备。

大国博弈日趋激烈，地区矛盾日益突出。企业的国际化遇到严峻考验。贸易保护主义泛滥，遏制中国的手段无所不用其极，莫须有的罪名频出。“一带一路”建设困难重重，国际合作经常节外生枝，甚至，有的出尔反尔。

岁末年初，考验无处不在，困难无时不有。现实考验适应能力和竞争能力。要想生存和发展，就要挺身而出，战斗到底，不能逆来顺受，更不能束手待毙。

考验来临时无法回避，必须正面应对。信息化技术对普通人是现实的考验，给我们提出了更高要求，要与时俱进学习新知识，应对新挑战。时不我待，虚心学习。锤炼意志，应对考验。

在中华民族伟大复兴的征程上，还会有新的考验。因此，我们要树立渡过难关的信心，锤炼意志品质，坦然面对各种考验，从容应对各种挑战，兵来将挡，水来土掩。14 亿中国人凝心聚力，共度时艰。

适应格局变化

2019 年 12 月 3 日

世界格局在不断变化，利益集团分化在不断加剧，旧的平衡被打破，新的平衡尚未建立。主导未来非一国之力，和平共处非一厢情愿。山雨欲来风满楼，树欲静而风不止。

2019年注定是多事之年，社会在变，必须学会顺应，外圆内方，保持本色。2020年必然是艰难之年，环境在变，必须学会适应，扬长避短，争取主动。物竞天择，适者生存。在适应中变化，提高应变能力；在适应中坚定，恪守原则底线；在适应中融合，取长补短，争取主动。

风云变幻，似雾里看花，局势捉摸不透。沧海横流，见风使舵，方显英雄本色。局势不会风平浪静，要未雨而绸缪，勿临渴而掘井。运筹于帷幄之中，决胜于千里之外。任凭风浪起，稳坐钓鱼台。筑好防范风险的大堤，劈开疏解洪流的通道。因势利导，顺势而为。暖民心，顺民意。真脱贫，重实绩。防范金融风险，清除蛀虫余孽。

天地人和，道法自然。辞旧迎新，适应挑战。认识自然，学会生存。顺应自然，和谐共存。临危不惧，处变不惊。适应低增长，旨在高质量运行。适应低消费，旨在节约资源能源，保护环境，珍惜健康。适应低速度，旨在平稳可持续发展。戒急功近利，防急躁冒进。全面协调，科学发展。

法治贵在人品修炼

——宪法日的思考

2019年12月4日

今天是国家宪法日，重温宪法，增强法治观念，增强敬畏意识。回顾过去，一些知法犯法者身居高位，以权弄法者盛气凌人，何也?

以权弄法者不是没有法治意识，而是权大于法的观念根深蒂固。究其原因，并非简单的理想信念丧失，而是品行修养的缺失；并非放松学习之故，而是投机取巧的习性使然。

纪念国家宪法日，既要增强法治观念，更要注重品行修炼。既要总结成功经验，更要汲取沉痛教训。在强调依法治国的同时，不能忽视干部的人品修炼。没有炉火纯青的人品，难以担当依法治国的大任。

古有“正心诚意修身，齐家治国平天下”的训诫，修身重在修德悟道。人品修炼是具体的过程，始于家庭教养，中于学校教育，终于毕生修养；体现在日常生活的琐碎小事，在细微处折射灵魂，在危难时彰显人品。

古人的品行修养融入了理想信念，读诸子百家，养浩然正气；有“为天地立心，为生民立命”的志向，有“为往圣继绝学，为万世开太平”的追求。

进入新时代，面临新挑战，要重视公民的品行修养。没有品行修养的基础，理想信念的大厦就是空中楼阁。品行修养的基础越深厚，理想信念的支撑力越持久。志当存高远，趣应避邪庸。愈挫愈奋，百炼成钢。

在推进依法治国的进程中，公民的品行修养是基础。基础不牢，地动山摇。品行修养是个人成长的基石，是民族振兴的基础。无论完善治理体系，还是提高治理能力，提高公民的人品修养迫在眉睫。

品行修养从家风示范开始，从认错教育抓起，学会诚实做人，谦虚好学，勤奋刻苦，慈悲善良。品行修养在学校教育中升华，奠定守信的基础，学会与人沟通，培养包容的心态，陶冶柔和的情操。与人为善，和气生财。人品修炼日臻完善，法治意识日益增强。国民素质日益提高，国家治理能力日益增强。

漫谈储蓄

2019年12月5日

恶劣的环境教会犹太人如何生存，储蓄变成了犹太人的生存本能；在流浪中凭金钱化险为夷，在绝境中靠金钱死里逃生。犹太人的后裔学会了储蓄，未雨绸缪。今天的犹太人学会了运筹金融，把钱运用到极致，真可谓有钱能使鬼推磨。

储蓄是人生存的技能，积少成多，以备不时之用，有备无患。人生不仅要储蓄金钱，还要学会储备知识。储备知识，扩展技能。储备金钱，谋划人生。巧妇难为无米之炊，自食其力。艺多不压身，艺高人胆大。在残酷的生存竞争中，切忌吃光花尽，更不能寅吃卯粮。

储蓄是一种习惯，需要从小养成。储蓄激励行动，创业有了启动资金。储蓄贵在坚持，聚点滴余钱，成应急蓄水池。储蓄激活思想，金融应运而生。聚涓涓细流，成浩瀚金融。利益源源不断，实现富裕人生。

省一分钱比挣一分钱容易。开源节流，万事全靠自身。扬长补短，储蓄先行。创业离不开资金，举债压力沉重。人无储蓄，岂能无本经营。经商赚钱，不能吃光花尽。以丰补歉，生意兴隆。人无积蓄，犹如经营无利润；经营不可求无源之水，立身不能盼无本之木。储蓄是经营之源泉，储蓄是立身之根本。

无论多富有，经不起奢侈折腾。入不敷出之时，经营必然亏空。若有积蓄，能以丰补歉，生意得以持续运营。上至持家，下至谋生，人人应该学会储蓄的技能。积少成多，集腋成裘。防患于未然，遇事而不惊。

一定要养成储蓄的习惯，开启人生奋斗的征程。若不储蓄，遇灾年则身无分文；若想绝处逢生，呼天不灵，叫地不应。抑制消费，践行储蓄人生；运筹于寒舍之内，发迹于商海之中。热衷消费，迟早会债务缠身；若透支信用，必然陷入困境；怨天尤人无用，只能悲叹哀鸣。

悟　雪

2019年12月7日

今天是大雪节气，进入严冬；再有半个月，就进入数九寒天。天寒地冻，冰雪弥漫。大雪压青松，青松挺且直。要知松高洁，待到雪化时。

天地人和，道法自然。雪的严寒砥砺品格，坚贞不屈。经历过严冬的人，深知太阳的温暖。人生不忘感恩，乐于雪中送炭。救人于危难之时，济人以贫困之日。

天人合一，和谐共存。雪的洁白净化心灵，洁净如玉。一望无垠的雪，开阔视野，展现纯洁的画面。洁净如雪的心地，慈悲善良，孕育豁达包容的人格。常存利他之心，荡涤布满尘埃的杂念。常修无我之念，滋养无明的心田。

天地苍茫，世事无常。雪的飘洒启迪智慧，四海为家，随遇而安。人的坚强搏击风浪，驾驭航船，迎来黎明。雪中梅花香，零落成泥碾作尘，仍有香如故。患难识忠臣，留取丹心照汗青，世代传英名。生当作人杰，跋涉冰天雪地，何惧寒风凛冽。

雪的飘洒点缀世界，人的磨难丰富生活。大雪悟道，世俗悟人。冬日的严寒砥砺品行，世事的艰难淬火人生。经历炉火熔炼，练就火眼金睛，辨识人妖奸雄。饱受挫折蹂躏，学会艰难中跋涉，勇于风雨中前行。人生本是一孤舟，漂来荡去不自由。这般世事皆如梦，不过风波怎肯休?

体悟自由

2019年12月9日

自由与约束相依，不受约束，不会有自由。唯有遵纪守法，人生才能自由。唯有遵章守纪，工作才能自由。唯有勤劳自律，生活才能自由。培养自律意识，奠定自由基础。陶冶自律情操，锤炼自由品行。欲求精金美玉之人品，需在烈火中锤炼。

人生自由是最高境界。人生自由可以大展宏图，会当凌绝顶，一览众山小。生活自由是最低要求。衣食无忧，自食其力，安居乐业。工作自由是对人生自由的最高奖赏。庖丁解牛，游刃有余；驾轻就熟，得心应手。

人生自由取决于自己。遵纪守法，奠定自由的基础；爱岗敬业，铺平自由的道路；勤俭持家，提供自由的保障；正心诚意修身，营造自由的氛围；致知格物精进，捕捉自由的机会。

天地人和，道法自然。尊道贵德，唤醒人生自由的天机；一意孤行，堵死通往自由的大门。与人为善，积淀生活自由的福报；勇于担当，填平实现自由的鸿沟；积极进取，踏平阻碍自由的坎坷。馋吃懒做，葬送一切自由；温水煮青蛙，深陷囹圄而不知，失去活力而不觉。

人人都期盼自由，未必人人都能得到自由。真正的自由者是生活中的强者，把追求自由的信念升华为实现自由的行动，以超凡的自我约束，铺平通向自由的道路。自由不是天上掉下来的，积跬步之功，至千里之行，自由在成功处等着你。

动　力

2019年12月15日

人生的动力源于追求，追求的目标越高，人生的动力越大。志当存高远，趣应避邪庸。有为天地立心之志，能卧薪尝胆；有为生民立命之志，能破釜沉舟。

岁末盘点有喜。喜的是终于熬到了年关。年难过，年年难过，年年过；事难成，事事难成，事事成。这得益于对生活的热爱，迎难而上，知难而进，难者易也。

展望未来有忧。忧的是新年面对新挑战。坎难过，坎坎难过，坎坎得过。事难理，事事难理，事事得理。既有远虑，更有近忧。才下眉头，又上心头。这源于未来的不确定性，时局风云变幻，经济持续低迷。农村脱贫攻坚任重，防范金融风险道远。大国围剿猖獗，小邻蚕食不停。

年年难过，年年过；只要精神不滑坡，办法总比困难多。信心是战胜困难的动力，执着是不竭动力的源泉。无论多难，都要坚定信心，大家都难，谁能坚持住，谁就能挺过去。山重水复疑无路，柳暗花明又一村。

砥砺心志产生动力，磨炼意志激发活力。人生来就是战胜困难的，青春就是用来奋斗的。人类发展史就是一部艰难曲折、不屈不挠的奋斗史。唯有不畏艰难，战胜困难，人类才得以世代繁衍。

持之以恒

2019年12月16日

凡事贵在坚持，成才难在坚持。坚持从小做起，逐步形成自律意识。坚持从小事做起，逐步养成自律习惯；坚持从平时做起，提高履职的自觉性，改变办事的随意性。坚持从领导做起，忌朝令夕改；增强做事的计划性，减少工作的盲动性。

无论事情多难，只要坚持不懈地努力去做，总会积跬步之功，向目标逐渐靠近，至千里之行。无论事情多简单，不能坚持下去，往往半途而废，功亏一篑。坚持就有希望，坚持到最后就是胜利。

养成坚持的习惯，提高办事效率。提高执行的自觉性，克服拖延的懒惰性。磨炼坚持的毅力，陶冶坚持的定力。把该做的事情做好，要未雨绸缪，勿临渴掘井。履职坚持不懈，做事得心应手，应对游刃有余。

改变拖延的陋习，增强自我约束能力。克服漫不经心的毛病，增强危机意识。解剖拖延的原因，修炼自我完善定力。明日复明日，明日何其多。吾生待明日，万事成蹉跎。坚持要落实在行动上，不能停留在文字或口头上。做事要对症下药，行动不能敷衍应付。

培养坚持不懈的能力，克服心浮气躁的毛病。贵有恒，何必三更起五更睡；最无益，就怕一日曝十日寒。事业在坚持中推进，修养在坚持中升华。严于律己，宽以待人；坚持数年，必有好处。

饮水思源

2019年12月20日

今天是澳门回归祖国20周年纪念日。回归祖国20年，澳门发生了翻天覆地的变化。澳门人饮水思源，庆祝回归祖国的盛世，迎来了人生的春天。作为普通人，个人的成长也应该饮水思源，不忘祖国强盛是我们的坚强后盾。作为中国人，为国尽忠，为家尽孝。履职尽责，饮水思源。

然而，令人遗憾的是，有些人好了伤疤忘了疼，更有甚者，忘恩负义，认贼作父，引狼入室，制造暴乱于天下，祸害百姓于平日。是可忍，孰不可忍。

痛定思痛。回归非一纸国与国的文书而已。回归，非政权形式的回归，乃人心的回归，思想认知的回归。不然，停留在一纸文书的回归而放任自流，势必貌合神离，甚至同床异梦。身在华夏心在夷，认贼作父不知耻。低头吃肉不感恩，抬头骂娘不脸红。

天下并不太平。大国祸乱此起彼伏，为非作歹无恶不作。挑衅不断，得寸进尺；离间不止，无孔不入。亡中国之心不死，乱中国之行不止。无事生非不知羞，信口开河不觉耻。强盗逻辑横行，指鹿为马成性。

民族复兴任重，祖国统一道远。因离间的隔阂日益增多，恶意挑拨不断，亲者痛仇者快的事频出。人为制造恐怖，煽风点火，愚民不止。不惜动用网军祸乱，丑化两岸关系，伤害同胞亲情。处心积虑破坏祖国统一，人为制造对立，操纵滥用行政资源。

华夏子孙，血浓于水。民族复兴，迫在眉睫。一个多灾多难的民族，应摒弃前嫌，相逢一笑泯恩仇。一个被分离的局部，应早日回归祖国大家庭，雪洗历史的耻辱，重振民族雄风。

贵在坚持

2019年12月23日

无论做任何事情，哪怕只有一点进步，都要坚持；不管什么岗位，哪怕是点滴小事，都不能拖延。改变不良习惯要坚持不懈，养成良好习惯要持之以恒。贵有恒，戏无益。

现实生活诱惑多，难以专注于一件事，难免有心猿意马之时，往往会功亏一篑。机不可失，时不再来。悔恨无济于事，吃一堑长一智。

人生短暂，贵在坚持。谁能经得起孤寂的考验，在正心诚意修身的道路上坚守，谁就有望主宰命运，扭转乾坤。能耐得住贫寒折磨，致知格物精进，就有望凌绝顶，一览众山小。

凡事预则立，不预则废。机遇垂青有准备的头脑，命运偏爱能坚持的人群。做人不能心血来潮，办事不能一厢情愿。无论做什么，不怕起点低，就怕不知底。闻道有先后，术业有专攻。三百六十行，行行出状元。业精于勤，勤能补拙。

行成于思，贵在坚持。事业的成功者，不乏普通人；他们的成功在于矢志不渝做，勇往直前行；积跬步之功，至千里之行。人生的失败者，不乏天才和精英，他们的失败在于缺乏定力，这山望着那山高；急功近利，好高骛远；心浮气躁，不能脚踏实地；与成功失之交臂，让机会擦肩而过。

无论干什么，只要全身心投入，坚持不懈做，定能有长进；无论起步多晚，只要咬定目标不放松，矢志不渝行，定能有收获。不管事情多难，只要锐意进取，百折不挠探索，一定会成为内行专家，可以填补发展进程中的空白。

领 悟 平 安

2019年12月24日

平安是人们共同的期盼，安居乐业，尽享天伦。平安需要大家共同努力，平安建立在强大的物质基础之上。平安有赖于心理健康，平安是心理上的慰藉。唯有国家的强大，才有个人和家庭的平安。唯有思维的正确，才有心灵的平安。思维偏激，则惶惶不可终日。

构建平安社会，从我做起。人人奉献自己的劳动，为构建平安社会创造条件。营造心灵平安，从现在做起。个个学会辩证思维，搭建心灵平安的通道。安全感源于对外界的反应。烽火连天，没有人身安全。心存恐惧，没有心灵安全。

珍惜平安生活，包容不完善的感知。自己动手，丰衣足食。埋怨无济于事，天上不会掉馅饼。唯有劳动，可以完善一切。唯有任劳任怨，可以化解怨恨。唯有包容，才能用双手改变现状，使之逐渐趋于完善。否则，怨恨不完善，会增加负面情绪，无法到达完善的彼岸，心里不会有平安的感觉。

呵护平安意识，摆脱恐惧袭扰。心存善念，一切都是美好的。私心太重，周围都是邪恶的。学会辩证思维，融入集体的洪流，顺势而为。摆脱自私精算，走出自我的殿堂，因势利导。营造和谐平安的人际关系，消除彼此仇视的恐惧心理。

平安在自己手中，保家卫国，众人平安。享受国泰民安，向保家卫国的战士致敬。履职尽责，为祖国平安奉献人生。平安在自己心中，心存善念，心里平安；多行善举，人生平安。

常怀利他之心，周围是友善的目光，心灵自然平安。常修无我之念，救人于危难之时，心灵深处平安。常存感恩之心，不忘滴水之恩，心灵永远平安。学会奉献，社会就变成美好的人间。学会友善，心灵就变成平安的家园。以戒为本，门门是妙法；以善为根，处处有平安。

鉴往知今

2019年12月25日

八国联军入侵中国之前，所谓的康乾盛世滋生了盲目的傲慢，夜郎自大，直至闭关锁国引来了八国联军的入侵，几万御林军不堪一击，酿成了火烧圆明园的悲剧。

从闭关锁国到崇洋媚外的转变，折射出了灵魂的扭曲。天地之大，文明各异，应该互相借鉴，共同促进。然而，当改革开放大门打开以后，似乎西方的什么都好，都应该全盘西化，文化上的崇洋媚外达到了前所未有的程度，甚至把西方主流已唾弃的某些东西也视若至宝。

闭关锁国的傲慢，到头来在洋枪洋炮面前节节败退，丧权辱国，割地赔款。崇洋媚外的丑行忘记了自己是中国人，在外国人面前摇尾乞怜，一副哈巴狗的窘态。这和日本入侵中国后的汉奸嘴脸何其相似。他们一样出卖民族利益，讨好外国主子，残害骨肉同胞。呜呼，哀哉！这是民族的悲哀！

一个民族应该不忘水深火热的灾难，牢记丧权辱国的耻辱；应该崇尚自己的英雄，应该敬仰自己的领袖。新中国的成立不是历史的必然，是几代中国人浴血奋斗的结果，是他们舍生忘死带领中国人民顽强拼搏的结果。新中国70年的辉煌成就不是历史的必然，也不是外国人施舍的结果，是中国共产党领导中国人民坚持独立自主、自力更生精神用心血和汗水换来的，是突破封锁和制裁艰苦奋斗用生命和鲜血换来的，不是崇洋媚外的恩赐。放弃幻想，振作精神。独立自主，自力更生。

忘记过去，意味着背叛。国虽大，好战必亡。天下虽安，忘战必危。山雨欲来风满楼，树欲静而风不止。

行稳致远

2020年1月2日

新年伊始，号角齐鸣；酝酿新思路，迎接新使命；面对挑战，振作精神。运筹于帷幄之中，决胜于千里之外。读万卷书，行万里路；知行合一，行稳致远。积跬步之功，至千里之行。抱朴守真，不忘初心。

回眸去年，荆棘遍地丛生。天空乌云密布，脚下沟壑纵横。时局多变幻，世事多风云。舵手凝聚人心，全民不忘初心。大国疯狂围剿，我自岿然不动。小丑兴风作浪，大鳄蠢蠢欲动。尽管它们是蚍蜉撼大树，不自量力，但不能掉以轻心。天下虽安，忘战必危。

展望庚子征程，遍布悬崖险峰。唯有踏平坎坷道，方可平步上青云。决胜小康千般苦，脱贫攻坚万世铭。得民心者得天下，顺民意者赢天下。共建“一带一路”，互惠互利；构建人类命运共同体，引发共鸣。仁爱无疆，仁者无敌。

文明互鉴，振兴中华。仁德惠全球，仁政耀华夏。铺平民族复兴路，唤醒民众千百万，所向披靡。驾驭华夏腾飞舟，遨游四海搏急流，一往无前。

重读《素书》

2020年1月10日

20年前，我在首钢秘鲁铁矿工作，有两本书不离左右，一本是曾国藩的《挺经》，另一本是黄石公的《素书》。《挺经》里有力量，从中体悟坚韧；《素书》中有智慧，从中汲取涵养。

今天重读《素书》，超然于工作压力，悉心于自然之道，有新的理解。感悟人生，领悟自然。

《素书》开宗明义：“夫道德仁义礼，五位一体也。”“夫欲为人之本，不可无一焉。贤人君子，明于盛衰之道，通乎成败之数，审乎治乱之势，达乎去就之理。”

两千多年前，黄石公对为人之本有如此高度的概括和精准的阐述。首先，为人之本在于围绕“道德仁义礼”修身养性，提高知识素养和个人品行修养。其次，要学会思考悟道，对任何事情都要透过现象看本质，从杂乱无序中理出内在关系，从蛛丝马迹中判断盛衰之势，研判成败之要，领悟得失之道，厘清治乱之源，从而确立正确的人身准则和价值追求。

今天学习《素书》，结合新形势和新任务，我们依然要做好两件事：一是修身养性，坚定政治信仰，提高党性修养，不忘初心、牢记使命；二是学会思考悟道，工作要理论联系实际，不能一味空谈，需深入实际，调查研究。探索经济发展之道，研究产业发展内在联系，准确判断经济发展的薄弱环节，清醒认识产业升级的内在短板，提出符合实际的发展思路，实事求是抓工作，因地制宜抓改革。抓住主要矛盾，其他问题就迎刃而解了。

以史为鉴

2020年1月12日

中国的经史子集，对后人的影响深远。以史为鉴可以知兴替。重读《素书》，透过字里行间，捕捉时代的脉动，领悟先贤的智慧，辨识世事之真伪，启迪人生之灼见。抱朴守真，防患于未然。修行于正道，要迷途而知返。忌急功近利，勿铤而走险。

《素书》在正道章指出：“德足以怀远，信足以一异，义足以服众。才足以鉴古，明足以照下，此人之俊也。行足以为仪表，智足以决嫌疑。信可以守约，廉可以使分财，此人之豪也。守职而不废，处义而不回，见嫌而不苟免，见利而不荷得，此人之杰也。”

做人重在修德悟道，修德贵在净心慈悲。无论贵贱，不管贫富，做人都要正心诚意修身，做事必须致知格物精进。贵者，彰显德行，为人做表率，坚守仁义礼智信。贱者，自强不息，忠恕孝悌，恪守礼义廉耻。富者，志当存高远，趣应避邪庸。贫者，恪守正义，勿生邪念。唯有此，方可以取信于人，立身于世。做人要有操守，守本分；道不同不为谋，不出卖良知，不践踏灵魂。

读《素书》，领悟做人之道，修炼纯正品行。以俊杰为榜样，实事求是，是非分明。修炼从点滴小事做起，一丝不苟。做事抓住要害，把握规律，因势利导，循序渐进，不坠青云之志。

夫志心笃行之术：“长莫长于博谋，安莫安于忍辱，先莫先于修德，乐莫乐于好善，神莫神于至诚，明莫明于体物，吉莫吉于知足。短莫短于苟得，幽莫幽于贪鄙，孤莫孤于自恃，危莫危于任疑，败莫败于多私。”

读《素书》，前事不忘，后事之师。正心修身，潜心悟道；净心慈悲，静心守道。

竞争意识

2020年1月19日

历时两年的中美贸易战，近日落下帷幕，双方签署了第一阶段协议。未来的中美贸易依然存在着竞争，谁能在竞争中占有优势，谁就掌握了未来谈判的主动权。

中美之间的贸易战是两国角力的关键一环，管中窥豹，可见一斑；中美之间的竞争此起彼伏，遏制中国的手段会花样翻新。有第一阶段的协议，说明中美贸易战达到暂时的平衡。

未来的岁月，彼此间的竞争会持续发展，有时会波澜不惊，有时则刀光剑影。天下虽安，忘战必危。时刻牢记竞争是永恒的，不能高枕无忧。国家如此，个人亦然。

物竞天择，适者生存。唯有增强竞争意识，才能提高生存能力，有效应对各种挑战，扭转局面，主宰乾坤。唯有激活忧患意识，才能居安思危、居危思变，主动防御各种风险，防患于未然，临危不乱。

天地人和，道法自然。竞争是公平的生存法则，人必须面对竞争。无论处境逆顺，不管地位高低，如果没有竞争意识，处顺境者会滑入温水煮青蛙的“天堂”，在不知不觉中失去生存能力。如果没有竞争意识，处逆境者会陷入自甘沉沦一蹶不振的地狱，永无出头之日。

竞争本能是生存的秘诀，生活条件优越，家庭地位显赫，容易滋生惰性，安于现状而不求上进；甚至，容易产生妄念，利用权术而不择手段。人生如逆水行舟，不进则退。遗子黄金宝，何如教一经。财富有花光用尽的一天，智慧能战胜困难而改变命运。居安思危，靠智慧开启人生航船，凭意志战胜惊涛骇浪。

竞争要遵循公平、公正的法则。竞争，不能突破做人底线，更不能不择手段。竞争意识在于挖掘潜能，挑战人生。

漫谈自信

2020年1月31日

抗击新型冠状病毒肺炎的战役考验人的自信。大事难事看担当，应急处置看成效。自信，不是装腔作势的敷衍，不是忘乎所以的轻蔑，不是口若悬河的吹嘘，更不是哗众取宠的浮躁。鲁迅说过：“捣鬼有术，也有效，然而有限。”雕虫小技不可长久，瞒天过海岂能总赢？自信，是遇事不慌的淡定；自信，是临危不乱的镇定。

自信的基础源于扎实的工作和自身的实力。实力来自于日积月累，非一蹴而就；工作要脚踏实地，岂能蜻蜓点水。苦练本领是增强自信的根本途径，实事求是乃工作的唯一依靠，持之以恒是增强工作自信的关键。

天道无亲，常与善人。灾祸无情，有备无患。人因技高一筹而自信，事靠领先一步而自信。平时不烧香，遇事肯定慌；临时抱佛脚，遇难无处逃。抗击疫情，检验自信。纸包不住火，唯有曲突徙薪，方能防患于未然。

不忘初心、牢记使命。做你自己，不要模仿别人。塑造自己，不要急功近利。宝剑锋从磨砺出，梅花香自苦寒来。磨炼意志品质，积淀生存能力，拓展竞争能力。这是自信的不竭动力。

自信不会从天而降，想自信吗？不要邯郸学步，岂能东施效颦。下苦功夫磨炼，任劳任怨，吃别人不能吃的苦。用笨办法雕琢，脚踏实地，受别人不能受的罪。长风破浪会有时，直挂云帆济沧海。

在默默耕耘中坚定自信，功夫不负有心人。在惊涛骇浪中激发自信，天生我材必有用。在遭受挫折时呵护自信，经历过风雨才能见彩虹。在应对挑战中彰显自信，临危不乱处变不惊。

自信者，有特立独行的性格，不会人云亦云。自信者，有理智辩证的思维方式，不会鹦鹉学舌。自信者，有临危不惧的应变能力，不会临阵脱逃。

专注于目标

2020 年 2 月 10 日

最近阅读《狼族精神——企业员工意志力训练读本》，从了解狼的习性入手，想到狼在困境中生存所表现出的顽强、专注、竭尽全力等特质，对新入职的青年来说，具有深刻的启示作用。

狼要想在困境中得以生存，必须以超人的耐心专注于猎物，精心谋划，竭尽全力获取猎物，以摆脱饿死的威胁。在激烈的市场竞争中，人们面临下岗再就业的考验。在排着长队的就业大军中，想争得一个宝贵的工作机会，也需要有狼的耐心和专注，精心准备，竭尽全力去争取，不达目标不罢休，以求养家糊口，进而安身立命。

无论是谁，有了明确的奋斗目标，心无旁骛去追求，专心致志践行，分解目标，矢志不渝，积跬步之功不辍，聚涓涓细流不止，就一定能书写辉煌人生。

人生的目标就像心中的房子，为了建设心中的房子，毕生要认真准备各种材料，闲时收集以备将来之用。构建心中房子最重要的是知识的积累、智慧的积淀、经验的积聚和意志的磨炼。

读万卷书，行万里路。知行合一，自强不息。人生如行船。“对一艘没有目标的船来说，任何方向的风都是逆风。”人生目标是我们行动的依据，没有明确的目标，就不会有为之不懈的努力，终将一事无成。

光阴似箭，人生短暂。若生活没有目标，则人生会迷茫，意志会消沉，岁月会蹉跎。在抗击疫情、居家赋闲之时，走出心中的迷茫，勾勒人生目标，并为之努力，不让一日虚度，潜心准备，以比别人快半拍的节奏行事，精益求精，朝着理想的目标前进。

领 悟 捭 阖

2020 年 3 月 6 日

捭阖是《鬼谷子》的开篇之作，捭为开启，阖为闭藏；捭阖之术，即开合有道，张弛有度。捭阖是一对极其重要的哲学概念，捭阖之术是世间万物运转的根本。

天地人和，道法自然。四季往复，阴阳平衡。昼夜运行，往复无穷。天地人之合，明四时，辨阴阳，识平衡，悟捭阖。纵横家游说，察言观色，见机行事，权衡利弊，亦捭亦阖。以捭阖之术，合纵连横，苏秦执掌六国大印。

捭阖者，悟天地运行之道，循阴阳变动之机，明四时开闭之理，因势利导，以化万物。口乃心之门户，掌握捭阖之枢机。一言一语，不可不慎。

病从口入，祸从口出。管住嘴，是防病的要求，是避祸的根本。管住嘴，体现捭阖之理，关之以捭阖，制之以出入。捭阖之道，乃阴阳平衡之理，是动静权宜之计。审时度势，抉择捭阖之策；因地制宜，恪守平衡之理；相机行事，把握动静之机。

捭阖者，足智多谋，心志笃定，喜怒莫形于色。心者，神之主也。心静神宁，心动神疲。心绪茫然，六神无主。心之捭阖，神之门户。捭之以纳新，阖之以避邪。

非淡泊无以明志，捭之以正心诚意；非宁静无以致远，阖之以清心寡欲。捭之以悟道，阖之以远祸。物欲横流，诱惑无限。识时务者为俊杰，捭阖有度，收放结合。领悟捭阖之理，防患于未然。捭阖之道，处世之要，不可不察。

曾国藩的智慧

2020年4月7日

曾国藩的书房内有一副十六字联："大处着眼，小处着手；群居守口，独居守心。"这是他的座右铭，体现了他的人生格局和严谨态度。无论是谁，修炼好这十六字，都能对人生产生积极的影响。

凡事大处着眼，不局限于一时一事的得失。不谋全局者不足以谋一隅；不谋长远者不足以谋一时。遇事要小处着手，脚踏实地。千里之行，始于足下。凡事从小处着手，积跬步之功，至千里之行。

在信息化的今天，我们淹没在各种信息中，有时难分真伪，信假为真，以讹传讹，会引起负面影响。轻信会误判，轻言会误导。在公众场合，守口如瓶显得尤为重要，言多语失，容易传谣。群居守口是个人的品行修养。群居守口源于独居守心的修炼。物欲横流，能独居守心实属不易。然而，若不能独居守心，则不会敬笃守志。志移情迷，会动摇人生目标，失去人生方向。

大处着眼体现的是人生格局，站得高才能看得远。人生的格局取决于品行修养的境界。正心诚意修身，志在立德立言立功。站位高，格局才能大。

小处着手修炼的是严谨务实的作风。凡事都认真应对，不敷衍应付。不马虎就不会有疵漏。精益求精就能出类拔萃。

群居守口考验个人的涵养，尤其是公众人物的涵养。不能群居守口，就会言多语失。即使是一般人，在公众场合也应该守口如瓶，否则，会陷入口无遮拦的苦恼，轻者伤和气，甚者，会谬种流传，误人不浅。

独居守心是最难的。谁做得好，就能主宰自己的意志，言行就不会偏离做人的大方向。独居守心，是个人修养进步的阶梯，是品行升华的必由之路。

在疫情蔓延的今天，领悟“大处着眼，小处着手；群居守口，独居守心。”的真谛，检点自己的言行，做好自己。

读《挺经》随笔

2020 年 4 月 9 日

1999~2001 年于首钢秘铁工作期间，随手翻阅《挺经》，随时写下感悟。现将曾经的读书随笔附后。

扉页随笔：“《挺经》——终生的伙伴（1999 年 8 月 20 日）。获悉留在秘铁工作，首先想到的就是《挺经》。当你困惑迷惘时，它告诉你大丈夫打掉牙和血吞。当你春风得意时，它告诉你藏锋是也。凡事留条退路，不过分炫耀自己。内圣、励志、家范、明强、坚韧、刚柔、英才、廉矩、勤政，一生之追求。不能尽如人意，但求无愧我心。”

书中随笔一：“曾国藩的学识、志向、骨气、韬略和处世准则，既为吾辈指明努力方向，也使吾辈深感内疚、惭愧。曾国藩的毅力和严以律己的作风，以及百折不挠的精神，为吾辈树立了光辉榜样。每读之，对其油然而生敬意；每读之，深感自己虚度光阴之罪。恐愧对父母和后代，一息尚存须奋发。”

书中随笔二：“加强自身修养是事业成功的基础，身体力行、坚持不懈是事业成功的保证。欲成大事，先应修身养性，齐家；从小事做起，以水滴石穿之毅力，持之以恒，博采众长，择善而行。”

书中随笔三：“1999 年 7 月 30 日，加强道德修养，提高知识素养，是进德修业的基础。尽职尽责，尽忠尽孝，做对社会、对家庭有用的人，是进德修业的目的。偏离这一目标的进德修业，不可能二者兼得。”

书中随笔四：“内圣者，自我完善、自我修养永不停步。内圣者，以为社会、为人类、为家庭贡献自己的才智为己任。把个人的享受、荣誉等降到最低程度。清心寡欲，宁静致远。”

书中随笔五：“1999 年 8 月 2 日，打掉牙和血吞的气概和吃着亏不说的涵养是曾国藩成就事业的基础。凡想成大事者，应以曾公为榜样，修炼内圣之功，至诚、笃敬、勤俭、慎独；培养浩然之气，坦荡、宽容、忍耐、坚毅；克服浮躁之风，拙诚、木讷、实干、勤学。树立鸿鹄之志，博风、未来、开天、辟地。珍惜机会，躬身入局，挺膺负责，无愧人生。”

书中随笔六：“1999 年 8 月 18 日，三军可以夺帅，匹夫不可夺志。志当存高远，趣应避邪庸。励志始终不能松懈，更不能停滞。人身固有的惰性随着生活条件的改善与日俱增。当自己的生活条件有所改善时，切忌沉浸于物质享受之中，时刻提醒自己，路漫漫，需上下求索，逆水行舟，不进则退。”

书中随笔七：“命运只预示着成功的趋势，只有矢志不渝者，才有望到达理想的彼岸。不付出艰辛，就想登上成功之巅者，只能等待失望的回报。”

书中随笔八：“自强不息，百折不挠，勇往直前。但不恃才傲物，不逞能逞强。”

书中随笔九：“学不断则识广，行不停则致远。水滴石穿贵在恒，战胜困难贵在韧，走出国境贵在挺。审时度势，伺机而动。韬光养晦，蓄势待发。”

书中随笔十：“要敢于正视自身的不足，勇于学习他人的长处。博采众长为我所用，革除时弊要坚持不懈。积蓄力量，韬光养晦。立卧薪尝胆之志，克浮躁奢华之欲。走自强自立之路，创太平盛世之业。此乃男儿的第一要事。”

书中随笔十一：“近君子不可随心所欲，远小人亦要谨言慎行。事君如履薄冰，恪尽职守。为民以诚相待，推功揽过。不求门庭若市，恬静安宁。但愿心地坦然，尽享天伦。”

书中随笔十二：“2001 年 1 月 22 日，藏锋是远离是非陷害的保护伞。郑板桥的难得糊涂也有同样寓意。古人对此的总结是建立在大量的事实之上，今人就应该借鉴其要点，而不要自命不凡，一意孤行。有才是成就大事的基础，若不会用才则会惹来杀身之祸。对出身卑微家境贫寒者而言，藏锋就是立身之本。”

书中随笔十三：“韬光养晦，蓄势待发。谨言慎行，克制宽容。”

习　性

2020年5月26日

习惯养成贵在坚持，品行修炼全凭坚持。坚持能强化毅力，坚持能找到窍门；坚持可领悟道理，坚持熟能生巧。世事难在坚持，人生贵在坚持。

有志者，事竟成，破釜沉舟，百二秦关终属楚；苦心人，天不负，卧薪尝胆，三千越甲可吞吴。任何科学发现和发明，都经历过不尽的探索和无数次的失败，爱迪生如此，屠呦呦亦然。正是由于矢志不渝的坚持，爱迪生才发现了电灯，给人间带来了光明，改变了人类世界。正是由于百折不挠的坚持，屠呦呦才发现了青蒿素，拯救了无数患者的生命，取得了令人羡慕的成就。

人生如逆水行舟，不进则退。无论多聪明，做事若缺乏定力，心猿意马，势必会眼高手低，一事无成。无论多高贵，做人若没有志向，朝秦暮楚，断然是碌碌无为，一生平庸。无论多富有，若不能持之以恒努力，家业总有消耗殆尽一天。无论多顺利，若不能全心全意履职，人生总有跌落神坛的一刻。

人生是一段旅程，坚持不懈地努力诠释人生。唯有积跬步之功，才能到达成功的彼岸，筑起事业的大厦。唯有聚涓涓细流之源，才能形成浩瀚江海，乘风破浪驶向远方。处顺境时忌忘乎所以，坚持理性思维，勿过高估计自己的能力；处逆境时忌心灰意冷，坚持哲学思维，勿因噎废食而自暴自弃。

生活就是付出，人生贵在坚持。只要坚持付出，终有一天会得到回报。没有白白付出的辛苦，没有天上掉下的馅饼。不忘人生初心，牢记生活使命；做该做的事，坚持不懈。

责　任

2020年5月27日

人能承担责任，从有责任意识开始；人能进步，从有责任心开始。成年人履职尽责，无论多难，该做的事一定做好；无论多苦，都要不辱使命。

回顾中国抗击新冠肺炎的战疫，处处彰显责任意识，事事体现责任心，不忘初心、牢记使命。有人把中国的抗疫密码总结为“CHINA”，即 Care，Help，Immediate action，New technology，Altogether，赋予了新的内涵。

国家的力量凝聚了全民的责任意识，国家的行动展示了可贵的责任心，有效控制疫情彰显了中国共产党领导人民攻坚克难的意志和决心。

仔细回味抗疫给“CHINA”赋予的新内涵，认真琢磨责任意识和责任心的价值，理性评估自己的责任意识，严格剖析自己表现出的责任心，做新时代的中国人，无愧于“CHINA”。

大事难事看担当。在整个抗击疫情过程中，面对困难，人人都有责任意识，共产党员发挥先锋模范带头作用；面对危险，人人都有责任心，救治病患全覆盖，不分老幼，不分贵贱，不分贫富，不留死角。

事实胜于雄辩，关爱生命是我们的最高原则。过去几个月的抗击疫情工作是全民责任意识和责任心的集中体现。中国共产党领导人民抗击疫情的行动将载入史册，为公民展示了前进的方向，是我们的行动指南。

人生易老事难成，一寸光阴不可轻。增强责任意识，砥砺担当能力。展示责任心，履职尽责，精益求精。用实际行动诠释责任，无怨无悔。

磨　　难

2020 年 5 月 29 日

世事无常，人有旦夕祸福。谁都会有磨难，只是来早与来迟。历经磨难，初心不改，少年壮志不言愁。风华正茂，矢志不渝，百折不挠不怕苦。正视磨难，砥砺品行。敬畏磨难，谨言慎行。

吃一堑，长一智。新冠肺炎疫情的冲击是全人类共同的磨难。在疫情依旧呈蔓延之势下，只能尽力防范，不能侥幸行事。面对磨难不消沉，业务受影响，时不再来，须重新启航。应对磨难不等待，机遇已错过，从头再来，勿怨天尤人。正视磨难练内功，岗位受冲击，竞争加剧，须竭尽全力。伴随磨难迎日出，收入受影响，入不敷出，要精打细算。磨难不可怕，可怕的是心理阴影不褪。只要精神不滑坡，办法总比困难多。

天地人和，道法自然。月有阴晴圆缺，人有悲欢离合。凡事不能一帆风顺，得意之时小心谨慎。物极必反，乐极生悲。浮云不会终蔽日，失意时不能意志消沉。留得青山在，不怕没柴烧。

人生不如意事十之八九，偶遇顺境时勿忘乎所以。心存戒惧，有磨难意识；

心存善念，有奉献格局；心存敬畏，有谦卑情怀；心存慈悲，有怜悯境界。

在磨难中砥砺品行，处逆境不屈不挠，遇挫折冷静应对。在磨难中领悟人生。人法地，地法天，天法道，道法自然。四季往复，阴阳平衡。在磨难中警醒，放弃人定胜天的想法，寻找和谐共存的法则；抑制贪得无厌的欲望，修炼淡泊宁静的心态。在磨难中净化心灵。天地万物，和谐共存。少一点砍伐，勿竭泽而渔；少一点杀戮，勿杀鸡取卵。保持生态平衡，造福人类社会。

凝　　练

2020 年 5 月 30 日

人类，从茹毛饮血，到刀耕火种，认知事物由少到多，领悟道理由浅入深。读书学习，由薄到厚初读，由厚到薄凝练。认知事物，由浅入深探索，由多到少思考；提炼精华，把握要点。工作亦然，办事内容由少到多，工作领悟由浅入深；凝练要旨，升华原则。人生不断凝练，品行日臻完善。

信息化社会，信息泛滥，真假难辨，稍不注意会被误导，轻信信息甚至会上当。信息碎片化，很难把握全貌。以偏概全描述，很易误入歧途。用有限的时间消化无穷的信息，会疲惫不堪；以有限的精力涉猎无穷的热点，会迷失方向。

人生有限，因兴趣广泛而忙碌。时间有限，因涉猎广泛而浮躁。这样，难以深入认知社会，无法理性把握趋势。凡事不仅要知其然，更应知其所以然。因此，欲成事者，要凝练目标，凝聚力量，坚韧不拔探索，持之以恒钻研。

社会化分工，提供了聚焦目标的选择，搭起了深钻细研的平台。做自己擅长的事，把擅长的事做好，凝练目标，专心致志。持之以恒，水滴石穿。积跬步之功不辍，向人生目标靠近。天生我材必有用，乘风破浪会有时。否则，忙忙碌碌赶时髦，热热闹闹当看客。目标不专一，时光会浪费。

光阴似箭，青春易逝。岁月如梭，人生易老。四季往复刻年轮，凝练目标矢志行。少接触泛滥的敏感信息，多思考深邃的社会问题。凡事问是什么？为什么？怎么办？遇事有主见，不能人云亦云。抉择会思考，不能随大流。立足现实，在广泛的目标中做有限的抉择；着眼长远，朝着明确的目标做扎实的工作。聚焦做有意义的事，凝聚精力探索，凝神目标，凝练思想，凝结智慧，凝成定力，事半功倍。

发展与变化

2020年6月1日

哲学的基本观点是物质世界处于永恒的发展变化之中。美国作家凯文·凯利的《必然》从12个方面描述了当今世界必然变化的趋势，认为这是不以我们个人意志为转移的历史进程。

世上的一切事物都处在发展变化之中，静止是相对的，运动是绝对的。

进入21世纪，世界变化的速度越来越快，适应变化的压力无形加剧，年轻人常说“压力山大”。唯有虚心好学，方能适应变化。唯有适应变化，方能应对自如。因此，勤学好问是应对变化的最好办法。

变化在加剧，未来的机会在形成中，这就是当今社会的特点。只有想不到，没有做不到。捕捉机遇需要敏锐的直觉，把握机遇需要理智的果断。既要有对外界的敏感，也要有对变化的警觉。善于捕捉机会，开启新的人生。

人工智能的介入，整个世界的变化更加离奇；曾经不可能的事情，现在变为可能；曾经的经验，在人工智能面前显得逊色，风光不再。然而，世界在急速变化，事物在加速智能化。现在的人工智能仍会发展进步，即将出现的新成果或许会取代现在的人工智能，现在令人羡慕的成果会在将来变得逊色，被不断出现的新成果取代，即技术升级，产品换代。如此往复，科学技术推陈出新；风云变幻，社会变化在人工智能介入中加快。

活到老，学到老，老不够用。学到老，悟到老，不弃秉烛之明。加快学习的进度，跟上时代的步伐，谦恭好学，持之以恒，以适应世界的发展与变化。

芒　　种

2020年6月5日

芒种，又名“忙种”。芒种，是“有芒之谷类作物可种”的意思。芒种节气在农耕上有着相当重要的意义，它指导着农事耕种。民谚“芒种不种，再种无用”。

人误地一时，地误人一年。该种则种，衣食当用。该种不种，一生受困。种地如此，学习工作亦然。该努力时当发奋，该用功时当勤勉。人误书一时，书误人一生。少壮不努力，老大徒伤悲。

芒种，相当于人生的而立之时。人到而立之年，该学则学，职场无愧；该做则做，人生无悔。而立之年时不我待，考验定力，不能再心血来潮了。

凡事预则立，不预则废。谋定而后动，百折不挠。三思而后行，积跬步之功不辍，日积月累；聚涓涓细流不止，豁达包容。

读书须趁早，莫等到白头。少而好学，如日出之阳；壮而好学，如日中之光。老而好学，如秉烛之明。

三百六十行，行行出状元。用功须趁早，工作莫偷懒。正心诚意修身，致知格物精进。

人生之路似漫长，但关键处只有几步。“芒种”季就是关键一步。种瓜得瓜，种豆得豆。种下真诚，收获正直。种下慈悲，收获善良。种下奸巧，收获讥讽。种下贪婪，收获堕落。因果不虚，善恶有报。

共　享

2020年6月9日

阅读凯文·凯利《必然》一书中的“共享”章节，对信息化技术、数字经济、网络架构和社会形态之间的关系，有了新的理解和认识。

信息化技术的不断进步为共享提供了可能，用户共享又促进了信息技术的发展，蕴涵着数字经济的萌芽。共享理念与信息化技术的结合，催生出财富创造的机会，引领了社会进步的潮流，改变了传统产业的格局，加速了新业态的出现。这一切在不知不觉中改变着世界，改变着人们的生活方式。

共享经济也受国家约束，共享经济也有贫富差距。共享的性质不能改变现行体制的制约。如何突破传统体制的制约？这会引发新的上层建筑革命。这个过程是漫长的，甚至是曲折的，它的向前推进会打破现行利益格局。无论如何，这种变化不会停滞，这是信息技术的生命力决定的。

网络带来的“数字社会主义”会潜移默化改变人们的思维方式。在分享的过程中，人们尝到了合作的甜头，自觉不自觉地加入了合作的人群。技术进步推动的合作、协作，会滋生出集体主义萌芽。这种生产方式的转变会促进上层建筑的变革。这是一种无声的力量，不以人的意志为转移。

生产力决定生产方式，经济基础决定上层建筑。生产方式的变革引起了经济基础的变化。由于技术进步引起并加速能分享、合作、协作等，致使等级架构向网络架构转变，中心化的领导机制向去中心化的网络机制转变。这种转变还在继续，有加速之势，共享正在蓬勃发展。

过　滤

2020年6月12日

信息技术进步使进入我们视野的信息成倍增长。如不进行选择性过滤，会陷入碎片化信息中而不能自拔。

随着过滤工具的丰富，再次对信息过滤成为可能，也非常必要。信息的渠道多了，选择比较的任务重了。无论如何，我们需要更新知识，以适应环境变化的需要。

时代在过滤我们，如不能进步，也会被时代淘汰。这不是危言耸听。完善自我是永恒的课题，高效率的工作是完善自我的根本途径，合理安排时间是有效工作的根本保证。

妥善解决时间有限和有效浏览信息之间的矛盾是当务之急。我们起码要通过选择，过滤出一大部分，不让其进入我们的视野。否则，我们会忙得焦头烂额而无所适从。

合理分配注意力是生活方式的一部分，生活方式影响注意力的取向和生活质量。过滤信息需要理智，分配注意力需要毅力。

信息诱惑多，我们成了手机的奴隶，不可不察。

读《道德经》随笔

2020年6月18日

主宰万物的是天道。天地人和，道法自然。道起始于“无名、无实、无形”的状态，但它蕴含着组成物质世界的信息、物质和密码。道是生养、滋养、推动万物发展的动力。

老子的恒无欲也，佛教即空；老子的观其妙，佛教即明心见性。二者何其相似！这是人认识物质世界的基本态度和境界。然而，人是感情动物，有七情六欲；要想深入了解世界，就应该清心寡欲；人在冷静时看问题更客观，否则，物欲迷眼，则雾里看花，难以把握世事之真谛，故要修炼“致虚极、守静笃”的境界。

对事物的判断不能人云亦云，要独立思考，理性分析，权衡利弊，趋利避害。事物发展变化遵循固有规律，即发生、发展、衰退、消亡的不同阶段。因此，做任何事，都要考虑适时转型，抢占先机，比别人快一步，趁势而上，顺势而为。

世界上没有绝对的事情，比较是客观存在的。“有无之相生也，难易之相成也，长短之相形也。”好与坏是比较而言。学会比较是理智的，人不可能占尽先机，要知止知足。凡事有得就有失。谁若总想独占鳌头，迟早会顾此失彼。放下名利，看淡得失；随遇而安，顺其自然。做事不能斤斤计较，做人不能患得患失。

做人不为形名所累，只为履职而行。居功自傲者多半会失落，默默奉献者多半能知足。人，不能太在意得失，不能太看重名分，知足常乐。修身悟道不在名分，而在于启迪智慧，引导痴迷之人走出人生误区。夫唯弗居，是以弗去。天地无争，故天地长存。夫唯弗争，故天下莫能与之争。

读《道德经》，领悟自然之道。天地人和，道法自然。顺天地之道而行，常怀利他之心，常修无我之念。

领导应尊道

2020年6月19日

读《道德经》（帛书乙本），对其中关于领导法则的表述有了更深的理解；有些表述并非愚民，实则是返璞归真的智慧；有些表述并非平淡，实则包含着深邃的智慧。细品《道德经》，实际是在讲述领导者法则，谁尊道而行，谁就能无为而治。

领导的智慧在于用人，领导的胸怀在于包容，领导的使命在于带领下属不折不扣执行，把不可能变成可能。领导的示范潜移默化，领导应自律，不贵难得之货，不长奢靡之风。

“不尚贤、使民不争”是用人策略，在于兼顾通才，因材施教，量才录用，追求人尽其才，做到“物无弃物、人无弃人”，充分调动每个人的积极性。这是领导应有的境界，相信群众，依靠群众。

“不贵难得之货，使民不为盗。”这是净化社会风气的根本保证。领导要以上率下，令行禁止。崇尚奢靡之风是盗贼、贪腐猖獗的导火索。人人都希望能体面地生活，若上层人士崇尚难得之货，整个社会就会效仿，社会风气就会陷入贪图享乐、追求奢靡的恶性循环之中。

“不见可欲，使民不乱。”当领导要内敛，喜怒不形于色，嗜欲不见于民；以免有人投其所好，防止工作陷入被动。理性生活，不做欲望的奴隶；以身作则，不做奢侈的领导；求真务实，不做志大才疏的傀儡。要“弱其志、强其骨”，少一点哗众取宠的口号，多一点脚踏实地的本领；少一点投机取巧的算计，多一点抓铁留痕的功夫。领导应该正心诚意修身、致知格物精进。

人格魅力是赢得被领导者尊重、效仿、追随的根本保证。打铁本身要硬。不让别人做的事，自己肯定不做；要求别人做的事，自己首先做到。己所不欲，勿施于人。唯有此，才能“使夫知不敢，弗为而已，则无不治矣。”这就是所谓的威信，行不言之教。尊道贵德，远人来服。

虚　　空

2020年6月20日

老子把天地之道看作生命之门，道之特质是虚空。“谷神不死，是谓玄牝。玄牝之门，是谓天地之根。”道似母，空孕育生命。人守道，放下欲望，看淡得失，能孕育事业生机。

人法地，地法天，天法道，道法自然。人应该修炼虚空的境界，虚怀若谷，减少欲望，不自满。自满是人生的大敌。满招损，谦受益。人唯有在谦卑时，才容易倾听不同意见。满则溢，虚则盈。山谷不拒细流，汇聚成浩瀚江海。天地万物，唯有空，可以接纳。人不例外，唯有清空欲望，才能清醒认知世界。

“天地之间，其犹橐龠与？虚而不屈，动而愈出。”天地如风箱，即虚空：往复运动，中空而不陷，输出动力，助燃炉火，风力源源不断，炉火生生不息。人看淡放下，即虚空：私心会减少，格局会变大，遇事不会纠结，气血会畅通。生命力旺盛，事业之火生生不息。

"天地长久。天地之所以能长且久者，以其不自生也，故能长生。"置身于名利漩涡之外才能安全。否则，争名夺利，会被世俗的洪流卷走而吞噬。鱼和熊掌不可兼得，不能见利忘义，更不能铤而走险。"是以圣人退其身而身先，外其身而身存。"

无我者无畏，无私者无敌。心底无私天地宽。舍得，有舍才有得。修炼无我之境，常怀利他之心。放空嗜欲，不为嗜所困，不为欲所扰。见名利，退一步海阔天空；遇得失，让三分风平浪静。

心神宁静，领悟虚空。此心光明，亦复何言。

水 之 悟

2020年6月22日

老子曰："上善似水，水利万物而有静。居众人之所恶，故几于道矣。居善地，心善渊，予善天，言善信，正善治，事善能，动善时。夫唯不争，故无尤。"

水是生命之源，孕育生命而无所求，真可谓上善。静观止水，能照见自己；洗去尘埃，辨识真伪。静观流年，心如止水；看淡放下，身心无虞。

观水悟道，净化心灵。慈悲为怀，心善若水。居众人之所恶，利他无己。悟天地之道，领悟水之性。天地不自生而长生，虚空之性可长久。水利万物而不争，聚涓涓细流，成浩瀚江海，可源源不断。

以水为镜，知为人。选择低处，与人无争，不好高骛远。心地善良似深渊，深不可测，充满慈悲。乐施好舍似天，损有余而补不足，雪中送炭。忍辱负重如地，生养万物无所求，不惧狂风暴雨。言必信，行必果。

以水为镜，悟做人。心正则善于治理天下。德不孤，则必有邻。德不配位，必有灾殃。身正则人心所向，为政以德，远人不服，则修文德以来之。君轻民贵，社稷为重。为天地立心者必善，能成大事；为苍生立命者，善事能成。天地人和，道法自然。做善事要顺应天时，洞悉地理，择时而动，择善而从。

人生的教训源于争，争名夺利，两败俱伤；世间的悲剧源于贪婪地争，挺而走险，玉石俱焚；飞蛾扑火，自取灭亡。"夫唯不争，故无尤。"

管理思维

2020年6月24日

管理者，不能颐指气使，高高在上；管理者，莫为名所困，不为利所扰，秉公办事，胸怀全局。管理者，知道自己该干什么。目标清楚，心志专一。专注于目标，不怕困难。知难而进，迎难而上。

管理者，能理性思考，明白自己能干什么。不能虚张声势，更不能哗众取宠。管理者，尊重群众，不能自以为是。群众不听你说什么，群众在看你干什么。人人心里有杆秤，群众知道你干成了什么。

管理者，不能夸夸其谈，要脚踏实地；更不能欺世盗名，要躬身入局。管理者，正心诚意修身，淡泊明志修心；形神合一，魂魄相守；专心致志，营卫相合。忌心猿意马，勿朝秦暮楚。

管理者，做事先修身，做人先修心。凡尘世界，心积尘埃。要持之以恒修身，莫使心头蒙尘埃。身处凡间，意乱情迷。眼花缭乱，易迷失自我。吾日三省吾身，剔除杂念，不忘初心。

管理者，从小事做起，积跬步之功不辍；从点滴悟起，聚涓涓细流不止。“图难于其易，为大于其细。天下难事，必作于易；天下大事，必作于细。是以圣人终不为大，故能成其大。”

寻找失去的价值

2020年7月4日

老子《道德经》曰：“大道废，有仁义；智慧出，有大伪；六亲不和，有孝慈；国家昏乱，有忠臣。”从悟道的角度看，社会缺什么就提倡什么，寻找失去的价值，回归天地自然之道，追求天地人和。

大道缺失，正常秩序受到破坏。作为统治者，要维护正常秩序，就要倡导仁义；仁义丧失，就要提倡道德规范；道德规范缺失，就要借助于法；依法不能自觉维护秩序，就要借助于刑。解决问题要追根溯源，切忌本末倒置。

社会在进步，必然会出现竞争；竞争必然利用智慧，智者多谋，运筹帷幄。然而，在使用智慧的过程中，必然会出现“奸巧伎俩——大伪”。因此，在激烈的竞争中，需要辨识“大伪”，认清事物的本来面目，防止受骗上当。同时，在竞争中学会藏锋，以窥“大伪”。

当传统的忠孝文化受到冲击，被人遗忘时，就会出现“六亲不认”的问题。这时，就会赞美孝慈，提倡忠孝。当一个人做了分内之事，在社会上却引起关注。这说明当下欠缺一些应有的伦理行为。这是家庭不和睦的根源，这是社会不和谐的潜在矛盾。

家贫知孝子，国难识忠臣。当天下太平时，奸臣投机钻营，忠臣被遗忘。然而，当天下被奸臣祸害到危如累卵时，挺身而出的是忠臣，扶大厦于将倾。

知人难，识人更难。唯有在危难之时，方可显现人的本性。因此，寻找失去的价值，不能被甜言蜜语所惑。

问　　道

2020年7月15日

遇事，问道于心，良知作答。仰不愧于天，俯不怍于地。问道于人，经验作答；不入凶险之境，不做鲁莽之事。问道于天，天地无私，常与善人；勿以善小而不为，勿以恶小而为之。问道于地，忍辱负重，承载万物。天地无私，故能成其私。

洪水泛滥，问道于堤坝，自然作答；千里之堤，溃于蚁穴；防患于未然，勿临溃固堤。问道于河床，植被作答；清淤疏浚，不可懈怠；清疏千日，排洪一时。问道于天，生态作答；保护环境，生态平衡；急功近利，生态恶化。防洪千日功，抗洪时时险。

疫情弥漫，问道于医，医德作答；天地万物，和谐相处；尊重生命，敬畏自然。问道于民，神灵作答：敬天畏人，呵护健康；病来如山倒，病去如抽丝。问道于习惯，自重作答；防护在己，生命脆弱；你不在意疾病，它便乘虚而入。吾日三省吾身，履职尽责乎？防护到位乎？防疫守法乎？

出行莫大意，防护莫轻心。做好自己，众志成城；迎难而上，莫存侥幸。扎好篱笆墙，挖洞广积粮。炼好精气神，御敌镇乾坤。

感 悟 心 学

2020年7月17日

王阳明心学，心即世界，心是万物的尺度，天人感应于同一个天下。王阳明的“心即理”是对惠能“心是佛”的顿悟。心学是对《六祖坛经》的显学化。认知世界从迷到悟的过程就是开发心智，即从迷到凡、从凡到悟的过程。

人与天地万物合为一体（一个系统），由道主宰运行。天地人和，道法自然。人的起心动念，符合天道，做事会顺遂。

心即是佛，即把心境修炼到无私无我的境界，悟透天地之道，放下执迷之事，便无忧无虑。良知是沟通人与佛的桥梁，无善无恶是世界之本真，是觉醒悟道的境界。清心寡欲是启迪良知的不二法门，看淡放下是为善去恶的精神动力。

善恶如一物，各执一端；认知若失偏颇，非此即彼。痴迷到觉悟，是认知的两端，痴迷是恶，觉醒是善，人生的认知实践游走于痴迷与觉悟之间。

放下痴迷，看淡得失，少了些许纠结，就少了诸多恶的折磨。起心动念引导善恶。痴迷者滑向恶，常怀怨恨之心；觉悟者看到善，常存恻隐之心。

修心者，修起心动念。净心看世界，眼前污秽少；静心看世界，心中平静在。起心向善，则无怨恨；动念向好，则无纠结。起心为名，眼前尽是刀光剑影；动念图利，耳边响彻尔虞我诈。

修心悟性，方知“无善无恶心之体、有善有恶意之动、知善知恶是良知、为善去恶是格物”。格物而知致，修身能齐家。

务 实

2020年7月19日

读管仲之书，爱不释手，其言务实，一针见血，能抓住主要矛盾。在脱贫攻坚的关键时期，管仲的“牧民”思想仍有重要的借鉴作用。不失时宜，顺势而为。“政之所兴，在顺民心；政之所废，在逆民心。”

“凡有地牧民者，务在四时，守在仓廪。”古往今来皆遵循此理，父母官须铭记心间。得民心者得天下，士为知己者死。“能佚乐之，则民为之忧劳；能富贵之，则民为之贫贱；能存安之，则民为之危坠；能生音之，民为之灭绝。故刑罚不足以畏其意，杀戮不足以服其心。”

治国平天下，贵在无私。心胸如天地日月无私，然后能治天下也。“御民之辔，在上之所贵；道民之门，在上之所先；召民之路，在上之所好恶。”政令公开，言辞透明，近贤良，远奸佞，天下可安。“天下不患无臣，患无君以使之；天下不患无财，患无人分之。故知时者可立以为长；无私者可置以为政，审于时而察于用而能备官者，可奉以为君也。”

虚言误国，实干兴邦。尊道贵德则民心所向，离经叛道必众叛亲离。礼义廉耻，国之四维。四维不张，国之将亡。国之四维关乎国之安危，不可不察。“一维绝则倾，二维绝则危，三维绝则覆，四维绝则灭。倾可正也，危可安也，覆可起也，灭不可复也。”匡正道德，任重道远。重塑诚信，步履维艰。治国安邦，不惧艰险。道阻且长，行则将至。行而不辍，未来可期。

积淀智慧

2020年8月5日

王阳明在凶险的宦海中得以生存，全凭其智慧。经历过磨难，良知虽没被磨灭；但要忍受各种屈辱，尚需毅力和勇气。在面对邪恶的围追堵截中，要恪守良知，全凭智慧；因势利导，化险为夷。

王阳明的智慧浓缩为心学。在工作中修炼心性，提高感召力和人格魅力；在修炼中工作，剔除杂念，专注于目标则事半功倍，从而坚定修炼的信心。智慧在修炼中积淀，人格在敬业中升华。

心底无私天地宽。放下我，会有不同的选择出现。无我利他，贵在恻隐之心。以责人之心责己，以恕己之心恕人，就会化解误会，就能消除烦恼。化解误会，营造人和；消除烦恼，自然己和。走出山穷水尽，迎来柳暗花明。

心不净，心不会静；心不静，心会生恐惧。为人不做亏心事，不怕半夜鬼叫门。海纳百川，有容乃大；壁立千仞，无欲则刚。与天地和，无私无畏；与人和，无怨无悔。拂去心头世俗的尘埃，让良知见光明；心田萌生智慧，胸中展现乾坤。

心似权衡持正直，事如泾渭辨清浑。不谋长远者不足以谋一时，不谋全局者不足以谋一隅。治学，坚守信念；治事，敢于担当。唯有心净，心才能似权衡持正直；唯有心静，事才能如泾渭辨清浑。修心悟道，积淀智慧。

漫谈规划

2020年8月8日

凡事预则立，不预则废。人生，应该有规划，指引前进道路，描绘人生蓝图，激发生活热情。做事，离不开规划，分析内外环境，鉴别机会与风险；剖析自身条件，比较优势与不足。规划是成功的前提。运筹于帷幄之中，决胜于千里之外。

规划，应建立在尊重客观规律之上，顺应天地间发展变化之势，发挥自己的长处，扬长补短，以适应形势，捕捉机会。规划，不能建立在投机取巧之上。没有坚实的基础，难以建起高楼大厦。哗众取宠的成就，只能昙花一现，恰似沙滩上的大厦，会因基础不牢固而坍塌。规划，更不能建立在损人利己之上。以牺牲别人利益为突破口，捷足先登，伤天害理。这样的规划（即伎俩）即使能偶尔成功，但迟早会为此付出沉重代价。

规划，要尊道贵德，顺应天地之道，恪守人伦之德。规划，要实事求是，知己知彼，取长补短，不断完善自我，知不足而精进。规划，要立足自身条件，不能好高骛远，不能寄希望于天上掉馅饼。要清醒地回答：我想干什么？我能干什么？我还有哪些不足？如何弥补不足以使规划能实现。规划，不能闭门造车，空喊口号，虚构目标，画饼充饥。规划，更不能自欺欺人。明知不可为而强为，迟早会以落空而告终。

规划，唯有建立在脚踏实地工作之上，方可启迪良知，明辨是非；慈悲为怀，才不会误入歧途。唯有朝着致良知的方向前行，人生，才能积跬步之功，至千里之行。事业，才能聚涓涓细流，成浩瀚江海。否则，会事倍功半，甚至功亏一篑。

取长补短

2020年8月11日

人无完人，要学会欣赏别人的长处，取长补短。金无足赤，做事不能吹毛求疵，要学会包容。世事纷繁，人的精力有限，唯有学会取长补短，方能不断进步；否则，遇事穷于应付，则事倍功半。

取长补短，贵在取人之长，难在补己之短。唯有在思想意识上能客观审视别人，才能准确比较出别人的长处。唯有在心灵深处敢于剖析自己，才能理智地弥补自己的不足。

取长补短要立足长远。不谋全局者难以取长补短，容易满足于现状而沾沾自喜。不谋长远者难以从全局着眼，容易满足于局部的成绩而自我陶醉。唯有谋长远者，才不会被一时之得失所迷惑，才能矢志不渝地前行，披荆斩棘攀登；才能持之以恒地取长补短，一丝不苟精进。唯有谋全局者，才不会陷入个人恩怨而一意孤行，才能胸怀全局而坦诚合作，才能在取长补短中完善自己。

取长补短，要理性看待别人的评价，不能自鸣得意。知人者智，自知者明。不被逢迎之语迷惑，不因廉价吹捧而忘形。邹忌见齐威王曰："臣诚知不如徐公美，臣之妻私臣，臣之妾畏臣，臣之客欲有求于臣，皆以美于徐公。"

人与人比如此，要有自知之明。国与国比亦然，学会文明互鉴。勿轻言厉害了，勿妄语超越了。冷静面对溢美之词，虚心查找不足，取长补短，积跬步之功不辍，聚涓涓细流不止。

为　　学

2020年8月17日

读书要学以致用，不能停留在空谈，更不能沽名钓誉。读书要行良知，不满足于论道，更不能附庸风雅。读书要知行合一，不唯上，不唯书，只唯实。实事求是，脚踏实地。

读书人需增强自我保护意识。学问与现实之间的契合是一个动态的难题，不能固执己见。坚持原则和保持灵活的契合需在生活中悟，死读书会迂腐。守原则在于致良知，不能见机行事，但要学会自我保护。三缄其口悟道，问心无愧做人。

学以致用是为学的最高境界。学习是为了解决问题，解决问题体现知识的社会价值。没有理论指导的行动是盲目的，不解决问题尚空谈的为学是肤浅的。知行合一就是用理论去指导实践，并在实践中解决问题。

人们对世界的认知在不断深入，学术内容在不断丰富，打破传统成为必然，挑战权威难以避免。为学创新会更加困难，独立思考会更加艰难。致良知在认知世界的道路上荆棘丛生，行良知在改造社会的征程中波涛汹涌。

致良知不易，以良知行事更难。肯定私心和人欲是良知的先导，坚守公平和正义是良知的遵循。所谓行天理、灭人欲是不现实的，把人欲控制在公平正义的范畴之内，人尽其才，物尽其用，以行良知。

良知能唤醒恻隐之心，良知会同情劳苦大众。恪守良知，遇事尽心尽力，哪怕是难为之事，但良知认为应该去做，就义无反顾地去做。

疫情篇

等国。我们和欧盟、中东欧国家视频连线，分享抗击疫情的做法和经验，提供及时的信息咨询。

中华民族是一个多灾多难的族群。多难兴邦，经历过新冠疫情的磨难，增强了国人的向心力和凝聚力。外国无论多么富有，社会无论多么民主，在疫情面前能把人民利益摆在首位，不惜一切代价救治病人的国家，就是中国。在抗击疫情中展现了中国精神。

天下并不太平，树欲静而风不止。脱贫攻坚任重而道远，防范风险艰难而曲折。理性看世界，遏制中国的势力变本加厉，破坏建设的阴谋花样翻新。理性应对挑战，理性看待成绩。国虽大，好战必亡。天下虽安，忘战必危。天下并不安，山雨欲来风满楼。我们应该清醒，我们应该警惕。

礼尚往来

2020年3月23日

从古至今，在外交上有很多礼尚往来的故事。敬人者，人恒敬之。新冠肺炎是全世界的公共卫生事件，在控制疫情中，世界各国的救援行动和行为无不折射出礼尚往来。面对新冠疫情，中国人民不会忘记来自世界各国的援助，更不会忘记华人华侨提供的帮助，滴水之恩当涌泉相报。

当疫情在中国有效控制之时，新冠肺炎先后在日本、韩国、伊朗等国暴发，随后，欧洲、美洲也呈蔓延态势。面对全人类的灾难，中国政府主动向有关国家伸出援手，分享信息和经验，派出医疗队，提供医疗物资等，助人于危难之时。

曾经对中国抗击新冠肺炎冷嘲热讽的国家，现在也面临新冠肺炎的难题，甚至控制疫情亮起了红灯，希望中国能不计前嫌伸出援手。对此，我们理解，会提供力所能及的帮助。

在中国抗击疫情最困难时落井下石的国家，当本土出现严重疫情时，依然罔顾事实，信口开河“甩锅”给中国，制造民族仇恨，煽动仇华情绪。如此丑陋的行径，连小学生都看不下去。然而，国家政要却一面在诋毁中国，一面又希望得到中国的援助，真是匪夷所思。

平时不烧香，临时抱佛脚不灵。做人不厚道，遇事总做梦不行。有良知的政治家，应该多想控制对策；少埋怨别人，多检讨自己。己所不欲，勿施于人。

无　题

——写在武汉抗击疫情两月之际

2020 年 3 月 24 日

荆楚除夕黄鹤归，
白衣焦虑踏云追。
长江悲泣巫山愧，
天使下凡病疫催。
武汉征程落泪时，
欧洲战疫裂心扉。
披星戴月樱花泪，
众志成城暖气吹。

做好自己的事

2020 年 4 月 1 日

在新冠肺炎疫情向全球蔓延的形势下，中国一方面在加强本土的抗击疫情工作，另一方面向其他国家提供人道主义援助。然而，有些忘恩负义的言行着实让人心寒，也许是文化差异，也许是品性使然，也许……

在这个世界上，我们只能改变自己。一方面，我们要不断努力，把自己的事情做好，不埋怨别人，不期盼恩赐。另一方面，我们要丢掉幻想，不要对有些人寄予希望，江山易改，本性难移。永远记住农夫和蛇的故事。

经历了春节期间抗击疫情的考验，我们应该冷静地梳理过去的工作，查漏补缺，防患于未然。我们要认真研判形势，做好应对疫情的艰苦准备，尤其是防止未来出现输入性疫情。

应对全球性疫情的蔓延是全人类共同的使命，需要齐心协力。但是，我们不能把希望寄托在别人身上，应该加强自己的防范，绝对不能麻痹大意。防止境外疫情渗透性输入是一项艰巨的任务，绝对不能掉以轻心，来不得半点马虎。

山雨欲来风满楼，天下并不太平。唯有做好自己的事情，才能有效应对当前的疫情，才能积极防范各种风险，才能凝聚人心、共克时艰。做好自己的事，莫言艰难，莫怕曲折。扎好篱笆，防范各种风险，应对各种挑战。抗击新冠肺炎疫情任重而道远，不可能一蹴而就，勿轻言胜利，要警钟长鸣。

傲慢的代价

2020年4月3日

截至2020年4月3日早8点，境外新冠肺炎病例达928376例，死亡48506例；美国新冠肺炎病例242182例，死亡5850例。新冠肺炎在全球的蔓延之势依旧，新增病例和死亡人数急剧上升。回顾今年一季度人们对疫情的认知、态度和做法，深切感受到了傲慢的代价。

当中国针对武汉疫情采取果断措施时，有些国家以傲慢的姿态对中国评头品足，甚至还恶意攻击；没有充分利用中国向世界提供的疫情信息，以有效的应对措施防止疫情扩散；当疫情在当地呈上升之势时，没有借鉴中国的防控经验和做法，反其道而行之，致使疫情快速蔓延，防控失当，陷入困境。这就是傲慢的代价。

当中国向有关疫情国家提供医疗物资援助时，有些国家以己度人，妄加揣度，肆意歪曲，恶意攻击；如此傲慢与偏激的举动，偏离了本国防治疫情的有效方向，肆意“甩锅”的丑陋行为加剧了疫情的恶化，造谣诽谤的恶劣行径激起了本国公民的公愤。这就是傲慢的代价。

当中国在20国集团防控新冠肺炎特别会议上倡导共同应对疫情，在世界卫生组织的组织领导下有效防控疫情时，有些政客居然要调查世界卫生组织的防疫工作动机，而对每天激增的病例和死亡人数漠不关心，今天的疫情蔓延似乎都是别人的错。这就是傲慢的代价。

凡此种种，不胜枚举。有些国家之所以陷入防控疫情的被动局面，就是傲慢所致。谚云：静坐常思己过，闲谈莫弄人非。在全球防控疫情的紧要关头，看着日益攀升的病例和死亡人数，少一点傲慢，多一点互鉴。少一点敌意，多一点慈悲。少一点狂妄，多一点智慧。少一点自负，多一点谦卑。少一点优越感，多一点平等意。善恶有报，因果不虚。天道常与善人，傲慢迟早会付出代价。

念奴娇·清明祭

2020年4月4日

英灵哽咽，
眺山河眷恋，
盼亲人见。
病疫猖獗黄鹤去，
荆楚哀鸣呜咽。
父母煎熬，
妻儿心痛，
雾罩龟蛇怯。
溅樱花泪，
火神悲叹幽怨。

天使强忍悲伤，
望苍穹泣，
祈祷平安愿。
逝者随风游大地，
烂漫山花无限。
翠柏凝神，
苍松肃穆，
五岳忠魂现。
汽笛悲悯，
唤人间事无怨。

反求诸己

2020年4月5日

抗击疫情的形势日趋严峻，有恶化之势；控制疫情不力的现状，引发了恐慌，弥漫着焦虑；有的国家在甩锅，有的国家在抹黑，有的国家在埋怨……所有这些，对控制疫情都无益，反而会挑起族群仇恨。孟子曰：“行之不得，反求诸己。”

面对疫情，要冷静。病毒是人类共同的敌人，防止病毒攻击，人人有责；抑制病毒蔓延，责无旁贷。要做好自我防护，保证自己安全；不伤害别人，也不被别人伤害。唯有此，才能切断传染途径，才能隔离传染源。埋怨无济于事，甩锅事与愿违，抹黑人格沉沦。

面对疫情，要理智。行之不得，反求诸己。要敬畏生命，存恻隐之心。尽己所能抑制疫情，齐心协力提高治愈率，千方百计降低病死率。唯有此，才能扭转被动局面。

曙　光

——写在武汉解禁之日

2020 年 4 月 8 日

除夕荆楚尽凄凉，

寂静迷茫四海荒。

星夜驰援华夏事，

炎黄世代创辉煌。

七十六日月朦胧，

黄鹤乘风望故乡。

月色霓虹携彩舞，

神州大道见晨光。

忆江南·武汉解封

2020 年 4 月 8 日

除夕夜，
汉水泪连天。
四海驰援城寂寞，
八方奉献盼新年。
疫病虐无边。

开城日，
荆楚月轮圆。
父老乡亲遥望泣，
白衣卫士夜无眠。
寰宇刻欢颜。

灾难考验灵魂

2020年4月14日

2020年注定是不平凡的一年。新冠疫情，不仅吞噬了无辜的生命，还创伤了善良的心灵；在新冠疫情面前，不仅表现出了互帮互助的善，也折射出了专横跋扈的恶；新冠疫情之后的路更艰难，更曲折，不仅要医治经济的创伤，还要及时弥补自身的不足；不仅要补充我们的知识，深化对世界的认知，还要提防美丽的陷阱，警惕黄鼠狼给鸡拜年；不仅要完善自我，补短板堵漏洞，还要防患于未然。

灾难考验灵魂。通过此次疫情，要冷静判断国际环境。善良被歪曲，真诚被侮辱，雪中送炭被讹诈。这是不以人的意志为转移的现实。面对现实，不能急躁，记得曾国藩之所言："大丈夫打掉牙和血吞"。中华民族的过去，充满了屈辱。过去七十年，不屈不挠的中华民族终于站起来了。唯有自己强大，才不怕风狂雨骤。唯有扎好篱笆墙，才不用亡羊补牢。

灾难考验灵魂。通过此次疫情，发现了善良，一方有难，八方支援。华夏儿女，勠力同心。弘扬中华民族的优良传统，增强中国人的凝聚力。共克时艰，众志成城。然而，在危难面前，也暴露出了不足，发现了治理的短板，凸显了执行的漏洞。知耻而后勇，知不足而精进。天下并不平安，居危思变。唯有做好自己，才能临危不乱，处变不惊。

读书日的思考

2020年4月23日

今天是读书日，当下的新冠肺炎是一本厚且晦涩难懂的书，全球人人都在读，都在思考。对新冠肺炎的认识正逐渐加深，从一无所知到由浅入深了解，从认识病毒到分离病毒，从研究病毒到开发疫苗，全世界的科学医学工作者正在共同努力，认真阅读新冠肺炎这本书的每个章节，探求其习性，思考应对之策，改变被动局面。

读懂新冠肺炎这本书，离不开科学的态度，不能断章取义；离不开务实的工作，不能哗众取宠；离不开互相学习，不能恶意攻击。离不开全球的通力合作，不能妄语讹诈。

读懂新冠肺炎这本书，要以唯物辩证法为指导，实事求是，不能臆造甩锅；要抓住控制疫情的主要矛盾，采取有效措施控制，不能敷衍塞责；人人自律守法，不能任性妄为。

读书启迪人生，思考改变现状。读新冠肺炎这本书，开阔视野，认清善恶，辨识是非。应对新冠肺炎，任重道远，非一蹴而就。

读书培养思维能力，思考认知事物本质。新冠病毒与讹诈病毒双向传播，流行扩散快，无孔不入。我们要谋定而后动，扎实做好各项工作。积跬步之功不辍，防范双向疫情的袭击。外防输入性病例，抓铁留痕；内防疫情反弹，踏石留印。

理　　性

2020年5月9日

在应对新冠肺炎的过程中，不同国家采取的措施不同，取得的成效各异。不同文化对具体措施的反应不同，产生的效果各异。回顾几个月的抗击疫情工作，理性应对的国家更主动，能有效防控疫情蔓延和扩散。非理性应对的国家更被动，导致疫情蔓延，病例攀升，死亡率居高不下……

天地人和，道法自然。疫情的出现及传播遵循自然之道，对突如其来的疫情人们知之甚少，起初应对多少会有点不知所措；但是，在理性应对原则的指导下，科学家和医学家很快检测到了毒株，理出了世界范围的病毒谱系。

通过对去年下半年类似病例的进一步检测，发现有抗体存在；尤其是对死亡病例的检测，发现了新冠病毒。随着科学家研究和流行病学调查的深入，对新冠病毒的认识逐渐加深；陆续发表的论文清晰地指出新冠病毒早在去年10月至11月已在欧美国家传播。

这是理性应对疫情的成果，是对非理性污名化“讹诈”和攻击中国的最有力回击，谣言不攻自破。

从全球应对新冠疫情联想到日常问题的处理，我们也应该遵循理性原则。遇事不慌，理性分析缘由，顺藤摸瓜。理性处理问题，不因好恶而左右见解。爱而知其不足，恨而晓其长处，冷静处置棘手难题。

由疫情引发的问题在深度发酵，有愈演愈烈之势，我们一定要恪守理性原则。处事有理、有利、有节。客观评价现状，知己知彼；理性评价工作，找出不足，自我完善。正视别人的长处，文明互签，扬长避短。做好自己的事，积跬步之功，聚涓涓细流。

常 态 化

2020年5月18日

事情无论多难，习惯了就进入常态化。新冠疫情初期人们对出门戴口罩不习惯，但是，出于对疫情的恐惧，还是坚持戴了；即使倡导不戴口罩的国家，当疫情失控时也戴上了口罩；出于对生命的珍惜，戴口罩已变成常态化。

工作无论多枯燥，进入常态化就能发现乐趣。简单的事情重复做似乎很枯燥，诸如医务工作者为居民做核酸检测。但是，如果你在测的过程中留心，会找到诀窍，提高检测效率。熟能生巧，把枯燥的工作做好，会发现乐趣，享受过程。

人生无论多曲折，工作无论多艰难，只要不失业就算幸运，只要养成不辞劳苦的习惯，进入奋斗的常态化，就习惯了早出晚归，不会为收入微薄而苦恼了，进入求生存的常态化，还会发现很多乐趣，能积累宝贵经验。

无论做什么，只要克服了浮躁，静下心来做事，就自然而然进入了常态化。周而复始，循序渐进。技能日渐提高，业绩日益突出。相反，工作漫不经心的浮躁，会陷入手足无措的急躁，因忙中出错而心生烦躁。然而，心平气和地进入常态化，任劳任怨，就会熟能生巧，展示自己的才华，主宰自己的命运。

因新冠肺炎疫情的冲击，经济衰退是必然的，就业难将会常态化。四平八稳的日子不再，岗位竞争会加剧。对此，要有充分的心理准备，适应就业艰难的常态化，不能眼高手低，有事干就行。适应经济收入缓慢增长的常态化，不能挑肥拣瘦，不失业就好。

没有永恒的常态化而一劳永逸。人需要在变化中适应，在适应中进入良性循环，在相对的常态化中应对问题，寻求立足之地。

不变是相对的，变化是绝对的。无论遇到什么困难，都要尽快适应，使工作进入常态化而应对自如，游刃有余。

满江红·使命
——向抗疫中医生致敬

2020年5月23日

戴月披星，
龟蛇叹，
天河欲坠。
连续战，
火神山起，
长子无愧。
露宿风餐人憔悴，
开山辟地行无畏。
建方舱，
立镇疫雷神，
人难寐。

心牵病，
情系疫；
忙昼夜，
人焦虑。
盼亲人无恙，
鹤云端立。
四面八方奔武汉，
别离牵挂神灵会。
待英雄，抗疫凯旋时，
苍山翠。

防控新冠肺炎疫情的启示

2020年5月28日

随着防控疫情工作的不断推进，不同国家和地区因采取的措施不同，执行措施的力度不同，取得的防控效果也就不同。主张严防死守的国家有之，提倡群体免疫的国家有之，其结果有些出人预料。人们最担心的非洲疫情会蔓延、甚至失控没有发生，最发达、医疗条件最好的国家疫情仍在持续蔓延。

从过去几个月的防控疫情中，隐约觉得态度决定结果。谁重视疫情防控，谁就不会陷入被动；谁不以为然，谁就会陷入被动；谁企图通过疫情转嫁危机，谁的防控工作就失控。由此得到的启示如下：

一是国家坚强的组织领导，按照“早发现、早隔离、早检测、早治疗”的原则，从源头上控制传染源，限制传染范围。

二是坚定执行防控措施。戴口罩主动防护，保持社交距离避免感染，防止群体性聚集感染。

三是坚决地及时救治，减少密切接触者之间的传染。

四是以上率下，带头执行防控指令，不折不扣采取防控措施。

五是思想上重视，防患于未然，加强个人防护从我做起，从现在做起。

六是不能心存侥幸，以为新冠病毒只袭击特定族群，病毒在变异，环境在变化，病毒无孔不入，只要有可乘之机就进攻。

七是团结合作抗击疫情，共同研究探索防控药物和疫苗，信息共享；不能单打独斗，彼此封锁。

八是形成统一的思想认识，采取果断的措施，步调一致，各司其职，各负其责，把关爱生命的原则贯彻始终。

在世界卫生组织领导下的抗击疫情工作取得了初步成效，疫情形势依然十分严峻。无论是谁，都不能掉以轻心，更不能盲目乐观。更值得警惕的是比新冠病毒更可怕的政治病毒（讹诈与攻击）仍在发酵、蔓延，两种病毒交叉感染，以牺牲无辜者的生命为代价。

后　记

王阳明在龙场潜心悟道，深信心外无物。心静则神宁，心烦则意乱。“人须在事上磨炼，方能立得住，方能静亦定、动亦定。”人世间的万般烦恼，皆起源于心。生活中的诸多灾祸，皆源于躁动。

唯有清心静气，方可消除烦恼。烦恼生于欲得，安乐源于知足。人生能否有幸福感，不在于财富的多少，也不在于名利的多少，而在于心态是否平静，遇事能否豁达，对人能否坦诚。

人生有限，世事无常。如不能摆脱对名利的追逐，必然会陷入无明的贪嗔痴中，心烦意乱，郁郁寡欢。老子曰：“五色令人目盲，五音令人耳聋，五味令人口爽，驰骋畋猎，令人心发狂，难得之货令人行妨。是以圣人为腹不为目，故去彼取此。”要想生活得幸福，放下名利，看淡得失，知足常乐，能忍自安。

孔子曰：“君子有三戒。少之时，血气未定，戒之在色；及其壮也，血气方刚，戒之在斗；及其老也，血气既衰，戒之在得。”古今兴亡多少事，多败在为所欲为。人应该有所戒惧，敬天畏人。熄灭无明火，消除贪嗔痴。

诸葛亮诫子书云：“夫君子之行，静以修身，俭以养德。非淡泊无以明志，非宁静无以致远。夫学须静也，才须学也；非学无以广才，非才无以成学。淫慢则不能励精，险躁则不能活性。年与时驰，意与日去，遂成枯落，多不接世，悲守穷庐，将复何及！”倾听心声不辍，扪心自问不止。三人行必有吾师，择其善者而从之，其不善者而改之。

天地无亲，常与善人。多少事，从来急，天地转，光阴迫。告别慵懒，倾听心声，致良知，行善事。攻坚克难，砥砺心志，为善去恶，义无反顾。正心诚意修身，致知格物精进。百折不挠，积淀心智，知善知恶，敢于担当。树“为天地立心、为生民立命”之志，成“为往圣继绝学、为万世开太平”之业。忍辱负重，耕耘心田，积跬步之功，至千里之行。聚涓涓细流，成浩瀚江海。

听修身之声，悟正心之音。秉持“忠厚传家久、诗书继世长”的理念，耕读继世，忠厚为人。忠孝人生，传承家风。“夫孝，德之本也，教之所由生也。”“身体发肤，受之父母，不敢毁伤，孝之始也。立身行道，扬名于世，以显父母，孝之终也。夫孝，始于事亲，中于事君，终于立身。”

夫孝，不能等，子欲孝而亲不待。夫孝，不能拖，君臣同心，其利断金。夫孝，不能靠，自强不息，五彩人生。夜深人静，与良知对话，倾听心声：“为人谋而不忠乎？与朋友交而不信乎？传不习乎？”

谨以《心声》献给有志于忠孝的朋友，愿读者能忠孝两全，盼人间能洒满大爱。只要人人都献出一点爱，世界将变成美好的人间。